ハヤカワ・ミステリ文庫

〈HM425-5〉

われらが痛みの鏡

〔上〕

ピエール・ルメートル

平岡　敦訳

早川書房

8678

MIROIR DE NOS PEINES

by

Pierre Lemaitre

Translated by

Atsushi Hiraoka

First published 2021 in Japan by

HAYAKAWA PUBLISHING, INC.

This book is published in Japan by

arrangement with

ÉDITIONS ALBIN MICHEL - PARIS

through JAPAN UNI AGENCY, INC., TOKYO.

パスカリーヌに
カトリーヌとアルベールに
感謝と愛情をこめて

なにかことが起これば、必ず別の誰かが責めを負わされる。

——ウィリアム・マッキルヴァニー『夜を深く葬れ』

ひとはどこへ行くにも、彼の小説を手もとに置く。

——ベニート・ペレス・ガルドス『フォルトゥナータとハシンタ』

力強い感動を引き起こすには、舞台のうえに苦悩と傷、そして死が必要だ。

——コルネイユ「『オラース』の検証」

目次

われらが痛みの鏡

〔上〕

登場人物

ルイーズ・ベルモン…………公立小学校の教師
ジャンヌ・ベルモン…………ルイーズの母
アドリアン・ベルモン………ルイーズの父
ジュール………………………〈ラ・プティット・ボエーム〉店主
ティリオン……………………同店の常連客の老医師
ジェルメーヌ…………………ドクター・ティリオンの妻
アンリエット…………………ドクター・ティリオンの娘
ル・ポワットヴァン…………判事
ガブリエル……………………マイアンベール要塞の兵士。軍曹
ラウール・ランドラード……同粗暴で抜け目のない兵士。兵長
アンブルザック
シャブリエ
}……………同兵士。ラウールの子分
ジベルグ………………………予備役大尉
デュロック……………………偵察隊大尉
デジレ・ミゴー………………多くの名を使い分ける稀代の詐欺師
トロンベール…………………ホテル・アラゴンの女主人
フェルナン……………………機動憲兵隊の曹長
アリス…………………………フェルナンの妻
キーフェル……………………郵便局の監察官
エドゥアール・ペリクール……ベルモン家の昔の下宿人。傷痍軍人
アルベール・マイヤール……同下宿人。エドゥアールの戦友

一九四〇年四月六日

1

まもなく戦争がおっ始まると思っていた者たちは、とうの昔にしびれを切らしていた。さしずめジュールさんなど、その筆頭だろう。総動員令が出されて半年がすぎると、レストラン〈ラ・プティット・ボエーム〉の主人は意気消沈し、あきらめの境地にいたった。店を手伝っているルイーズは、「実のところこんな戦争、初めから誰も本気にしちゃいなかったんだ」と彼がこぼすのを、何度も耳にした。ジュールさんによれば、今回の戦争は声高に愛国心を鼓舞する演説や勇ましい発表の陰で仕組まれた、ヨーロッパ規模の壮大な外交工作にほかならないのだそうだ。国家レベルのチェスの試合とでも言おうか、そこでは総動員令も、大衆の気を引きつける大言壮語のひとつにすぎない。たしかにあちこちで多少の死者は出ているし──「たぶん、言われているよりもっと多いだろうが」──九月にあったザール攻勢では、二、三百人が命を落としたけれど、結局「そんなもの戦争じゃないさ」と、彼は厨房の扉から顔を出して言うのだった。秋に配られた防毒マスクは食器棚の隅に置かれたまま忘れられ、風刺漫画でもの笑いの種にされた。ときにはしかたなく防空壕に避難することもあるが、それは不毛な儀式に加わるようなものだった。敵機なき空襲警報、えんえんと続く戦闘なき戦争だ。それでも敵だけは、たしかに存在した。毎度変わらぬ相手。やつらと殺し合いをする決心を固めたのは、この半世紀で三度目だが、むこうも本気で一戦交える心の準備はできていないようだ。なにしろ参謀本部は春先、前線の兵士たちに（そこでジュールさんは布巾を左手に持ち替え、とんでもないと言わんばかりに人さし指を天にむけた）……野菜畑を作る許可を出したほどだ！「いや、ほんとの話……」と言って、彼はため息をついた。

だからあまりに遠い北ヨーロッパでの出来事とはいえ、互いの敵意がむき出しになり始めると、ジュールさんは俄然、はりきり出した。そして聞く気がありそうな相手を捕まえては、「英仏連合軍はノルウェーのナルヴィク方面でヒトラーを蹴散らしてるところだからな、こんな状況は長くは続かんさ」と一席ぶつのだった。けれどもその件が片づいたと見るや、またぞろお得意の愚痴に戻った。インフレや日常生活の規制から、食前酒も飲めない日々、特別配属兵が働く楽な職場、いばりくさった隣組の防空班長たち（とりわけ、フロベルヴィル出身の頑固じじいときたら）、夜間外出禁止の時間設定、石炭の値段まで、なにからなにまで気に入らない。英仏連合軍総司令官ガムラン将軍の戦略だけは、無理もないと評価していたけれど。

「やつらが来るとしたら、ベルギーからだろう。予想はついてる。だったらそこで待ちかまえていりゃいいんだ」

ルイーズはポロネギのドレッシング和えと羊の足の白ワイン煮を運びながら、お客の表情をうかがった。客は疑わしげに口を尖らし、こうつぶやいた。

「予想がついてるねえ……」

「じゃあ」とジュールさんはカウンターに引き返して叫んだ。「ほかにどこからやって来るっていうんだ？」

彼は片手でエッグスタンドを集めた。

「だってむこうには、アルデンヌの森がひかえているんだぞ。越えられるわけないじゃないか」

ジュールさんは濡れた布巾をかざし、大きな弧を描いた。

「それにマジノ線（第一次大戦後、ドイツとの国境沿いに建設された、全長三百キロ以上に及ぶ大要塞で、難攻不落と信じられていた）だってある。そこも越えられないとくれば、あとはどこから来るんだ？　ベルギーしか残ってないだろ？」

　彼は論証を終えると、ぶつぶつぼやきながら厨房に戻った。

「これくらい、将軍じゃなくたってわかりそうなものなのに、まったくもう……」

　ルイーズは会話の続きを聞いていなかった。ジュールさんが身ぶり手ぶりで披露する戦略談義より、ドクターのほうが気がかりだったから。

　彼はそう呼ばれていた。〝ドクター〟と誰もが言う。もう二十年も前から、毎週土曜日にやって来ては、いつも同じ窓ぎわの席にすわった。ルイーズとは、こんにちは、こんばんはと、ていねいな挨拶の言葉を二言（ふたこと）、三言（みこと）交わすだけだ。いつも昼ごろやって来て、新聞片手に席につく。食後のデザートは《本日のおすすめ》と決まっていたけれど、ここは譲れない一線だとでもいうように、ルイーズは毎回きちんと注文を取った。するとドクターは抑揚の乏しい声で、「クラフティか、ああ、けっこう。それでいい」と答えるのだった。

　彼は新聞を読み、通りを眺め、デザートを食べ、水さしの水を飲み干し、午後二時ごろ、ルイーズがレジのお金を計算し始めるとおもむろに立ちあがり、たたんだ《パリ＝ソワール》紙をテーブルの端に置いたまま、小皿にチップを置いて一礼し、店を出ていくのだった。去年の九月、総動員令が出されて店内が沸いていたときも（その日、ジュールさんがあまりに溌溂（はつらつ）としているものだから、参謀本部の指揮は彼にまかせたらいいとみんな思ったものだった）、ドクターはいつもの習慣をまったく変えなかった。

ところが四週間前、ルイーズがアニス風味のクレームブリュレを運んでいくと、ドクターは彼女に笑いかけ、だしぬけに頼みごとをした。

それが性的な誘いだったなら、ルイーズは皿を置いて一発平手打ちを喰らわし、黙ってまた仕事に戻っただろう。あとはジュールさんがもっとも古くからの常連客をひとり失うだけで、話は終わったことだろう。ところが事情は、いささか違っていた。たしかにドクターの頼みごとには、性的な色合いもあるにはあったのだが……はて、どう言ったらいいものか……

「きみの裸を見たいのだが」と彼はおもむろに切り出した。「一回だけ見せてもらえれば、ほかにはなにもしない」

ルイーズはびっくり仰天し、返答に窮した。自分が過ちを犯したかのように顔を赤らめ、口を大きくあけたものの、声が出なかった。ドクターはもう、新聞に目を移している。ルイーズは夢でも見たのではないかと思った。

仕事を続けているあいだも、奇妙な申し出のことで頭はいっぱいだった。当惑はやがて怒りに変わったが、どうやら少し遅すぎたようだ。あのときすぐにテーブルの前で身がまえ、腰に拳をあてて大声を出せばよかった。なにかあったとほかの客に気づかせ、ドクターに恥を知らせるべきだったんだ……ルイーズはむかっ腹が立ってしかたなかった。皿が一枚、手から滑り落ち、タイルの床に砕け散ったとき、ついに我慢しきれなくなって客たちのいるほうへむかった。

ドクターはもう帰ったあとだった。

テーブルの隅に、たたんだ新聞が置いてある。

ルイーズはそれを乱暴につかんで、ごみ箱に投げ捨てた。「こいつはまた、どうしたんだ、ルイーズ？」ジュールさんは眉をひそめてそう言うと、ドクターの《パリ＝ソワール》紙と忘れ物の傘を戦利品の山みたいに眺めた。

そしてごみのなかから新聞を掘り出し、当惑したような目でルイーズのほうを見ながら、手のひらでしわを伸ばした。

店主のジュールさんが料理もひとりでこなす〈ラ・プティット・ボエーム〉で、ルイーズは十代の後半から、毎週土曜日ウェイトレスとして働いていた。ジュールさんはがっちりとした体つきだが、そのぶん動作は緩慢だった。大きな鼻にもじゃもじゃの耳毛、そげたあご、そして白髪まじりの堂々たる口ひげ。年がら年じゅう、古ぼけたボアシューズを履き、黒いベレー帽をかぶっている。むき出しになった彼の頭を見たことがあると豪語できる者はひとりもいないだろう。彼は三十人ほどの食事客のために、毎日料理の腕をふるこだわりってわけだ。「これぞパリ風料理だ」と、人さし指をあげて言いながら。そこが彼なりのこだわりってわけだ。メニューはいつも一種類。「家で食べるのと同じさ。あれこれ選びたけりゃ、むかいの店に行ってくれ」なんとも不可思議な御仁である。いつもカウンターのむこうにどんと腰をおろしているような、のろのろとして愚鈍そうな男が、どうしてこんなにおいしい料理を作れるのか、誰にもわからなかった。店はいつも混んでいる。夜や日曜にも営業すればもっと儲かるだろうに、ジュールさんは頑として首を縦にふらなかった。「間口を広げすぎると、どんな客が来るかわからないからな」彼はそう言ったあと、「そのところを心得ているのさ。なにせ、おれは……」とつけ加えた。謎めいたその言葉は途中で途切れたまま、予言のように宙に消えた。

とはいえ、接客を手伝ってくれないかとルイーズにたのんだのは、ジュールさんのほうからだった。その年、彼は女房に逃げられた。あの女のことは、もう誰も覚えていないが、マルカデ通りの炭屋のせがれと、どこかへとんずらを決めこんだのだ。だから最初は、ご近所どうし助け合うつもりで手を貸しただけだった。けれどもそれは、ルイーズが女子師範学校に入学したあとも続いた。さらに彼女は、すぐ近くにあるダムレモン通りの公立小学校に赴任してからも、この習慣をまったく変えなかった。ジュールさんは手渡しで給料を払った。いつも端数は切りあげていたが、そんなときはなんだか不機嫌そうだった。まるでルイーズから要求されて、いやいやそうしているかのように。

ルイーズにとってドクターは、昔からの知り合いだった。ずっと彼女の成長を目にしてきたはずなのに、裸が見たいと言い出すなんて。そう思うとドクターの申し出がいっそう不道徳に感じられた。なんだか近親相姦の匂いがする。それにルイーズは、母親を亡くしたばかりだ。そんなときに持ちかける話じゃないわ。実のところベルモン夫人が死んだのは九カ月前で、ルイーズは半年前からもう喪に服してはいなかった。だから理由にならないと、自分でも認めざるを得なかった。

彼みたいな老人がわたしの裸を見たがるなんて、どういうつもりなんだろう？　ルイーズは服を脱ぎ、部屋の姿見の前に立った。歳は三十。平らな腹部の下に、薄い栗色の陰毛が広がっている。彼女は斜めむきに体を動かした。胸は小さすぎるような気がして、あまり好きではなかったが、お尻は気に入っていた。母親ゆずりの三角形の顔、張り出た頬骨。目は鮮やかなブルーで、わずかに突き出た可愛らしい口をしている。奇妙なことに、ルイーズがむすっと黙りこんでいるとき――そもそも彼女は子供のころから、いつでもそうだったのだけれど――真っ先に目につくのがこの肉づきのいい唇だった。ルイーズがめったに笑顔を見せないのは、彼女が経た試練ゆえにだろうと、この界隈では思われていた。まずは一九一六年に父親を亡くし、その一年後には伯父のひとりが亡くなった。すっかり気落ちした母親は、一日の大半を窓ぎわで、庭を眺めてすごすようになった。初めてルイーズにしっかり目をむけたのは、先の大戦を生きのびた帰還兵だった。彼は砲弾の破片を顔面に喰らい、顔の下半分を吹き飛ばされていた。いやはや、子供っていうのはよくわからない！

ルイーズは美しい娘だったが、けっしてそれを認めようとせず、「わたしよりきれいな子はいくらでもいるわ」といつも言っていた。男の子たちにも人気があったが、「女の子はみんな、ちやほやされるものなのよ。もてたからってなんの意味もないわ」というのが彼女の意見だった。教師になってからも、絶えず口説いてくる同僚や校長たち（ときには生徒の父親までいたくらいだ）をはねのけるのに忙しかった。廊下でお尻に手をあててくることも、決して珍しくない。どこでもそんなことばかりだ。求婚者には事欠かなかった。なかでもアルマンとは、三年間のつき合いが続いた。しかも正式な婚約者として！　ルイーズは自分の評判を、物見高いご近所の餌食にするようなタイプではない。そんなわけで、婚約式が盛大に行なわれた。ベルモン夫人は賢明にも、アルマンの母親に式の手はずをまかせた。レセプション、祝賀会、お祝いの言葉。六十名以上にものぼる招待客のなかには、ジュールさんもいた。彼は燕尾服を着て（ルイーズがあとで聞いたところでは、芝居の衣装や飾りつけをレンタルする店から、借りてきたのだという。おかげでどこもかしこもきつきつだったが、ズボンだけは厨房から顔を出すときみたいに、しょっちゅううえに引っぱりあげていた）、踵の低いエナメル靴を履いていた。靴もきつめで、まるで纏足状態だが、店を閉めて会場を提供したのだからと、すっかりこの場の主人気取りだった。けれどもルイーズは、そんなことはどうでもよかった。早くアルマンとベッドを共にしたい、その一心だったから。彼の子供が欲しいと願っていたけれど、結局それはかなわなかった。だが、結婚にはなかなかいたらない。近所の人々はみんな、わけがわからなかった。そしてしまいには、婚約した二人を、とがめるように睨みつけるようになった。籍を入れないまま三年間もいっしょに住んでいるなんて、ありえないことだ。アルマンは結婚を望み、早く籍を入れようと迫ったけれど、ルイーズは生理が止まるまで首を縦にふる気はなかった。そして毎月、結婚を拒絶し続けたのだった。若い娘はたいてい、結婚する前に妊娠しませんようにと天に祈るものなのに、ルイーズの考えは正反対だった。赤ちゃんなくして結婚なし。けれども赤ちゃんはいっこうにやって来なかった。

とうとうルイーズは、絶望的な試みに出た。子供を授からないならば、児童養護施設へ行ってひとりもらい受けよう。親のない不幸な子供は、いくらでもいるのだから。けれどもアルマンは、男としての面目を傷つけられたような気がした。「だったらごみ箱を漁っている野良犬を、どうして拾ってこないんだ？　野良犬だって助けを必要としているのに」と彼は言った。会話はいつも堂々巡りで、二人は結婚したカップルみたいにののしり合った。そして養子縁組が話題に出た日、アルマンは怒って実家に帰り、そのまま戻ってこなかった。

ルイーズはほっとしていた。子供ができないのは、彼のせいだと思っていたから。二人が決別したとあって、近所じゅう大騒ぎだった。「だからって、ルイーズが嫌になったんならしかたないだろう」とジュールさんは声を張りあげた。「無理やり結婚させるわけにもいくまい」それでも彼はルイーズを脇に呼び、「おまえ、いくつになったんだ、ルイーズ？　アルマンはいい男じゃないか。あれ以上の男は望めないぞ」と声を潜めてためらいがちに諭し、こうつけ加えた。「赤ん坊なら、いずれできるさ。そういうのは、時間がかかるものなんだ」そして彼は、厨房に引き返した。「いやはや、これでベシャメルソースまで焦がしたら最悪だ……」

アルマンと別れてなにより残念だったのは、結局彼の子を身ごもれなかったことだった。今までは満たされない願望にすぎなかったことが、やがて強迫観念になった。どうしても子供が欲しい。できそこないでもかまわない。たとえわたしを不幸にするような子供でも。ベビーカーに乗っている赤ん坊を見ると、胸が締めつけられた。そんな自分が忌まわしかった。まったく嫌になるわ。夜中に子供の泣き声が聞こえたような気がして、目が覚めることもあった。彼女はベッドから飛び出し、椅子や机にぶつかりながら寝室を出ると、廊下を走ってドアをあけた。「夢を見たのよ」と母親は言い、彼女を小さな子供のように抱きしめて、ベッドへ連れ戻した。

家は墓地のように陰鬱だった。ルイーズは赤ん坊を寝かせるつもりだった部屋に、まず鍵をかけた。やがて彼女はその床に、毛布一枚で寝るようになった。気づかれないようにしたつもりだったが、母親の目はごまかせなかった。

ベルモン夫人は熱に浮かされたような娘のさまを心配し、彼女を抱きよせて髪を撫でた。おまえの気持ちはわかるけれど、子供を産むことばかりが人生の成功じゃないわ。そんなことが言えるのは、彼女に子供がひとりいるからだ。

「たしかに不公平よね……」とジャンヌ・ベルモンは続けた。「でも子供が欲しいなら、まずは父親を見つけるのが自然なことじゃない」

無邪気な言い草だわ。母なる自然だとかなんとか、そんな御託には学校でもうんざりしている……

「ええ、おまえが反発するのはもっともよ。わたしが言いたかったのは……ものには順番があるってこと。相手の男が見つかってから……」

「いたわよ、男なら」

「たぶん、選択が間違っていたのね」

そこでルイーズは、男を漁り始めた。家や職場の学校から離れたところで、こっそりいろいろな男と寝た。若い男がバスのなかで色目をつかってくれば、あんまり蓮っ葉そうに見えないよう控えめに応じた。そして二日後、天井の裂け目に意識を集中させながら目を閉じ、小さな叫びを漏らすのだった。翌日から、さっそく次の生理予定日を指折り数え始める。どんな子だろう。「何をしでかすかわからないわ」彼女は心の内で、そう繰り返した。苦労を覚悟しておいたほうが、子供が生まれやすくなるとでもいうように。これは慢性病みたいなものだと、自分でもわかっていた。わたしは病気にとり憑かれているんだ。

ルイーズは教会に通って蠟燭に火を灯し、贖罪を求めてありもしない過ちを告白した。赤ん坊に乳をやることを、ただ夢見ていた。愛人のひとりが乳首を口に含むと、彼女は急に泣きだした。できれば男たちみんなに、平手打ちを喰らわせたいくらいだった。子猫を拾ってきたこともあった。汚らしい子猫だったのが嬉しかった。ルイーズは汚れを拭き取り、風にあてた。それは自分勝手で気難しい猫で、たちまちぶくぶくに太った。子供ができないうしろめたさから感じていた架空の罪を贖うには、ちょうどおあつらえむきだ。ジャンヌ・ベルモンは疫病神扱いしていたが、追い出そうとはしなかった。

ルイーズは走り続けるのに疲れ、医者に診てもらう決心をした。そして評決が下った。

まさか、卵管に問題があったとは。卵管炎を繰り返した後遺症で、どうにも処置のしようがないという。たまたま時を同じくして、夕方、〈ラ・プティット・ボエーム〉の前でデブ猫が車に撥ねられた。厄介払いができたな、とジュールさんは言った。

ルイーズは男たちと寝るのをやめ、やけに短気になった。夜、家の壁に頭を打ちつけては、自分を呪った。大っ嫌いよ、こんなわたし。鏡に映った顔が、かすかに引きつっている。それは子供がいない欲求不満に苦しむ女の、ぎすぎすとして怒りっぽく神経質そうな表情だった。まわりにいるほかの女たち、たとえば同僚教師のエドモンドや、煙草屋を営んでいるクロワゼ夫人は、子供がいなくてもへっちゃららしい。ルイーズは、自分が侮辱されたように感じていた。

ルイーズの秘めたる怒りに、男たちは恐れをなした。以前は気安く接してきたレストランの客たちも、テーブルのあいだを行き来する彼女に軽く触れることもなくなった。彼女は誰ともうちとけず、いつも冷ややかだった。学校では陰で〝モナリザ〟と呼ばれていたが、そこに親しみはこもっていなかった。髪を短く切って自分の女らしさを罰し、近寄りがたい外見にした。しかし皮肉なものである。その髪型のせいで、彼女はこれまでにも増して美しくなったのだから。生徒たちにまで腹が立ってくるのではないかと、心配になることもあった。そのうち、ゲノ先生みたいになってしまうのではないか。あのヒステリー女、反抗的な男子生徒を黒板の前に出てこさせてズボンを脱がせたり、言うことを聞かない女子生徒を休み時間のあいだもずっと立たせ、ズロースのなかにお漏らしをさせたりすることとさえあった。

ルイーズは鏡の前に立って、千々に思いを巡らせた。たぶんあれからずっと、男たちとの関係を絶っているせいだろう、彼女は突然、はっと気づいた。ドクターの申し出はたしかに不道徳なものだけれど、ああ言われて少し嬉しかったことに。

次の土曜日、それでもルイーズはほっとした。ドクターは失礼のほどを反省したらしく、あの話を蒸し返すことはなかった。彼は愛想よく微笑み、料理や水さしの礼を言うと、いつものように《パリ＝ソワール》紙をじっと読み始めた。これまでルイーズは、ドクターを意識して眺めたことがなかったが、彼が新聞に目を落としている隙にじっくり検分した。先週、ドクターにあんなことを言われてすぐに反応できなかったのは、彼にいかがわしげなところがまったくないからだ。疲れきったような、細長いしわだらけの顔は七十歳くらいに見えるが、ルイーズは外見から歳をあてるのが苦手で、いつも間違えてばかりだった。ドクターはどことなくエトルリア的だわ。そんな印象を抱いたことを、彼女はずっとあとになって思い出すだろう。それにしても、妙な表現だと、自分でも意外だった。これまで、めったに使ったことがなかったのに。要するに、ぐっと張り出したわし鼻のせいで〝ローマ的〟だと感じたのだ。

ジュールさんは、共産主義者(コミュニスト)の宣伝活動が死刑の対象になるだろうという噂に興奮して、さらに話を大きくした。(「おれに言わせりゃ、やつらの弁護士も、まとめてギロチン送りにすべきだな……まっ、そういうことだ」)ルイーズがテーブルのあと片づけをしていると、隣の席のドクターが帰り支度をして立ちあがった。

「もちろん、お金は払うとも。いくら欲しいか言ってくれたまえ。この前も言ったとおり、一度眺めるだけだ。怖がることなんかなにもない」

彼はオーバーのボタンを閉め終えると帽子をかぶり、ジュールさんに片手をふってドアをあけ、店を出ていった。ジュールさんは、共産党の書記長モーリス・トレーズが逃亡した一件まで、話を進めたところだった。(「あやつめ、きっとモスクワにいるな。あいつと、その仲間たちがね」)ルイーズは予想外の不意打ちを喰らって、危うくトレーを落としそうになった。ジュールさんが顔をあげて言った。

「どうかしたのか、ルイーズ?」

次の一週間で、怒りはいや増した。ルイーズは思っていることを、言ってやるつもりだった。あの愚かな老いぼれに。そして土曜日になるのを、今か今かと待ちわびた。けれどもドクターが店に入ってくるのを見たとき、やけに年老いて弱々しく思えた……料理を運んでいるあいだ、彼女はぴったりの言葉を探した。どうしてあんなふうに、怒りが収まってしまったのだろう。それは彼が自信たっぷりだったからだ。ルイーズはドクターの申し出に困惑しているというのに、むこうはなんの疑いも抱いていないかのようだ。彼はにっこり笑って日替わりの料理を頼むと、新聞を読み、食べ、お金を払って、帰りぎわに穏やかな声でたずねた。

「考えてくれたかね？　いくら欲しい？」

ルイーズはジュールさんに目をやった。老ドクターと入り口の脇でこんなふうにこそこそと話しているのが恥ずかしかった。

「一万フラン」と彼女は罵倒するかのように言い放った。

顔が赤くなった。そんな大金、とても受け入れられる額じゃない。

わかった、というように、ドクターはうなずくと、オーバーのボタンをかけ、帽子をかぶった。

「それでいい」

そして店を出ていった。

「ドクターとなにかもめてるんじゃないだろうな？」とジュールさんがたずねた。

「いいえ。でも、どうして？」

ジュールさんは曖昧な身ぶりをした。いや、違うならいいんだ。

金額の大きさに、ルイーズは恐ろしくなった。仕事をすませながら、彼女は一万フランで買えるものを並べ挙げてみた。男からお金をもらって裸になることを、わたしは受け入れようとしている。今、それがよくわかった。わたしは売春婦なんだ。そう思ったらなんだかすっきりした。前から抱いていた自分のイメージにも合っている。だいいち裸になるくらい、医者に行けばいつでもやっていることだし、と自分に繰り返し言い聞かせ、気持ちを落ちつかせた。同僚の女教師のひとりは、美術学校でヌードモデルをしているそうだけれど、退屈なだけだって言っていた。もっぱら心配なのは、風邪をひくことくらいだと。

おまけに一万フランももらえるときている……いや、ありえないわ。裸になるだけでそんな大金を出すなんて、間尺(ましゃく)に合わないじゃない。きっとドクターは、別のことまで要求するだろう。この金額からすると、たぶん……けれどもルイーズは、一万フランでどこまで望めるものなのか、見当がつかなかった。

たぶんドクターも、同じことを考えたのだろう。もうその話をしなくなったから。こうして一週間がすぎ、また次の一週間がすぎ、三週目がすぎた。もしかして、ふっかけすぎだったかしら、とルイーズは思った。きっとドクターは誰か、もっと話のわかる女の子を探すことにしたのだろう。ルイーズは気分を害した。料理の皿を乱暴に置いたり、ドクターに話しかけられたときには喉を少しうならせたりしている自分に驚いた。要するに、客の立場だったら不愉快きわまるウェイトレスになってしまったようだ。

彼女は料理を運び終えると、テーブルをスポンジで拭いた。そこから、ペール小路の自宅が見えた。道の隅に医者の姿があった。曲がり角のところで、いらいらと誰かを待っているみたいに煙草を吸っている。

ルイーズはできるだけ仕事を長びかせたけれど、いくら時間をかけようとも、いつかは必ず終わりが来る。彼女はコートを着て外に出た。ドクターが待ちくたびれて帰っていればいいと思ったが、そんなことはないとわかっていた。

ルイーズはドクターに歩み寄った。彼はやさしく微笑んだ。店にいるときよりも、小さく感じられた。

「場所はどこがいいかな、ルイーズ？　きみの家？　それとも、わたしの家？」

彼の家なんて、ありえない。危険すぎる。

わたしの家もだめだ。どんな顔をしていればいいっていうの？　隣近所の目もあるし……ほとんど誰からも見られないような場所だが、ここは筋を通さねば。だから、それもだめ。

だったらホテルはどうだろう、とドクターは言った。連れこみ宿代わりになっているようなホテルだが。いいわ、とルイーズは答えた。

彼はこの返事を予想していたのだろう、手帳のページを破った走り書きをさし出した。

「金曜日でいいかな？　午後六時ごろでは？　ティリオンの名で予約しておくから。メモに書いてある」

彼は両手をポケットに入れた。

「ありがとう。嫌と言われなくてよかったよ」とドクターはつけ加えた。

ルイーズは紙切れを持ったまま、しばらくそこにたたずんでいたが、やがてそれをバッグにしまうと、家に戻った。

次の週はずっと思い悩んだ。

行くべきか、行かざるべきか。毎日昼間に十回、夜にはさらに二十回気持ちが変わった。どちらにしても、もしとんでもない事態になったら？　メモに書かれた番地は、十四区にあるホテルのものだった。ホテル・アラゴン。ルイーズは木曜日、下見に行ってみた。ちょうど建物の前に着いたとき、サイレンが鳴り始めた。空襲警報だ。ルイーズはあたりを見まわし、逃げ場所を探した。

「こっちへ……」

客たちがいら立ったような足どりで、ホテルから一列になって出てきた。ひとりの老女がルイーズの手を取った。ここよ、脇のドア。地下室に続く階段をおりると、蠟燭に火が灯された。ルイーズが首から防毒マスクをぶらさげていなくても、みんな驚いているようすはない。地下室に集まった二人にひとりは、どのみちマスクを持っていなかった。賄いつきのホテルらしく、客たちは顔見知りだった。初めはルイーズをじろじろと眺めていたけれど、お腹の肉がズボンからはみ出した男がトランプを取り出し、若い夫婦がチェッカーボードを広げると、もう誰も彼女のことなど気にかけなかった。けれども、ホテルの女主人だけは別だった。鳥のような顔をした老女で、かつらとおぼしき真っ黒な髪とメタルグレーの鋭い目をし、薄っぺらい安物のスカーフをかぶっている。椅子に腰かけると、ワンピースに隠れた膝がやけに尖っているのがわかった。この女だけは、なぜか執拗にルイーズを見つめていた。この界隈で知らない顔に出会うのは、珍しいのだろう。空襲警報はほどなく解除され、みんなぞろぞろと階段をのぼり始めた。「ご婦人がたを先に」と太った男が叫んだ。ジェントルマン気取りで、毎回、同じことを言っているのだとわかる口調だった。ルイーズに話しかける者はいなかった。彼女はまだこっちを見ているホテルの女主人に礼を言い、その場を離れた。女の視線が感じられた。けれどもルイーズがふり返ったとき、通りには誰もいなかった。

翌日、時間はあわただしい速さですぎた。ルイーズは行かないことにしようと決めていた。けれども学校から戻ると、服を着替えていた。そして午後五時半、無意識の恐怖にとらわれ家を出た。

玄関先でいったん引き返し、キッチンの引き出しをあけて肉切り包丁をつかみ、ハンドバッグに忍ばせた。

ホテルのフロントにいた女主人は、ルイーズに気づいて驚きを露（あら）わにした。

「ティリオン」とルイーズは、ひとことだけ言った。

老女はキーをさし出し、階段を示した。

「四階の三一一号室です」

ルイーズは吐き気がした。

あたりはしんと静まり返っている。ルイーズはホテルという場所に、足を踏み入れたことがなかった。それはベルモン家に縁のない、金持ちのためのもの、というか自分たちとは違ってバカンスが取れる人々、あるいはその日暮らしをしている人々のためのものだ。

〝ホテル〟という言葉はエキゾティックで、宮殿を連想させる。けれども言い方しだいでは、売春宿のようにも聞こえる。どちらにしても、ベルモン家の人間が行くところではない。けれどもルイーズは、今まさにホテルにいた。廊下のカーペットは擦り切れているが清潔そうだった。階段をのぼったせいで息が切れ、ドアの前にしばらくたたずんでノックする気力を奮い立たせた。どこかで物音がした。ルイーズはにわかに恐ろしくなり、ドアノブをつかんでまわし、部屋のなかに入った。

ドクターは待合室にでもいるみたいに、オーバーを着たままベッドに腰かけていた。彼はとても落ち着いたようすだった。ずいぶん年寄りだわ。これなら包丁を使う必要はなさそうだ。

「やあ、ルイーズ」

やさしい声だったが、ルイーズは喉が締めつけられて返事ができなかった。

ベッド、テーブルに椅子、整理ダンスがあるだけの小さな部屋だった。タンスのうえには分厚い封筒が置いてあった。ドクターは口もとににこやかな笑みを浮かべ、ルイーズを安心させようとするように、頭を軽くかしげた。しかし彼女はもう、怖がっていなかった。

ここへ来るまでのあいだに、決心は固まっていた。まずは、こう言うつもりだった。前もって決めたとおりのことしかやるつもりはない。体に触れるのは論外。もしそんなことをしたら、すぐに帰るからと。それから、お金もちゃんと数えておこう。騙されたくはない……けれども今、狭苦しいこの部屋に入ってみると、想像していたシナリオはあてはまらないとわかった。すべては単純に、粛々と進むことになるだろう。

さて、どうしたものか。なにも始まる気配はない。ルイーズは勇気を奮い起こそうとするかのように、封筒に目をやった。一歩さがって、ドアについたフックにコートをかけ、靴を脱ぐ。そして少しためらったあと、腕を頭のうえで交差させ、ワンピースをたくしあげた。

手伝ってくれればいいのに、とルイーズは思った。どうするのか、ドクターのほうから指示してくれれば。けれども部屋には重苦しい沈黙が続き、ルイーズは耳鳴りがしてきた。一瞬、気が遠くなった。わたしの具合が悪くなるのを待って、そこにつけこむ気なのだろうか？

ルイーズは立ったままで、ドクターは腰かけていた。だからといって、彼女のほうが有利なわけではない。ドクターはなにもしないことで、攻勢をかけてくる。

彼はただルイーズを眺め、じっと待っていた。

ルイーズが下着姿になると、ドクターのほうが寒そうにオーバーのポケットに手を入れた。

ルイーズは安心感を得ようと、馴染み客の面影をドクターの顔に探したけれど、彼はま気まずい時間が続いた。たった一、二分のことだったろうが、それがルイーズにはとても長く感じられた。なにかしなければ、と彼女は思い、両手を背中にまわしてブラジャーをはずした。

老人は目をあげ、光に引き寄せられるみたいに彼女の胸を見つめた。表情はまったく変わらなかったけれど、ルイーズはドクターの顔に感動の色が浮かぶのがわかった。彼女も自分の胸、薄紅色の乳輪を眺めた。そこにはかすかな痛ましさがあった。ルイーズはもう終わりにしたかった。それで決心し、パンティーを脱いで床に落とした。そして何をどうするというつもりもなく、両手を背中にまわした。

老人の目が、やさしく撫でまわすみたいにゆっくり下にむかい、下腹部のあたりで止まった。長い数秒間がすぎた。彼がどんなことを感じているのか、外からはうかがい知れなかった。なにかいわく言いがたい底なしの悲しみが、その顔、その存在すべてをそっと包んでいるだけだった。

背をむけるべきだ、とルイーズは本能的に思った。痛ましい事態にいたるのを、避けたかったのだろう。

彼女は左足を軸にして体を半回転させ、整理ダンスのうえの壁に飾られた版画を、一瞬見つめた。やや斜め横から見た、海の版画だった。ドクターの視線がお尻に注がれるのを感じた。

ルイーズはまだ疑念を捨てきれなかった。彼は手を伸ばし、触ってくるのではないか？

ルイーズはドクターのほうへふり返った。

老人はポケットから拳銃を取り出したところだった。彼はその引き金を引き、自分の頭部を撃ち抜いた。

ルイーズは裸でぼんやりとうずくまり、ぶるぶると震えていた。ベッドに横たわる老人は、まるで仮眠を取っているかのようだ。足は床から数センチうえに浮いている。ルイーズがふり返ったのを見て気が動転したのだろう、ドクターは引き金を引く瞬間、銃口を少し下にむけてしまった。そのせいで顔の半分が吹き飛び、ベッドカバーに血の染みが広がっていた。

すぐさま警察に通報が行った。部屋に駆けこんだ隣室の男性客は、素っ裸の若い女を見て対処に窮した。どこを持ってかかえればいいのだろう？　腕の下、それとも脚？　小さな部屋のなかには、焦げた火薬の鼻をつく臭いが漂っていた。けれどもとりわけ印象的だったのは、おびただしい量の血だった。裸の女も血まみれだ。

男はベッドのほうを見ないようにしながらルイーズの脇にしゃがみこみ、肩に手をかけた。体は冷えきって、まるで石でできているかのようだった。風に吹かれるシーツみたいに、ぶるぶると小刻みに震えてはいたけれど。

彼はルイーズの腋の下に手を入れてできるだけしっかりと支え、なんとか立ちあがらせた。そして全力をふり絞り、彼女が崩れ落ちないようふんばった。

「さあ、行きますよ……」と男は言った。

ルイーズはベッドに横たわる老人に目を落とした。

ドクターはまだ息をしていた。ゆっくりと瞬(まばた)きを繰り返しながら、まるで奇妙なもの音が聞こえるかのように天井を見つめている。あの音はいったいどこから来るんだ、とでも言いたげな顔だった。

その瞬間、ルイーズは見境をなくした。彼女は恐ろしいうなり声をあげ、いきり立った猫といっしょに袋に閉じこめられた魔女みたいに、ばたばたともがいた。そして部屋を飛び出し、階段を駆けおりた。

一階にはやじ馬が集まっていた。ホテルの客や、銃声を聞いてやって来た近所の住人たちは、裸のルイーズがあらわれるのを目にした。彼女は叫び声をあげながら、人々を突き倒した。

そしてホテルのドアを抜けた。

ほどなくモンパルナス大通りに出たけれど、彼女は走り続けた。

通行人たちの目に入ったのは、裸の若い女ではない。それは幻の出現だった。血まみれの体、狂気に引きつった目。それがよろよろとよろけながら、ジグザグに走っていく。突然、通りを横ぎって、車の前に飛び出すんじゃないか。みんながそう思ってはらはらした。車はスピードを緩め、バスはブレーキをかけた。男がデッキから口笛を吹き、あちこちでいっせいにクラクションが鳴らされた。けれどもルイーズの耳には、なにも入っていなかった。ただ裸足で走っていく。すれちがった通行人は、しばらく啞然としていた。彼女は目に見えない羽虫の大軍を追い払おうとするかのように、腕を大きくふりながら、歩道のうえをくねくねと進んだ。ショーウィンドの前を通り、バス停を迂回してぐらりとよろめく。彼女が走ってくると、みんなさっと遠のいた。どうしたらいいのか、誰にもわからなかった。

通りは大混乱だった。何者だ、あの女？　と誰かがたずねる。頭がおかしいんだろう。きっとどこかから逃げてきたんだ。捕まえなくては……しかしルイーズはもう通りすぎ、モンパルナス交差点のほうへとむかっていた。まだ寒い時期のこと、体のあちこちが青く変色し始めた。顔を見れば、錯乱状態にあるのがよくわかる。目は今にも飛び出しそうだ。

頭にターバン帽をかぶった、管理人風の痩せた老婆が、歩道に立っていた。老婆はルイーズが駆けてくるのを見て、とっさに親類の娘のことを思った。あの子と同じくらいの歳だわ。

「そこで彼女は、突然立ちどまったんです。まるで道をたしかめるみたいに。わたしはためらわずコートを脱ぎ、肩にかけてあげました。彼女はわたしを見つめ、その場に倒れこみました。わたしの目の前に、ばったりと。どう支えたらいいのやら。さいわい、まわりの人たちが手伝ってくれました。彼女はすっかり凍えていて……」

やじ馬たちに呼ばれた警官は、自転車を歩道に乗り捨て、口々になにか言っている人ごみを肘で掻き分けルイーズに近づいた。

警官が目にしたのは、地面にうずくまっている若い女だった。コートの下は裸らしいとわかった。血に汚れた腕で顔を拭い、赤ん坊が生まれるみたいにはあはあと激しい息をしている。

ルイーズは顔をあげた。まず制帽が、それから制服が目に入った。

わたしは犯罪者なんだ。捕まえに来たんだわ。

彼女は恐ろしくなり、周囲を見まわした。

閃光が彼女を貫いた。再び銃声が聞こえ、火薬の臭いがした。血のカーテンが空からさがり、彼女を外界から遮断した。
ルイーズは腕を伸ばし、わめき声をあげた。
そして意識を失った。

2

ずらりと二十列にも並んだ空気濾過(ろか)器は、ステンレス製のドラム缶のようだった。巨大なミルクポットを思わせる、間の抜けたかっこうをしている。これじゃあ安心できないな、とガブリエルは思った。この空気濾過器で敵の毒ガス攻撃から身を守るのだというが、びくびくと不安そうに立っている歩哨(ほしょう)くらいにしか感じられない。マジノ線は何百もの要塞やトーチカからなり、いつなんどきドイツ軍が侵攻してきても立ちむかえるようにと造られた。けれども近くから見ると、なんだかとてもたよりなかった。この防御線でもっとも大規模な拠点のひとつであるマイアンベールも、老いぼれじじいみたいに非力(ひりき)そうだ。銃弾や砲弾からは逃れることができても、地下にこもっている兵士たちは全員、窒息死してしまうのではないか。

「ああ、軍曹殿でしたか?」と見張りの兵士が、からかい半分に言った。

ガブリエルは手のひらをズボンで拭った。歳は三十。茶色の髪と、年じゅうびっくりしているような丸い目をしている。

「ちょっと寄っただけだ……」

「そうですよね」と言って兵士は遠ざかった。

彼が当直のたび、この若い軍曹は〝ちょっと寄った〟と言って姿を見せる。

ガブリエルは空気濾過器がちゃんとそこにあるか、確かめに来ないではいられなかった。

ランドラード兵長の説明によれば、この装置が一酸化炭素やヒ化水素を検出する仕組みは、単純で原始的なのだそうだ。

「実際のところ、見張り番の鼻しだいってわけさ。せいぜいこいつが、風邪をひかないように願わなくては。それですべてが決まるんだ」

ラウール・ランドラードは電気系統の技術者で、目端(めはし)の利く兵士だった。悪いニュースやろくでもない噂を、諦観したようなしたり顔で事細かに触れまわる。ガブリエルが毒ガス攻撃の危険にどれほど怯えているかを承知のうえで、耳にしたことはすべて機を逃さず話して聞かせた。わざとしているのかと思うほどだ。そう、昨日も彼はこんな話をした。

「上層部は飽和状態の空気濾過器を、順次入れ替えるつもりでいたんだが、ひとつ教えてやろうか。入れ替えには時間がかかるから、要塞全体を守るには間に合わない……絶対にね」

まったく奇妙な男だ。ほとんど赤毛に近い金髪が、カンマの形に額に垂れている。口角のさがったへの字の口、剃刀の刃みたいに薄い唇。ガブリエルは彼のことが、少し恐ろしかった。もう四カ月近くも前から、彼らは同じ部屋で寝起きを共にしていた。ラウール・ランドラードは到着早々、ガブリエルがマイアンベール要塞に抱く不安を体現するようになった。この巨大な地下要塞が、ガブリエルには恐ろしい怪物のように思えた。参謀本部が送りこむ犠牲者たちを、大口をあけて呑みこもうとする怪物のように。

九百名以上の兵士がそこに暮らし、数千立方メートルものコンクリートの下に続く何キロもの地下通路を絶えず行き来していた。発電装置の騒音がつねに響き、鉄板は地獄の亡者さながらうなり声をあげ、じめじめした湿気に混じって軽油の臭いが漂っている。マイアンベール要塞に足を踏み入れると、薄暗い日光に照らされて、数メートル先に真っ暗な長い通路が見えるだろう。そこには戦闘ブロックへとむかう小さな電車が、耳を聾する轟音をあげて走っている。いざ宿敵がお出ましとあいなれば、ずらりと連なる戦闘ブロックから周囲二十五キロにわたり、百四十五ミリ砲弾を飛ばす準備ができていた。とりあえずは備蓄品のケースを整理した。重ねたり、ふたをあけたり、仕分けや移動、点検をしたり。あとはもう、なにもすることは残っていない。メトロと呼ばれる電車も、温かいスープを入れた料理保温箱を運ぶためにしか使われなかった。

部隊に徹底抗戦の命令が下されていることは、みんな忘れてはいなかった。「たとえ敵に包囲されて完全に孤立し、援軍の到来が期待できなくとも、決して撤退を考えず、備蓄が尽きるまでその場に踏みとどまって抵抗するように」と言われていたが、そんな窮地に追いやられる状況とはいかなるものなのか、とっくに誰も想像がつかなくなっていた。祖国のために死ぬ覚悟にも、いいかげん飽き飽きだ。

ガブリエルは戦争を恐れていなかったが——そもそもここでは、誰も怖気(おじけ)づいてなどいない。マジノ線は難攻不落だと言われているのだから——閉ざされた空間に押しこめられているような感覚は耐え難かった。夜中の当直、廊下に並んだ折りたたみ式のテーブル、狭苦しい共同寝室、不足しがちな飲み水。まるで潜水艦のなかみたいだ。

光が恋しかった。ほかのみんなと同じように、一日三時間しか外に出られない。それが命令だった。外ではコンクリートを打ちこんだり(要塞建設はまだ終わっていなかったから)、有刺鉄線を何キロにもわたって張りめぐらしたりした。そうやって、敵の戦車が近づくのを妨げようというのだ。農民の邪魔になりそうな場所や果樹園は、避けるようにしたけれど(敵も農作業には配慮するだろう。野菜や果物の味にかかわることだから、そうした地域は迂回するはずだ)。鉄道の枕木を地中に埋めこむ作業もやらされた。一機しかないパワーショベルがよそで使われていたり、レールの敷設機械がまたもや壊れてしまったときは、砂を掘るための塹壕(ざんごう)シャベルに頼ることになる。こんな調子だから、レールを敷き終えるのが精いっぱいだった。

時間の余裕があれば、鶏やウサギも育てた。豚の飼育にいたっては、地方紙の記事に取りあげられたほどだ。

しかしガブリエルは、地下に戻るのが恐ろしくてたまらなかった。再び要塞の奥に入ると、体が痙攣(けいれん)するほどだった。

毒ガス攻撃の脅威が頭から離れない。マスタードガスは服やマスクに浸透し、目や皮膚、粘膜を焼くそうじゃないか。ガブリエルは不安のあまり、軍医に相談した。いつも疲れきったような顔をし、洗面台のように色白で、墓掘り人のように陰気な男だった。まあ、あたりまえさ、と彼は言った。まともじゃないからな、ここは。目的もわからず、ただえんえんと待っている。こんなところで暮らしていたら、誰だっておかしくなるだろうよ。軍医はもったいぶった口調で、うんざりしたようにそう言うと、アスピリンを出した。じゃあ、また来たまえ。彼は人と会うのが好きだった。ガブリエルは週に二、三度、軍医をチェスで負かしたが、むこうはまったく意に介していない。彼は負けるのも好きだった。ガブリエルは去年の夏から、軍医とチェスをするのが習慣になっていた。体調が悪いわけではないが、こんな生活環境に嫌気がさして、医務室に逃げこんでいたのだ。あそこへ行けば、少しは気が紛れる。その時期、湿度は百パーセント近く、ガブリエルは絶えず息苦しさを感じていた。要塞内の気温は耐え難くて、汗も出ないほどだった。体はいつもじっとり濡れていて、ベッドシーツは冷たく湿っていた。服はずっしりと体にまとわりつき、洗濯物はろくに乾かず、私物をしまう戸棚はかび臭かった。共同寝室はもう、ほとんど飽和状態だ。おまけに毎朝四時から動き始める送風機の絶え間ない騒音が、換気ダクトを通じて響いてくる。もともと眠りの浅いガブリエルにとって、この要塞はまさに生き地獄だった。

みんな、待ちくたびれていた。雑役に出るのもうんざりだ。敵の攻撃があったとき爆風を遮る防御扉の監視にも、あまり熱が入らない。規律はすっかり緩んでしまい、みんな見張り当番のあいだに酒保(しゅほ)で一杯やるようになった（上官たちも馬鹿ではないが、酒保のドアが昼夜あけっぱなしでも、目をつぶっていた）。遠くから、はるばるやって来る連中もいる。何十キロも離れたイングランド人やスコットランド人の大隊から、夜になって不意の来訪者があることも珍しくなかった。飲みすぎたやつらを送り届けるため、救急車が呼ばれることもあった。

そんななか、ラウール・ランドラード兵長は俄然頭角をあらわし出した。軍隊に入る前の彼について、ガブリエルはなにも知らなかった。けれどもここ、マイアンベールで、ランドラードはやり手の密売人としてたちまち一目置かれるようになり、あらゆる闇取り引きの仲介役を果たした。それが性に合っていたのだろう。彼にとって世の中は、小狡いインチキ商売の相手に困らない、生簀のようなものだった。

ランドラードがマイアンベールでまず始めたのは、イカサマ賭博だった。木箱をひっくり返した台に、コップが二つあればいい。彼はそれを使って、くるみやビー玉、小石、あらゆるものを自由自在に出したり消したりした。彼の技を見ていると、当たりと思うカードやコップをついつい指ささずにはおれなくなってしまう。暇で退屈なものだから、彼のもとに博打好きが集まり、評判はほかの隊にまで広まった。もっとも外部の兵士たちは、マイアンベールばかり特別扱いされてと、妬んでいたけれど。誰もが兵長を熱烈に歓迎し、その巧みな指さばきに、将校から兵卒までみんなが魅了された。札当て賭博の腕前もさることながら、はした金の賭けしか行なわないのがランドラードのうまいところだった。一フラン、二フランの負けなら、みんな笑って払ってくれる。そんなふうに小銭を集めて、一日に三百フランを稼ぐことも珍しくなかった。残りの時間は、近くの酒場や兵站部の下士官、酒保の店員との闇取り引きに精を出した。ついでに女のところにも通った。町に惚れた相手がいると言う者もいれば、売春宿に行ってるだけだと言う者もいた。いずれにせよ、彼はしばらく姿を消したあと、いつも晴れやかな笑みを浮かべて戻ってきたが、何がそんなに嬉しいのかは誰にもわからなかった。

金に困っている仲間にいくらか払って、発電所の監視当番を代わってもらうこともあった。上官は見て見ぬふりをしていた。ランドラードはそうやって得た時間を、酒保の貯蔵品密売にあてた。彼はそこで、効率的に利ざやを稼ぐシステムを作りあげた。商品引き渡し時の値引き、手数料、売買のさいのチップ。マイアンベールでは一日四百五十リットルのビールが消費されるのだから、黙っていても金が入ってくる。けれどもランドラードは、ほかにもあれこれと触手を伸ばした。たとえば厨房にもさりげなく金をばらまき、しっかりもとを取っていた。兵站部に足りないものはほとんどすべて手に入れられると豪語していたが、たしかにそのとおりだった。将校たちには希少な品々を調達し、日に二回の牛肉に飽き飽きしている兵士たちには、特別メニューを提供した。毎日代わり映えのしない仕事ばかりで、みんな飽き飽きし始めると、ランドラードはハンモックやら物入れやら、食器、マットレス、毛布、雑誌、カメラなどを売って歩いた。なにか欲しいものがあったら、ラウール・ランドラードが探し出してやる、というわけだ。去年の冬には、大量の暖房器具やパン切りナイフも見つけてきた（ありとあらゆるものが凍ってしまうので、ワインまでかたまりで切り分けねばならなかった）。さらに彼は、除湿装置も仕入れてきた。効果のほどはゼロに近かったけれど、こいつは飛ぶように売れた。キャンディ、チョコレート、アーモンドクリーム、酸味ドロップ、砂糖菓子なども、とりわけ下士官には人気商品だった。軍の上層部は兵士ひとりに、朝食時にはブランディをひとくち、食事ごとにたっぷり一クォートのワインを割り当てていた。そんなわけで、膨大な量の安ワインやアルコールが消費され、すさまじい勢いで補給が繰り返された。ランドラードはその一部をそっとかすめ取り、近隣のカフェやレストラン、農民や日雇いの外国人労働者たちに安く転売した。戦争がこのままの状態であと一年も続けば、ランドラード兵長はマイアンベール要塞をまるまる買い取ることだってできただろう。

ガブリエルは交代がきちんとなされているか、確認をしに行った。動員される前は数学の教師だったが、通信隊に配属され、外部からの作業員の要請を受理し、仕分けする任務にあたっている。ここで行なわれている戦争とは、つまるところ外部作業の指示と、外出許可の認定だ。みんなあきれるほど頻繁に外出許可を取り、将校の半数以上が不在になる日もあるくらいだった。もしもドイツ軍がそんなタイミングを狙って攻撃を仕掛けてきたら、マイアンベールは二日で陥落し、敵は三週間でパリに達するだろう。

ガブリエルは、二段ベッドが二つむかい合っている共同寝室に戻った。彼のベッドは上段で、ランドラード兵長のベッドのむかいだった。下段のアンブルザックは凶暴そうなもじゃもじゃの眉と、農民らしい大きな手をし、人一倍不平屋だった。そのむかいはシャブリエ。きゃしゃな体を絶えず揺り動かし、細長い顔はイタチを思わせる。誰かと話すときは、じっと相手を見すえた。まるで自分が口にした冗談に、どんな反応があるか待ちかまえているかのように。そんなふうに見つめられるとみんな居心地が悪くなって、たいていは気まずそうにくすっと笑うはめになった。こうしてシャブリエはなんの根拠もなく、愉快な男だという評判を得ていた。アンブルザックとシャブリエはラウール・ランドラードの子分だった。つまりこの共同寝室は、ランドラード兵長の司令部というわけだ。ガブリエルはここでくわだてられる術策に加担する気がまったくなかったので、彼が入ってくるとあとの三人は急に黙りこんでしまう。まったく嫌な感じだ。そんな耐え難い雰囲気が、兵舎の暮らしを織りなすささいな事件の原因になることもあれば、結果になることもあった。数週間前、ひとりの兵士が印台指輪を盗まれたと訴えた。イニシャルが刻まれているというのだが、彼の名前がポール・ドレストルだったせいで、みんな大笑いした。それじゃあ、イニシャルはPD、つまり〝おかま(ペーデー)〟ってわけか。それにこんなところに詰めこまれていたんじゃ、いざこざもあれば、いらつくやつもいる、悪事を働く輩(やから)だって出てくると、誰しも漠然と感じていた。そのわりに盗難はあまりなかったが、金の印台指輪となると、客観的に見てなかなかのお宝だ。

ガブリエルが今日寝室に入ったとき、ラウール・ランドラードはベッドに腰かけ、数字を並べていた。

「いいところに来たな」とラウールは言った。「空気の流量と総量の計算なんだが、おれにはさっぱりで……」

機械の効率を測定しているらしい。ガブリエルはラウールの手から鉛筆を取った。結果は〇・一三だった。

「おい、冗談じゃないぞ」とラウールは叫んだ。

なにやらあわてているようだ。

「どうかしたのか？」

「いやはや、空気濾過器に電気を送る発電装置に、ちょっと怪しい点があってな。毒ガス攻撃を受けたら、どうなると思う？」

ガブリエルが心配そうに黙っていると、ラウールはこう続けた。

「あの馬鹿ども、二サイクルのエンジンを選んだんだ。それじゃあ発電量は足りなくなるから、燃料を加えすぎて、その結果……」

ガブリエルはすっと血の気が引いた。

あわてて計算をしなおしたが、結果はやはり〇・一三だった。つまり毒ガス攻撃を受けたとき、この発電量で濾過できる空気は……ぎりぎり発電所のなかだけということだ。要塞内は残りの場所すべて、壊滅状態に陥るだろう。

これも運命だといわんばかりに、ラウールは紙をたたんだ。

「やれやれ、まさかこんなこととは。それにしても……」

今さら設備を新しくするなんて不可能だというのは、ガブリエルにもよくわかっていた。何があろうと、二サイクルエンジンのコンプレッサーで戦わねばならない。

「おれたちは機械室へ避難すればいいが」とラウールは続けた。「あんたらは通信隊で……」

機械室というのは、発電所のことだ。ガブリエルは喉がからからになった。馬鹿げているのはわかっている。戦闘が始まっても、ドイツ軍が毒ガス攻撃を仕掛けてくるとはかぎらない。それでもガブリエルには、そうなるはずだと思えてならなかった。

「いざとなったら、おれたちのところに来ればいいさ……」

ガブリエルは顔をあげた。

「合言葉を決めておこう。機械室の南扉をノックして、合言葉を言ったらあけてやる」

「なんて言えばいい？」

ラウールは一歩さがった。

「そこはギブ・アンド・テイクで行こうぜ」

こっちに提供できるものなんかあるだろうか、とガブリエルは思った。

「情報だよ。通信隊にいれば、経理の動きが逐一わかるはずだ。いくら払って、何が店に入ってくるか。マイアンベール要塞が購入したり、外から取り寄せているものが全部な。それがわかれば、こっちはいろいろ助かるんだよ。ほら……前もって準備ができるから」

ラウールの提案は、あからさまだった。敵の攻撃があったとき、機械室の南扉をあけてやる代わりに、自分が築きあげた密売システムの片棒を担ぐよう、ガブリエルに持ちかけているのだ。

「いや、漏らすわけにはいかない……機密事項なんだ」

ガブリエルは言葉を探した。

「そんなことをしたら、反逆罪になる」

面白いことを言うやつだ。ラウールは大笑いした。

「牛肉缶の納入費が防衛機密だって？　ご大層なこったな、参謀本部も……」

ラウールはガブリエルが計算をメモした紙を広げ、彼の手に握らせた。

「ほら……機械室の南扉に着いたら、これを読みあげろ……」

ラウール・ランドラードはガブリエルを不安な気持ちにさせたまま、部屋を出ていった。

彼のあとにはいつでも、なにか不穏なざわめきが残った。胸が悪くなる臭いをあたりに漂わせる植物のように。

ラウールと交わした会話のせいで、ガブリエルは落ち着かない毎日をすごした。

三週間ほどしたある日、シャワー室で、アンブルザックとシャブリエの話す声が聞こえた。二人は戦闘ブロックの通気口に〝対火炎放射器試験〟が行なわれたことについて、議論していた。

「散々だな……」とアンブルザックが言った。

「散々なんてもんじゃない」ともうひとりも言う。「煤でフィルターが目詰まりしちまったらしい。あれじゃあ戦闘ブロックは、すぐにお手あげだ」

ガブリエルは思わずにやりとした。あいつら、下手な小芝居を打ちやがって。わざとさりげなくあんなやり取りを聞かせて、おれの恐怖心を煽ろうっていうんだな。けれどもそれは、まったく逆効果だった。

その晩、ガブリエルは軍医とチェスをした。すると軍医は、たしかに試験は行なわれたと言った。ガブリエルの息は速くなり、心臓がどきどきした。

「それで、どうだったんです、試験の結果は？」

軍医はじっと盤面を見つめ、ひとりごとのように話した。慎重にナイトの駒を前に進め、不満そうにつぶやく。

「たしかに、結果は決定的じゃない。だからこそ、今度は実地の演習が必要になる。おそらく不備も出てくるだろうが、うえの連中は大丈夫、システムは万全だと断言するだろう。そのあとやつらが追加のミサをひらいたって、おれは驚かんね。やつらにはそれが必要になるだろうし、おれたちにもだ」

ガブリエルは虚空に目をやり、クイーンを前進させた。

「チェックメイト……」と彼は小声で告げた。

軍医は対戦結果に満足して、チェス盤を折りたたんだ。

ガブリエルは少しふらつきながら、共同寝室に戻った。

何日かがすぎた。ラウール・ランドラード兵長はいつものように忙しそうに、狭い通路をすたすたと歩きまわっていた。

「よく考えておいたほうがいいぞ」と彼は、ときおり通りがかりに声をかけてきた。

ガブリエルは司令官が演習の命令を出すのを、心待ちにしていた。しかし、なにも起こる気配はない。そして突然、四月二十七日の朝五時半に、サイレンが鳴り響いた。

これは抜き打ち訓練なのか、それとも本当にドイツ軍が攻撃してきたのか？

ガブリエルは体を弓のように張りつめて、ベッドから抜け出した。

通路はすでに喧騒（けんそう）に包まれていた。持ち場にむかって走る何百人もの兵士たちでごったがえし、あちこちで命令が飛び交っている。ラウール・ランドラードと二人の手下が、革ベルトを締めながら共同寝室から出てきた。ガブリエルも軍服のボタンをはめかけのまま、彼らのあとについた。右往左往する兵士たち。いきなり通路に列車があらわれ、ガブリエルは地下の壁に張りついて、両手を石に押しあてた。サイレンが鳴り響き、弾薬の箱を積みこむ音や怒号が聞こえる。そんな状況に気圧（けお）され、ガブリエルはわけがわからなくなった。どうやら本当に、ドイツ軍が攻撃してきたらしいぞ。そんな考えが、頭から離れない。

ガブリエルは同室の三人を追って走り続けたが、だいぶ引き離されてしまった。息が切れ、足がふらついてくる。彼はまだ残っている軍服のボタンをなんとかはめ終えようと、身をくねらせた。十五メートルほど前で、ランドラード兵長が左に曲がるのが見えた。ガブリエルはスピードをあげ、自分も左に曲がった。ところがそのむこうから、人々が逆走してくるではないか。わめき声をあげながら逃げる人の群れのうしろから、不透明の雲が波のように押し寄せてくる。雲のなかからも、慌てふためいた兵士たちがよろよろと飛び出した。

ガブリエルは一瞬、その場に凍りついた。

でもドイツ軍の毒ガスは、目に見えないという話だぞ。するとあの白い煙は別物だという考えが、ぼんやりとした頭の片隅に浮かんだ。まだ知られていない毒ガスだろうか？　そんなことを思っているあいだに、ガブリエルは煙に巻かれてしまった。えがらっぽい臭いが肺を刺す。どっちへ行ったらいいんだ。彼は咳きこみながら、何度も周囲を見まわした。通りすぎる兵士たちも、模糊とした人影と化している。誰もが叫んでいた。こっちだ！　出口のほうへ！　いや、北通路へむかえ！

ガブリエルは目に刺さるぶ厚い煙のなかを、もみくちゃにされてよろめきながら進んだ。このあたりは通路が狭くなっているだけに、煙はいっそう濃さを増した。通路の幅は、二人並ぶのがやっとだ。二本のトンネルが交差するところまで来ると、流れこむ風がさっと煙を散らし、視界がひらけた。もっとも涙のせいで、まだぼんやりとしか見えなかったけれど。

助かったのか？

ふり返ると、かたわらにランドラード兵長がいた。壁の脇に立って、窪みを指さしている。壁には三十メートルごとに、そうした窪みが穿たれていた。列車が通るとき、避難する場所として主に使われているが、奥に小さな部屋があって物置になっているところもある。ランドラードが指さしているのもそうした窪みらしく、なかの鉄扉は半開きになっていた。ここは発電所の近くなんだろうか？　反対側にいるものと、思っていたのだけれど……ランドラード兵長は前腕で鼻をふさぎ、涙をぽろぽろ流しながら、なかにはいるようガブリエル軍曹に合図した。ガブリエルはうしろをふり返った。白い煙はまた広がり始めていた。風に押されて、急速にトンネル内に入りこんできたようだ。兵士たちが目を潤ませ、煙のなかから束になって飛び出してくる。みんな体を折り曲げて咳きこみ、うめき声をあげて出口を捜している。

「ほら、ここから」とランドラードは叫んだ。

彼は半開きの扉を示した。ガブリエルはなにも考えず、二、三歩前進した。なかは薄暗かった。明かりは天井の電球ひとつ。それがちっぽけな物置部屋を照らしている。重い鉄扉が、背後でばたんと閉まった。

ラウールはいっしょに入ってこなかった。ガブリエルを閉じこめたのだ。

ガブリエルは扉に飛びかかってあけようとしたけれど、ノブは空まわりするばかりだった。彼は扉を叩く手を、突然止めた。下の隙間や脇の蝶番（ちょうつがい）から、白い煙が吸いこまれるように入ってくる。

ガブリエルは大声でわめきながら、また拳で扉を叩き始めた。

えがらっぽい煙は、水があふれるみたいに勢いよく侵入し、ほどなく部屋は酸欠状態になった。

ガブリエルは腹がよじれるほど咳きこみ、床から立ちあがって体を二つに折り、がっくりと膝をついた。

胸は今にも張り裂けそうだった。煙で息ができない。苦しさのあまり、目玉が飛び出すかと思うほどだった。

もう、数センチ先しか見えない。ガブリエルは全身を引きつらせながら、目の前に広げた大きな手を見つめた。手は血まみれだった。

彼は血を吐いていた。

3

「彼女がベルモンだな」とル・ポワットヴァン判事はたずねた。

病院のベッドに横たわるルイーズは、少女みたいに幼気だった。

「きみはあれが売春ではないと言うが……」

ル・ポワットヴァン判事は年じゅう、小さなスエードの羊革で眼鏡を拭いていた。そのしぐさは、彼の同僚や協力者、官吏、弁護士たちにとって言葉と同じ意味を持っている。今はと言えば、せっせと眼鏡のレンズをこする手の動きは、この件に関する彼の疑念をはっきりと示していた。

「ともかく、ブラックリストには載っていません」と警官が答えた。

「しろうとの小遣い稼ぎかも……」と判事は言って、眼鏡をかけた。

椅子はがたつかないものをと言ってある。ル・ポワットヴァン判事は椅子に関して、とてもうるさかった。彼は眠っている女のうえに身を乗り出した。美人だな。髪は短いが、美人には変わりない。若い女なら山ほど見ていた。裁判所のオフィスには列をなしているし、サント＝ヴィクトワール通りの売春宿で客の体をいじくりまわす女たちもいる。看護師が病室の片づけをしていた。判事はその音にいらだってさっとふり返り、看護師を睨みつけた。看護師のほうはただ見返しただけで、あとは彼などそこにいないかのように仕事を続けた。判事は疲れきったようなため息を発した。やれやれ、女ってやつは！　彼はルイーズのほうにむきなおり、少しためらってから手を伸ばして、肩に触れた。親指が皮膚のうえを軽く滑る。温かな、柔らかい肌をしている。この女はたしかに悪くはないが、だからといって自分の頭に銃弾を撃ちこむっていうのは……判事の親指は、ルイーズの肩を何度もゆっくりと行き来した。

「終わりましたか？」

判事は火傷（やけど）でもしたみたいに、あわてて手を引っこめた。看護師は赤ちゃんを抱くように洗面器を腕に抱え、蒼ざめた小柄な判事のうえに身を乗り出した。

ああ、終わりだ。判事はファイルを閉じた。

続く数日間、医者たちは詳細な訊問をさせないようにした。そして聴取を再開できたのは、ようやく翌週になってからだった。

今度はルイーズも目を覚ましていた。これで目覚めていると言えればの話だが。警官ががたつかない椅子を用意しないうちは、訊問を始められない。だから判事はルイーズを見つめながら、眼鏡のレンズをせっせと拭いた。ルイーズはベッドの端に腰かけ、寒そうに胸の前で腕を組んで虚空を見つめている。彼女はずっと、ほとんどなにも食べていなかった。

椅子がようやく運ばれてきた。判事はそれを納得いくまで調べてから腰をおろし、膝のうえにファイルを広げた。看護師がつっけんどんな管理人のように、あいかわらずその場に控えているのが気に障ったが、まずは経緯の確認に取りかかった。警官はベッドの正面に移動し、壁によりかかった。

「氏名はシュザンヌ、アドリエンヌ、ルイーズ・ベルモン。生年月日は……」

判事はときおりルイーズのほうに目をあげたが、彼女のほうはまるで他人事みたいに微動だにしなかった。判事は突然言葉を切り、ルイーズの顔の前に手を伸ばした。しかし、彼女は無反応だった。判事はふり返った。

「たしかに彼女は、人の話が理解できているんだろうね？」

看護師は彼に耳打ちした。

「これまでもずっと、脈絡のない言葉をいくつか口にするだけでした。精神が錯乱しているのだろうと、担当医は言ってます。専門家に来てもらわねばならないでしょう」

「このうえ彼女の頭がおかしくなったんじゃ、面倒なことになるな」と判事は、書類に目を落しながらため息まじりに言った。

「ドクターは死んだのですか？」

判事はびっくりして、ルイーズのほうに顔をあげた。彼女がまっすぐに目を見るものだから、判事はどぎまぎした。

「そう、ドクター……ティリオンは、一日しかもたなかった」

彼はそこで少しためらってから、「マドモワゼル」とつけ加えた。

こんな女に問われるがまま、つい素直に答えてしまった自分が腹立たしくて、判事は不機嫌そうに続けた。

「本人にとっては、そのほうがよかっただろうがね。あんな状態では……」

ルイーズは警官に、それから看護師に目をやり、まだ寝ぼけているみたいにこう言った。

「あの人は、お金を出すから全裸の姿を見せて欲しいって言ったんです」

「だったら売春じゃないか」と判事は勝ち誇ったように叫んだ。

よし、これは売春絡みの事件だ。そうと決まって彼は満足だった。そして細かい性格に見合った細かい文字で書類に書きこみ、聴取を続けた。ルイーズはドクター・ティリオンとどのように出会ったかを説明した。

「あの人のことは、よく知っているわけではないんです」

判事はそっけない笑い声をあげた。

「なるほど。それじゃあ、きみは初対面の男の前で服を脱いだというわけか？」

彼は手のひらで腿をぱんと叩いて、警官をふり返った。ほら、きみも聞いたな？　こいつは妙な話だ。

ルイーズはレストランのこと、毎週土曜日にウェイトレスとして働いていること、ドクターの習慣のことを話した。

「のちほど店主に確かめてみよう」

判事は書類のうえに身をかがめ、ぶつぶつとつぶやいた。

「その店に、副業で客を取る女がほかにいなかったかも……」

そちらの方面をつついても、大した成果はないだろう。そこでル・ポワットヴァン判事は、いちばん気にかかっている点に話を移した。

「部屋に入ったあと、きみは何をしたのかね？」

真実はあまりに単純明快すぎて、ルイーズは言葉が見つからなかった。服を脱いだ、ただそれだけだ。

「お金を要求したのか？」

「いいえ、お金は整理ダンスのうえに置いてあって……」

「じゃあ、金額を確かめたんだな。確かめもせずに、男の前で服を脱ぎはしないだろう。違うかね？　わたしはよく知らんが……」

判事は返答をせがむ表情で、体をゆらゆらとゆすった。けれどもその顔は、うろたえたように真っ赤だった。

「で、それから？」

判事はますます苛立った。

「服を脱いだだけです」

「おやおや、若い女の裸を見るだけで、一万五千フランも払う男がいるものか」

約束の金額は一万五千ではなく、たしか一万フランだったはずだけれど、今となってはもうルイーズには確信がなかった。

「そこのところを知りたいんだ。こんなにもらうからには、もっと見返りを約束したのでは？」

判事が何を明らかにしたいのか、警官と看護師にはよくわからなかった。けれども、苛立たしげに眼鏡を拭く指の動きには、興奮も感じられた。それは見ていて痛ましかった。

「そうだろう……こんな大金なんだから……おかしいと思うのは当然だ」

眼鏡のうえを行き来する指のテンポが速くなる。判事は寝衣の下で息づくルイーズの胸に、ちらりと目をやった。

「一万五千フランといえば、ちょっとした金額だ」

会話は袋小路に入りこんでいた。判事はまた書類をじっと読み始めた。やがて彼は獰猛そうな笑みを浮かべて、書類から顔をあげた。指紋、横たわっていた体の位置、傷の状況。それらすべてから見て、ドクター・ティリオンがみずから頭に銃弾を撃ちこんだのは間違いないが、まだひとつ容疑事項が残っていると気づいて、判事は浮き浮きした。

「公然猥褻罪だ」

ルイーズは判事を凝視した。

「そうでしょう、マドモワゼル。素っ裸でモンパルナス大通りを散歩するのが普通のことだと思うなら、どうぞご勝手に。でも、良識ある人間なら……」

「散歩なんかしていません」

ルイーズはほとんど叫ぶように言った。あまりに大声を出したので、肩まで震えたほどだった。判事は尊大そうに身を反らした。

「ほう？　それなら大通りで、一糸もまとわず何をしていたのかね？　はっは！　買い物い。判事はまた警官と看護師をふり返ったが、二人ともむっつり顔のままだった。まあ、いないかと思うほどだった。判事はすっかり嬉しくなり、一段と声を張りあげ話を続けた。今にも歌い出すのでは

「若い女が公然猥褻罪を犯すのは、きわめて珍しいのだが。めったにいないからね、露出狂の女っていうのは……（彼は熱に浮かされたように眼鏡をつかみ、危うく落としかけた）。見せびらかしたり……（指の血の気がなくなるほど、力いっぱい握りしめた）丸出しにしたり……」

眼鏡のフレームがぽきりと折れた。

判事は二つになった眼鏡のかけらを、セックスを終えたあとのように悲しげに見つめた。彼は眼鏡ケースをあけてそっとしまいながら、うっとりとした口調で言った。

「公立学校で教えるのは、もう終わりだな。有罪と決まれば、解任だ」

「そう、ティリオンよ。思い出したわ」

いきなり話が変わったものだから、判事は眼鏡ケースを落としそうになった。

「そう、ジョゼフ・ウジェーヌ・ティリオン」と彼は口ごもるように言った。「ヌイイ＝シュール＝セーヌ、オーベルジョン大通り六十七番」

ルイーズはちらりと顔を動かしただけだった。判事は気勢をそがれて、ファイルを閉じた。この女、泣き出せばいいのに、と彼は思った。ああ、自分のオフィスで聴取を行なえたらよかった……判事はしぶしぶ病院をあとにした。

ルイーズの立場からすれば、これからどうなるのか気がかりなはずだ。ところが彼女は、なにひとつたずねなかった。判事は落胆していた。そして病室を出るときは、誰にも挨拶しなかった。

ルイーズはさらに三日間入院していたが、そのあいだほとんど食事をとらなかった。

退院の準備をしていたとき、警官が裁判所の決定通知を届けにやって来た。ドクターの死は自殺と認定され、売春の容疑は取り下げられた。

看護師はじっと動かなかった。頭をわずかに傾け、口もとに悲しげな笑みを浮かべて、ルイーズを見つめている。公然猥褻罪の可能性はまだ残っている、と看護師も警官も忘れていなかった。そうなったら、教師の仕事にも響くだろう。だから二人とも、なんと声をかけたらいいのかわからなかった。

ルイーズはドアにむかって数歩歩いた。病院に運びこまれたときは、全身素っ裸だった。彼女がホテル・アラゴンの部屋に置きっぱなしにした服がどうなったのか、誰にもわからなかった。警察か裁判所の書記課に問い合わせれば、見つかったかもしれないが。だから看護師は同僚たちのあいだを走りまわって、服をあれこれ集めた。長すぎるウールのスカート、青いシャツ、赤紫色のベスト、人造毛皮の襟つきコート。ルイーズのかっこうときたら、まるで古着屋から出てきたみたいだった。

「どうもご親切に」と彼女は、たったいま気づいたかのように言った。

警官と看護師は、ルイーズが遠ざかるのを眺めた。これからセーヌ川に身投げしようとでもいうような、ふらふらと疲れきった足つきだった。

けれどもルイーズは身投げなどせず、ペール小路へと歩き出した。通りの角まで来たとき一瞬ためらい、〈ラ・プティット・ボエーム〉に目をやった。けれどもすぐに地面を見つめながら、彼女は自宅に戻った。

ペール小路九番の家は、一八七〇年の普仏戦争後に建てられたものだった。かつての裕福なブルジョワたちの暮らしぶりがわかる、いかにも金利生活者や引退した商人好みの建物だ。ルイーズの両親は結婚したばかりの一九〇八年、そこに住み始めた。夫婦二人だけの生活には広すぎたが、アドリアン・ベルモンは精力的な男で、すぐに子供がたくさんできるだろうと思っていた。ところが彼の期待に反し、授かった子供はルイーズただひとりだった。そしてアドリアンは一九一六年、ヴィーニュ渓谷の東斜面で戦死したのだった。

ルイーズの母親ジャンヌ・ベルモンは独身時代、将来有望だと思われていた。高等小学校に通って卒業免状を得たけれど、当時そうした女子児童はあまりたくさんいなかった。両親も先生も、彼女が看護師か役所の事務員になるものと思っていたが、ジャンヌは十七歳のときに突然学校をやめてしまった。そして工場で働くより家事仕事のほうがいいと、小間使いになった。読み書きができて、ぱたぱたとはたきをかけている、オクターヴ・ミルボーの小説に出てくるような小間使いだ。アドリアンは妻が働くのを望まなかった。自分の体面にかかわると思っていたのだ。夫が亡くなると、彼女はまた家政婦の仕事を始めねばならなかった。残されたわずかな財産であるペール小路の家を、娘のルイーズのためにとっておきたいと思ったからだ。

戦争が終わると、ジャンヌ・ベルモンは流砂に押し流されるように塞ぎの虫に憑かれた。家は手入れが行き届かず、年を追うごとに荒れていったが、彼女の健康状態もそれと同じ道筋をたどった。家政婦の仕事は中断し、結局また始めることはなかった。主治医は更年期障害だ、いや貧血だ、鬱病だと、ころころ見立てを変えた。ベルモン夫人は人生の大半を、窓から外を眺めてすごすようになった。食事の支度をし（たいてい、同じものだったが）、ルイーズの勉強や資格の取得、就職のことは気にしていたが、娘が教師になって彼女の手を離れるとなんにも関心を示さなくなった。どんどん痩せていき、このまま消えていくのではないかと思われるほどだった。一九三九年の春、ジャンヌの健康はいきなり悪化した。ルイーズが勤め先の学校から帰ってくると、ベッドで横になっていることもしばしばだった。ルイーズはベッドの脇に腰かけ、肩にコートを羽織って母親の手を取った。「具合が悪いの？」「ちょっと疲れただけよ」とベルモン夫人は、哀れっぽい笑みを浮かべて答えた。ルイーズは母親に野菜スープを作ってあげた。

そして六月のある朝、ルイーズが寝室に入ると母親は死んでいた。彼女は五十二歳だった。母娘はさよならを言うことができなかった。

そのときからルイーズの暮らしのなにもかもが、少しずつ、音もなく、坂を下り始めた。ひとりぼっちで、若さは溶けたシャーベットのようにしぼんでしまった。ベルモン夫人はもうおらず、家そのものも今では過去の影にすぎない。年を経るにしたがい、家はすっかり古びてしまい、間借り人が出たあとに新たな間借り人が入らなくなった。ルイーズは客の言い値で家を売り払い、どこかほかの場所で生活をやりなおそうかと思った。ところが相続の手続きをした公証人が、かつての間借り人が残したという十万フランがあると言った。ルイーズがまだ子供だったころ、庭の物置小屋に住んでいた男たちで、彼女のことを気にかけていた。そして将来、なにかの役に立つだろうと考えてくれたのだ。それに加えて、ベルモン夫人が娘に黙って運用した金の利息が二万五千フランあった。おかげで大金持ちとまではいかないまでも、家を人手に渡さずにすむくらいの余裕ができた。ついでにリフォームもできそうだ。

ルイーズは施工業者を呼んで細かく打ち合わせをし、最終的な契約をするための日取りが決まった。学校の仕事が終わったあとに会う約束だったのが、その日の夕方近く、ダンレモン通りの新聞売りが宣戦布告のニュースを大声で告げた。総動員令が発布されて石工も仕事に出ることができず、リフォームの計画は世情が落ち着くのを待つことになった。

ルイーズは病院から戻ってくると、しばらく庭にたたずんで、父親が物置に使っていた小屋を眺めた。ベルモン夫人は夫の死後、そこを安く人に貸した。ろくな設備もない部屋だったので、もとより大した家賃は取りようもなかった。今回ルイーズの身に起きた出来事には、なにか抗いがたい、呆気にとられるようなものがあった。そのせいだろうか、お金を残してくれた二人の男がこの小屋に住んでいたころのことが、脳裏によみがえった。あれ以来、ここはずっと空き家になっている。二年か三年に一度、彼女はがんばって片づけにかかった。風を入れ、前回捨てられなかったものを処分する。そのおかげで、天井の低い、大きな窓があいた二階の部屋には、もう大したものは残っていなかった。石炭ストーブ、糸巻き棒を持った羊飼いの娘と羊が描かれた布張りの屏風、波形装飾に金箔張りの総裁政府様式の長椅子。せいぜいそんなところだ。長椅子の肘置きは左利き仕様で、体を反らせた白鳥の首を模していた。なぜかルイーズはこの椅子を、ぜひ修復したいと思っていたのだが、屋根裏部屋同然の小屋に置きっぱなしのままだった。

物置小屋や土を踏み固めた庭を見ていると、そんな風景がわが人生の隠喩（メタファー）であるかのように今さらながら思えて、目に涙がこみあげてくるのがわかった。喉が締めつけられ、脚ががくがくする。ルイーズは数歩歩いて、物置小屋にあがる木の階段に腰かけた。虫食いだらけの階段は、のぼるのが心配なくらいだった。頭に銃弾を撃ちこんだドクター・ティリオンの恐ろしい姿が、かつて戦友といっしょにこの小屋に隠れ住んだ退役兵の顔に重なった。

エドゥアール・ペリクールという名の若い男で、砲弾のかけらに吹き飛ばされた顔の下半分を隠すため、いつも仮面をかぶっていた。当時、ルイーズは十歳だった。学校から帰ると物置小屋にあがり、彼といっしょに紙粘土をこね、ガラス玉やリボンを張りつけて色を塗るのが日課になっていた。こうして壁には、さまざまな心状をあらわす何十もの仮面がずらりと並んだ。そのころのルイーズはほとんどしゃべらず、エドゥアールのしゃがれた吐息のような声に耳を傾けた。痩せた肩にかかる彼の手が好きだった。エドゥアールはとてもきれいな目をしていた。あんなに美しい目は、あとにも先にも見たことがない。こうして二十五歳の傷痍軍人と、父親を亡くした少女とのあいだに、穏やかでゆるぎない愛が生まれた。まったくかけ離れた者同士にも、ときとしてそんなことがある。

ドクターの自死は、とっくに閉じたと思っていたルイーズの傷口を再びひらかせた。ある日、エドゥアールは彼女を見捨てたのだ。

彼は友人のアルベール・マイヤールといっしょに、戦没者記念碑販売詐欺をくわだて、大金をせしめた。

とてつもないスキャンダルだった、あの事件は……

あとはさっさと逃げるだけ。ルイーズはエドゥアールをふり返り、顔にあいた大きな傷口をうっとりと人さし指でなぞった。初めて会った日にも、そうしたように。むき出しになった粘膜のような赤い肉が、まわりに盛りあがっている……

「さよならを言いに、戻ってくるよね」とルイーズはたずねた。エドゥアールはうなずいた。「ああ、もちろん」けれどもそれは、〝ノン〟という意味だった。

翌日、エドゥアールの戦友で、銀行の経理係だったというアルベール――いつも木の葉のように小刻みに震え、手汗をズボンで拭っている男だった――は鞄に札束を詰め、若いメイドを連れて逃げ去った。

けれどもエドゥアールは残り、一台の車の前に身を投げた。

戦没者記念碑詐欺は彼にとって、ただの幕間劇でしかなかったのだ。

ルイーズはあとになって、あの哀れな若者が抱えていた複雑な事情を知った。あのとき以来、わたしの人生は前にもうしろにもまったく動いていない。ただ歳だけを重ね、今は三十歳。そう思うと、いっそう涙がこみあげた。

郵便受けのなかに、休みの理由をたずねる学校からの手紙があった。ルイーズはなんの説明もせず、あと数日したら仕事に戻るとだけ答えた。そんなことを書いただけでもぐったり疲れてしまい、彼女は横になって十六時間ぶっ続けに眠った。

食品棚で腐っていた食材を捨てたあと、買い物に出た。〈ラ・プティット・ボエーム〉から見られずにすむよう、通りがかりのバスに隠れて店先を抜けた。

もう一週間以上、新聞も読んでいなければラジオのニュースも聞いていなかった。けれどもパリの住民たちがせっせと仕事に励んでいるところを見ると、前線で大きな変化はないようだ。新聞から得られるわずかな情報は、むしろほっとするようなことばかりだった。苦境に立たされたドイツ軍はノルウェーで足止めを喰らい、レバンゲル地方で英仏連合軍により百二十キロも後退させられた。北海では〝フランス軍の魚雷艇を前に三度の敗退を喫した〟というから、心配する必要はまったくなさそうだ。ジュールさんもカウンターのむこうで、ガムラン将軍の輝かしい戦略を声高に讃えていることだろう。ドイツ人どもめ、

〝わが国に〟むかって来てみろ、蹴散らしてやるからな。

ルイーズは余計なことを考えまいと、必死にニュースを目で追った。意識がからっぽになったとたん、頭を半分吹き飛ばされたドクター・ティリオンの姿が脳裏によみがえってくるから。

彼はあんなことをするために、どうしてルイーズを選んだのか、司法当局にも結局よくわからなかった。どこか適当な売春宿にでも行けば、簡単にすんだろうに。ルイーズ自身もそう思って、夜中に目を覚ますことが何度もあった。いつも土曜日にやって来た常連客の顔と、ティリオンという名がどうしてもうまく結びつかない。判事の話によると、ドクターはヌイイに住んでいたそうだ。それなのに毎週土曜日、わざわざ十八区まで昼食を取りに来るなんて、もの好きにもほどがある。ヌイイにだって、レストランくらいあるだろうに。ジュールさんは、ドクターが〝二十年来の常連客〟だと言っていたけれど、社交辞令のつもりではなさそうだ。同じ店で三十年間、料理を作り続けることはできるだろうが、そのあいだずっとそこへ食べに来続けるなんて、彼の理解を超えていた。けれどもジュールさんがどうにも納得いかないのは、ドクターの変わらぬ忠義心よりも彼がまったくしゃべらないことだった。「客がみんなああだったら、トラピスト修道院で料理を作っているみたいなもんじゃないか……」実際のところ、ジュールさんはドクターを嫌っていた。

ルイーズは居間の肘掛け椅子で丸くなり、ドクターについて知っているわずかなことを思い返しながら、何時間も眠れない夜をすごした。気持ちのいい五月の初めだ、と彼女は思った。陽光がおずおずと頰を撫でると、重苦しさも少しやわらいだ。近所の住人や店員にあれこれたずねられたくなかったので、わざわざ遠くまで行って食べ物を買った。そんなふうに歩いたおかげで、元気が出てきた。

けれども晴れ間は、長くは続かなかった。家に帰ると、一通の手紙が待っていた。ル・ポワットヴァン判事からの呼び出し状だった。〝貴殿に関する一件〟で、五月九日木曜日午前十時に来られたし。

ルイーズは退院のときに警察から渡された書類を、あわてて捜した。事件は既決となり、彼女が罪に問われることはいっさいないと、そこにははっきりと書かれている。そもそも馬鹿げた事件だっていうのに、こうやってまた召喚されるなんてどういうこと？　ルイーズは息が詰まり、着替えもしないまま居間の肘掛け椅子に崩れ落ちた。

4

ガブリエルはまたしても激しく痙攣(けいれん)し、体を二つに折った。しかし胃のなかには、もうなにも残っていなかった。煙は深く立ちこめ、一メートル先も見えないほどだ。おれはこんな小部屋に閉じこめられてくたばるのか？　ガブリエルの息は、今や喘(あえ)ぎに変わっていた。それでも煙は入り続け、彼の顔を包んだ。ふと目をあげると、ドアが細くあいていた。すきま風が小部屋に流れこみ、渦を巻いている……

床のあたりは煙が少し薄れているのが、涙ごしに見えた。ガブリエルは反射的に這いつくばり、反吐(へど)のなかを進んでようやく廊下にたどり着いた。兵士たちが急ぎ足で通りすぎ、彼にぶつかってもそのまま走り去った。

ガブリエルは疲れ果て、行くあてもなくいつまでもさまよい続けた。気づくと医務室の前だった。彼はドアをノックし、返事を待たずになかへ入った。五つあるベッドは満杯だった。雑踏のなかで、転倒者が続出したのだろう。

「ずいぶんとひどいありさまだな、きみも……」と軍医は言った。「いつにもまして真っ青じゃないか」

「物置部屋に閉じこめられたんです。地下通路のところで……」

ガブリエルの声がよほど不安そうだったのだろう、医者は眉をひそめた。

「なかに入れと言われて……」

医者は上半身の服を脱がせて聴診した。

「入れと言われたって？　どういうことなんだ？」

ガブリエルは答えなかった。なるほど、打ち明け話はそこまでってわけか。

「喘息(ぜんそく)の気(け)があるな」

診断は誇らしげにくだされた。何を言いたいかは明らかだ。ガブリエルはそれを認めるだけでいい。医者は彼を退役候補者のリストに載せ、帰還が決まる。

「いいえ」

医者は疑わしそうに、聴診器に意識を集中させた。

「どこも悪いところはありません、先生……悪いところなんか、まったくないんです」

ガブリエルはシャツをつかんで、袖を通した。もう、へとへとだった。ゲロの悪臭にまみれ、顔は真っ青、ボタンにかけた指は小刻みに震えている。

医者はしばらく彼を見つめ、うなずいた。いいだろう、わかった。

故郷に帰還する見通しはなくなった。どうしてガブリエルは、そんな決断をしたのか？　彼は理想主義者でもなければ、戦争好きでもないし、ましてや英雄的な人間でもない。ほかの兵士たちなら飛びつくようなチャンスをふいにする、確たる動機があったのだろうか？　彼は日ごろから、新聞をよく読んでいた。ヒトラーの平和宣言は端から信じられず、ミュンヘン協定など彼にしてみれば狂気の沙汰だ。それにイタリアから吹いてくる風も脅威だった。総動員令に従うのは、嫌ではなかった。自分もこの状況に立ちむかわねばならないと思っていたから。前代未聞の奇妙な戦争（一九三九年九月、ドイツ軍のポーランド侵攻によりフランス・イギリスがドイツに宣戦布告をしたあとも、一九四〇年五月のドイツ軍フランス侵攻まで、実質的な戦闘がほとんど行なわれなかった状況を指す）に意気阻喪している者も少なくなかったし、ガブリエルもドールの中学校で数学を教えているほうがはるかに人の役に立つのでは、と何度も自問した。しかし人生のめぐり合わせでここに来たのだから、留まることにしよう。ノルウェー侵攻、バルカン半島の緊張、スウェーデンに対するナチスドイツの〝警告〟……ここ最近のニュースを目にするにつけ、自分がここにいるのもあながち無駄ではないだろうという気がしてくる。ガブリエルは正直、どちらかといえば臆病で、勇敢な行為にはむかない人間だが、危険を前にして逃げ出すことはめったになく、むしろ怖気をふるうような状況に密かな満足を覚えていた。

軍医はガブリエルを二日間、医務室に留めて経過観察をした。そのあいだ、彼は自分の身に起きたことをじっくり考えた。

軍曹はどんないきさつで物置部屋に閉じこめられたのか、軍医にはよくわからないままだった。

「うえに報告をすべきじゃないか……」と軍医は、思いきって言ってみた。

けれどもガブリエルは、首を横にふった。

「どうも気になるな、軍曹、その話は。こんなふうに、みんながひとところに詰めこまれていたら、そりゃ何があるかわからないさ。でも……」

それでも軍医はこの一件を、報告すべきだと思ったらしい。というのもガブリエルが医務室を出て職務に戻る日、彼に一通の命令書を手渡したから。マイアンベール要塞司令官のもとへ、至急出頭すること。なるほど、軍医の口から司令官に、なにか伝わったに違いない。軍医は悪びれるようすもなかった。自分の考えでやったことなのに義務に従ったつもりでいる、融通の利かない男なんだろう、とガブリエルは思った。余計なことをするなと怒りたいところだったけれど、どうせなにも変わらないのだし、文句をつければそのぶんがっかりさせられるだけだ。

ガブリエルは廊下に腰かけて状況を思い返しながら、お目通りが許されるのを待った。ようやく名前が呼ばれた。彼は敬礼し、質問に答える心がまえに入ったが、その必要はなかった。報告は軍医がすませていた。軍医の総括は、「健康上の問題がいくつかあるそうだが」という司令官の言葉にそのままあらわれていた。

「兵役に就く前は、数学の教師をしていたんだね？」

そのとおりですと答える間もなく、ガブリエルは主計下士官任命を告げられた。

「ダラス少尉が三カ月ほど留守にするので、きみに代わりをしてもらうことにした」

ガブリエルは唖然とし、胸が高鳴った。さらば、マイアンベール要塞の地下暮らし。毎日、外に出ていられる。ティオンヴィルとのあいだを往復し、新鮮な空気と光を満喫できるんだ。

「任務はわかっているね。部下を三名つけよう。兵站部の注文に応え、経費の支出を管理してくれたまえ。きみはわたしの直属とする。なにか問題があったら、わたしのところに来なさい。質問は？」

ガブリエルは司令官に抱きつきたいくらいだった。その代わりに手をさし出して任命状を受け取り、一礼した。

兵站部はマイアンベール要塞の補給を担っていた。肉、コーヒー、パン、ラム酒、乾燥野菜などが、トラックや列車で運ばれてくる。そのほか青果や家禽、乳製品は〝主計部〟の管轄だが、それも〝経費の支出〟と同じくガブリエルが管理することになった。軍と取り引きのない商人たちからでも、現金ならば買いつけができるからだ。町で買えないものは、主計部に要望を出す。ここ数カ月は、ランドラード兵長の闇商売と競合し、いちじるしく活動が鈍っていたようだが。

ガブリエルはようやく息が楽になった。軍医にひとことお礼を言わなければ。軍医はよそを見ながら曖昧な身ぶりをしただけだったが、それがすべてを物語っていた。それからガブリエルは、装備を整えに走った。これからは、地上で寝起きできるようになる。兵站部の売店の近くだ。昼間は野原の空気を胸いっぱいに吸いこみ、夜は星を眺めに出よう。

「へえ、主計下士官とはね」とラウール・ランドラードはびっくりしたように叫んだ。

ガブリエルはさっさと荷物をまとめ、誰に挨拶することもなく、自由へ通じる廊下を抜けた。

重い装具一式を担いで、まずはよろよろと通信隊に立ち寄った。ひと休みして指令を伝え、帳簿にサインする。三カ月後、正式の主計士官が戻ってきたら、ガブリエルはまたここで働くことになるだろう。けれどもそのことは、考えないようにした。明日は明日の風が吹くだ。こうして彼はマイアンベール要塞を出た。

広々とした高台には運搬用の車両、鉄条網の設置をする隊員、足並みをそろえて見まわりをする小隊が行き来していた。ガブリエルは釈放された囚人さながら、貪るように深呼吸しながら、兵站部へむかった。

午後五時ごろ、ガブリエルは部屋に入った。小さいながら個室だった。凍えるように冷え冷えとしているが、高台のむこうには周囲の森が広がっているのが見える。

荷物を床に置くか置かないうちに、部下が使う隣室から足音や、わめき声が聞こえてきた。ガブリエルはドアをあけた。ランドラード兵長がシャブリエとアンブルザックを引き連れ、その場に陣取ったところだった。

「おい、どういうことなんだ」とガブリエルは叫んだ。

三人の兵士はびっくりしたようにふり返った。

ラウール・ランドラードがにやにや笑いながら近づいてくる。

「新しい任務につくにあたり、経験豊かな部下が必要だろうってことになってね……」

ガブリエルは体をこわばらせた。

「冗談じゃない！」

ラウールはむっとしたようだ。

「そんなこと言ったって、手助けを拒むわけにはいかないぜ」

ガブリエルはラウールににじり寄った。歯を食いしばって怒りを抑えているのが、つぶやくように言う声にもはっきりあらわれている。

「ここから出ていけ。三人とも、今すぐに」

ラウールはそんな侮辱を受けて不満げだった。彼はうつむいてしばらくポケットを探っていたが、やがて青い縞模様のハンカチを取り出し、ゆっくりと広げた。ガブリエルははっと息を呑んだ。〝PD〟というイニシャルが彫られた金の印台指輪が、大きな毒虫のように、ラウールの手のひらにのっていた。数カ月前の盗難騒ぎで、笑いの種にされた指輪だ。

「あんたがこいつを背嚢に隠すのを見たんだがな」

そう言ってラウールはうしろをふり返った。

「なあ、おまえらも見ただろ」

アンブルザックとシャブリエは、そのとおりだと声高に言った。顔だけ見れば、いかにも正直そうだ。

この脅しがどんな結果をもたらすか、ガブリエルは瞬時に思い浮かべた。盗みの犯人と名指しされれば、三人の証人を前にして身の証を立てるのは不可能だ。せっかく手に入れたひとときの楽園を失うのもさることながら、そんな不当な告発を受けるなんてとても耐えられない。

ラウールは落ち着き払って印台指輪をハンカチで包みなおし、ポケットにしまった。

5

デジレ・ミゴー弁護士は午前七時半きっかりにホテル・コメルスを出て数種類の朝刊を買い、いつものようにバス停にむかった。バスの停留所に立ち、新聞を広げる。予想どおり、どれも一面には〝ヴァランティーヌ・ボワシエ裁判〟の記事がでかでかと載っていた。彼女はこの一年、〝ボワザの菓子売り娘〟のあだ名で——というのは、父親がそこでパン屋を営んでいたからなのだが——新聞紙上をにぎわせている殺人犯だった。うら若き女が元恋人とその愛人を殺したというのだから、世間の耳目が集まるのも無理はない。やがてデジレはバスを降りると、ルーアンの裁判所まで三百メートルの距離を、悠然とした足どりで歩いた。彼のような年齢（まだ三十歳にもなっていないはずだ）や体形（どちらかというとすらりと痩せていて、スポーツ選手を思わせる）の男にはそぐわない歩き方だった。

デジレ・ミゴー弁護士は階段をのぼった。この裁判に興味津々の人々や、地元紙の記者たちが集まり始めていた。おそらくミゴー弁護士は、被告の女をギロチン台送りにしかねない恐るべき起訴状のことで、いま頭がいっぱいだろう。起訴は謀殺、および死体遺棄という二つの重大な容疑に基づいている。ヴァランティーヌの命は、まさに風前の灯だった。「もう絶望的だ」と断言する記者もいた。というのもその数日前、被告の国選弁護人が冷蔵トラックに撥ねられ、死亡するという事故があったにもかかわらず、裁判が続行されることになったからだ。「裁判が延期されなかったのは、どのみち判決は決まっているからだろう……」と記者は結んでいる。

ミゴー弁護士は同業者たちに恭しく頭をさげると、三十三個のボタンがついた黒い法服に着替え、胸飾りとストールを身につけた。そのあいだにも、ルーアンの弁護士会所属の弁護士たちが投げてよこす訝しげな視線を感じていた。この颯爽とした若者がパリからやって来るのを目にしたのは、ほんの一カ月前のことだった。家庭の事情でノルマンディにやって来たそうだが(ずっとこっちで暮らしている老母の具合が悪いというから、事情はわからないでもない)、彼は誰も手をつけたがらないこの〝ろくでもない事件〟を、準備もなしに進んで引き受けたのだった。

被告人が法廷に入ってくると、その魅力が皆の注目を集めた。それは美しい厳かな顔をした、若い女だった。くっきりと張り出た頬骨、緑色の目。地味なスーツ姿にもかかわらず、すばらしい体形をしているのがよくわかった。

けれどもこの魅力的な肢体が、陪審員たちに好感を与えるかどうかは誰にもわからない。美人の被告人のほうが、そうでない場合よりも重い刑を言い渡されることは、決して珍しくないから。

ミゴー弁護士は被告人と心のこもった握手を交わし、二言(ふたこと)、三言(みこと)、小声で話しかけ、落ち着いたようすで彼女の前の席についた。いよいよこれから判決が出るが、結果は明らかで盛りあがりに欠けていた。

被告人に不利な証拠はそろっている。それに、むこうの弁護士は青二才だ。フランクト検事はそう思い、裁判一日目の昨日はざっと事実関係をまとめ、昔ながらの大仰(おおぎょう)な口調で〝社会が負うべき厳しい義務〟に訴えるにとどめた。少しばかり、手抜きだったかもしれない。これじゃあ検事の独演会じゃないか。ルーアンの傍聴人たちは、もっと迫力ある裁判をたくさん観てきた。検察官が巧みに被告人を追いつめ、厳しい判決を引き出すのでなければ、わざわざ裁判所まで足を運ぶ意味があったろうかと思い始めていた。

次席検事は裁判の第一日目、二つの論点について手ぎわよく証人喚問(かんもん)をすませた。その間、ミゴー弁護士は顔を伏せて、有効的な手を打てないままませかせかと調書に目を通していた。さもありなん。こんな状況だから、焦っているのだろう。陪審員たちは気の毒そうに、彼を眺めていた。リンゴ泥棒か寝盗(と)られ亭主でも見るような目だった。

午前のうちからすでに、ルーアンの法廷は退屈し始めていた。

そんなふうにして昨日は一日、だらだらとすぎた。そして今日、二日目の午前中に結審し、十一時半ごろには論告が行なわれるだろう。それも長くはかからないと、誰もが思っていた。被告人の弁護士はやられっぱなしだったから、弁論はどうせ形式的だ。昼近くに規則どおり陪審員会議が行なわれ、そのあと家で昼食にありつける。

午前九時半ごろ、次席検事は最後の証人喚問に取りかかった。ミゴー弁護士は突然、書類から顔をあげ、証人台に立つ男のほうに取り乱したような視線をむけた。そして、誰にも聞こえないくらいの声でたずねた。

「ひとついいですか、フィエボアさん。あなたは三月十七日の朝、被告人を見かけたんですね？」

証人は大声で答えた。

「そのとおりです（それは退役兵で、今はアパルトマンの管理人をしている男だった）。ああ、この娘っ子はやけに早起きだなって思ったほどで。ずいぶん熱心に……」

法廷内にざわめきが広がった。裁判長が木槌に手をかけたとき、ミゴー弁護士が立ちあがった。

「どうしてそれを、警察に話さなかったんです？」

「いやまあ、誰にも訊かれなかったもんで……」

ざわめきはさらに大きくなった。聴衆はただ呆れて聞いていればよかったが、次席検事のほうはいたたまれなかった。ミゴー弁護士は証人全員を、ひとりひとり呼び出した。

捜査がいかにずさんだったかが、たちまち明らかになった。

若き弁護士は驚くほど丹念に調書を読みこみ、その細部を取りあげては証人をやりこめ、証言を一変させた。法廷はにわかに活気づき、陪審員たちは目を輝かせた。数週間後に引退をひかえた裁判長までもが、若返ったくらいだ。

ミゴー弁護士が捜査官の過ち、証人の嘘や不正確な証言、粗雑な予審を追及し、忘れられた判例を掘り起こし、刑事訴訟手続きの条項を検討しているあいだに、陪審団の意見を変えさせようとしているこの若い弁護士が何者なのか、ご説明しておくことにしよう。

デジレ・ミゴーはこれまでずっとミゴー弁護士だったわけではない。

この裁判の前年、彼は三カ月間〝ミニョン先生〟の名で、教師をしていた。リヴァレ＝アン＝ピュイゼの小学校には、クラスがひとつしかない。彼はそこでとても革新的な教育法を実践した。机を取り払った教室で、一学期間かけて〝理想的な社会のための憲法〟づくりをさせたのだ。県の視学官がやって来る前日、ミニョン先生は忽然と姿を消したが、生徒たちの心に生涯変わることのない思い出を残した（そして生徒の親たちも、正反対の理由から、彼のことは生涯忘れられないはずだ）。

数カ月後、彼はエヴルー飛行クラブのパイロット、デジレ・ミニャールとして再び姿をあらわした。彼は飛行機に乗ったことが一度もなかったけれど、飛行日誌と焼きを入れた鋼製の認識票を提示した。彼の気さくで熱心な人柄が功を奏して、ノルマンディとパリ地方の裕福な顧客を集めて、すばらしい飛行旅行が企画された。ダグラスDC-3に乗って、パリからイスタンブール、テヘラン、カラチを経由してカルカッタまで行こうというのだ。安全な操縦を彼は約束した（まさかそれが、彼の初めての飛行だとは、誰にも想像できなかった）。正装したデジレがエンジンを轟かせたときのことは、二十一名の乗客の記憶からいつまでも消えないだろう。整備工は操縦桿を握る彼の手順がいささか変則的なのに気づき、不安げに眺めていた。デジレは突然、顔を曇らせ、最後の点検が必要だと言って飛行機から降り、格納庫へむかった。そして飛行クラブの金庫を持って、そのまま姿をくらませたのだった。

若いながらも彼の経歴のうち最大の傑作は、二カ月以上にわたってイヴェルノン＝シュール＝サオーヌのサン＝ルイ病院で、外科医デジレ・ミショーとして働いたことだろう。なんと彼は肺動脈締結の画期的な手術に、あと少しで取りかかるところだった。患者は軽い心室中隔欠損症の症状を示していたが、別にそれで不具合があるわけではなかった。デジレはぎりぎりのところで麻酔医にストップをかけ、手術室を出た。そして経理部の金庫を持って病院をあとにした。患者は恐怖に震え、病院の首脳陣は大恥をかいたが、なんとかそれだけで事なきを得、事件はすぐさまもみ消された。

デジレ・ミゴーの正体は、結局誰にもわからなかった。ひとつだけたしかなのは、サン＝ノン＝ラ＝ブルテッシュ生まれだということだ。彼はそこで子供時代をすごした。小学校、中学校での足跡は残っているが、そのあとの行方はわからない。

デジレに会ったことのある人々の言うことも、彼自身の経歴と同じくさまざまだ。

パイロット、デジレ・ミニャールを知る飛行クラブのメンバーたちが描くのは、大胆不敵な飛行機乗りの姿だが（親分肌でしたね、となかのひとりは言った）、デジレ・ミショー医師の患者たちの話からは、まじめで注意深く、内向的な外科医が浮かんでくる（恐ろしく無口なんです。なにかひとこと話させようとしても……）。デジレ・ミニョン先生に教わった生徒の親は、控えめで内気な若者だったと語った（女性的で……ちょっとコンプレックスを抱えているような気がしたな）。

ここらでそろそろ、裁判に戻ることにしよう。動揺した次席検事が、支離滅裂な論告を終えたところだ。明白な証拠に基づくどころか、まったく説得力のない空論の積み重ねだった。

デジレ・ミゴー弁護士は弁論に取りかかった。

「この裁判が特異なものであることは、陪審員のかたがたにもすでにおわかりいただけたかと思います。いつもなら、みなさんの前にはどんな人物が立っているでしょう？　何カ月にもわたってみなさんが裁いてきたのは、どんな人間だったのでしょう？　鉄のフライパンで息子の頭を叩き割った酔っ払いの男。面倒な客をナイフでめった刺しにした売春宿のやり手婆。パリ－ル・アーヴル間の線路に仲間を縛りつけて八つ裂きにした、元憲兵の闇商人。けれどもわたしの依頼人は、彼らとはまったく異なっていると、陪審員のみなさんは容易にお認めになるでしょう。彼女はよきカトリック教徒、立派なパン屋の娘です。サント＝ソフィ中学では真面目で控えめな生徒で、この法廷の被告人席に日ごろ腰かけているような人殺しどもとは大違いです」

初めはみんな、この若い弁護士のことを、さえない男だと思っていた。もしかして、少し頭がおかしいのかも、と。けれども証人訊問は鋭く、毅然としていた。そして今は朗々とした声で、聴衆に話しかけている。なんとも優雅な身のこなしじゃないか。デジレ・ミゴー弁護士は説得力に満ちた的確なジェスチャーで自説を語り、節度を保って軽やかに法廷のなかを歩きまわった。おかげで好感度はあがる一方だ。

「陪審員のみなさん、この事件で検事が果たした役割は、実に簡単なものでした。みなさんもお認めになるでしょうが、判決は初めから出ていたも同然だったからです」

デジレは席に戻って朝刊をつかむと、それを陪審団に示した。

「《ノルマンディ＝エクスプレス》紙、〝ルーアン重罪裁判所に掛かったヴァランティーヌ・ボワシエの命〟。《コーティディアン・デュ・ボカージュ》紙、〝菓子売り娘、ギロチンの瀬戸際に〟。《ルーアン＝マタン》紙、〝ヴァランティーヌ・ボワシエは終身刑で逃げきれるか？〟」

彼はそこで言葉を切り、しばらく黙って微笑むと、こうつけ加えた。

「世論や検察がこれほどあからさまに、みずからの務めを陪審員に押しつけたことは珍しいでしょう。そしてこれほど明白で恥ずべき誤審へと、いたったためしはないでしょう」

重苦しい沈黙があとに続いた。

こうしてミゴー弁護士は被告人に不利な証拠や証言を逐一取りあげ、ひとつひとつ検証していった。彼の奇妙な言葉にしたがうならば、〝論理的理性〟に基づいて。この謎めいた表現に、陪審団の尊敬はいや増した。

「陪審員のみなさん」と彼は締めくくった。「裁判をいったん中止することもできるでしょう。ここには（彼はぶ厚い調書の束をふりかざした）、手続きの無効を求める動機がそろっています。形式的な瑕疵が無数にあるのです。言うなればこの裁判は、マスコミによって勝手に終結させられ、今また裁判所自身によって終わらされようとしている。しかしわれわれは、最後までやり遂げるつもりです。というのもわが依頼人は、まやかしの手続きで裁判所をあとにすることを、断固拒否するからです」

法廷じゅうが呆気に取られていた。

デジレの依頼人は気絶寸前だ。

「彼女は事実を見て欲しいと願っています。みなさんの判断が真実に基づいたものであって欲しい、自分の本当の姿を見つめて評決を下して欲しいと思っているのです。彼女の行為はわが身を守るための、衝動的なものだったことを、ぜひともご理解いただきたい。そうです、陪審員のみなさん、あなたがたが裁こうとしているのは、正当防衛による殺人なのです」

法廷内にどよめきが起きた。裁判長はにわかには信じられないとでもいうように、口を尖らせている。

「そう、正当防衛です」とデジレ・ミゴーは繰り返した。「なぜなら被害者だと思われていたのが死刑執行人で、殺人者と名指しされたのは被害者だったからです」

そしてデジレは、ヴァランティーヌ・ボワシエが受けていた暴力、虐待、侮辱の数々を並べあげた。彼女はそれに耐えかねて、相手の男を撃ち殺したのだ。聞くだに恐ろしい所業の数々に、陪審団や聴衆は震えあがった。男たちは目を伏せ、女たちは怒りで身もだえした。

でも、どうしてヴァランティーヌ・ボワシエはその経緯を警察にも予審判事にも語らなかったのか？　どうしてそれが今、明らかになったのか？

「慎み深さからです、陪審員のみなさん。純粋な自己犠牲です。ヴァランティーヌ・ボワシエはかくも愛した男の評判を傷つけるくらいなら、死んだほうがましだと思ったのです」

殺した二人を埋めたのは、死体を隠そうとしたからではない。〝きっと彼らは生前の放埒な暮らしぶりゆえに、教会から埋葬を拒絶されるだろう〟から、きちんとした墓に入れてあげたかったのだ、とデジレは主張した。

弁論がクライマックスに達したのは、乱暴者がヴァランティーヌに残した忌まわしい傷痕のことを、デジレが持ち出したときだった。デジレは依頼人をふり返り、上半身裸になってその傷を見せるようにと言った。法廷内に恐怖の悲鳴が響いた。裁判長は被告人に対し、そこまではしなくていいと叫んだ。ヴァランティーヌはびっくりして顔を赤らめたが（実のところ彼女の見事な胸は、少女時代と変わらず真っ白なままだったから）、それは恥じらいのせいだと受けとめられた。どよめきはいつまでも収まらなかった。デジレ・ミゴーは『ドン・ジュアン』に出てくる騎士団長の彫像のようにこわばった身ぶりで、裁判長にむかって合図をした。けっこう、無理にとは申しません。

こうしてデジレは、〝ヴァランティーヌを責め苛んだ死刑執行人〟の姿を描き出した。それは人喰い鬼と変質者、拷問人を巧みに組み合わせた悪魔的な人物だった。彼は陪審団にむかい、説得力に満ちた身ぶりで弁論の最後をこう締めくくった。

「みなさんは正義を語るため、真実と虚偽を峻別するため、ただやみくもに有罪を訴える声に抗するために、ここに集まっておられます。みなさんは勇気を認めるため、寛容を受け入れるため、無実を示すために、ここに集まっておられます。憐憫の言葉こそが、みなさんを高めるものです。みなさんとともに、さらにはみなさんのおかげで、今日みなさんが体現しているわが国の正義を高めるものなのです」

審議のあいだ、デジレのまわりにレポーターや新聞記者が集まった。弁護士たちまでが、しぶしぶ賞賛の言葉をかけにやって来た。そこに弁護士会会長が、人ごみを掻き分けて若き弁護士に近づき、肩に手を置いた。

「ちょっといいですかな。パリ弁護士会に問い合わせたところ、きみの資格付与記録が見つからなかったのだが」

デジレは驚きの表情を見せた。

「それは不思議ですね」

「同感だな。審議が終わり次第、いっしょに来てくれたら……」

そこで裁判の再開を告げる鐘が鳴って、弁護士会会長は話を中断した。デジレ・ミゴーは急いでトイレに駆けこむ時間しかなかった。

デジレの弁論が陪審員たちを説き伏せたのか、そこのところは定かでない。退屈な田舎暮らしをにわかに活気づけ、陪審団に名審判をうながすきっかけになったのかも決めがたい。いずれにせよ、ヴァランティーヌ・ボワシエは情状酌量の余地ありと認められ、禁錮三年の刑が言い渡された。そのうち二年は執行猶予がつき、減刑と留置期間も合わせて差し引いた結果、彼女は自由の身となって裁判所を出た。

弁護士のほうはと言えば、杳として行方が知れなかった。判決に異議を唱えるなら、司法当局が偽弁護士を堂々と働かせたことを認めねばならない。こうしてこの一件は、不問に付されたのだった。

6

ル・ポワットヴァン判事の召喚状を何度も読み返しながら、ルイーズはこの〝貴殿に関する一件〟という言葉の意味をためつすがめつ考え、検討し、推し量った。けれども成果なしだった。夜になると不安感で足がむずむずし、やがてそれが喉のあたりまで這いあがってきた。判事はずいぶんと公然猥褻にご執心だったが、その件だとしたらどうして召喚状を送ってきたのだろう？　そんなもの、裁判沙汰になるような事件ではないのに。ルイーズは、ずらりと並んだ裁判官の前に立たされている自分を思い浮かべた。裁判官たちは苛立たしげに拭いていた眼鏡を叩き割り、彼女に死刑を宣告した。ル・ポワットヴァン判事の顔をした死刑執行人は、「ああ、見せてやるとも、こいつの……」と金切り声で叫んでいた。ルイーズは裸だった。判事は気味が悪いほどまじまじと、彼女の股間を見つめている。

木曜日、ルイーズは七時には、もう準備を終えていた。出頭時間は十時なので、まだ早すぎる。彼女はコーヒーを淹れなおした。手が少し震えていた。そろそろ時間だ。いや、あともう少し。これでは早く着きすぎる。カップを洗い終えたとき、呼び鈴が鳴った。

そっと窓に近寄り外を見ると、〈ラ・プティット・ボエーム〉の店主が家の正面を眺めながら歩道で足踏みをしていた。彼と顔を合わせ、話をするのは気が進まなかった。ジュールさんは今回の忌まわしい出来事に、なんの責任もない。だからルイーズのやり方は、悪い知らせをもたらす使者を殺した古代の役人たちのようなものだった。嫌な話は聞きたくないと、無理やり耳をふさいでいる。でも、しかたないわ。レストランを破廉恥な事件に巻きこんでしまった。誰か犯人を見つけねば。いけないのはジュールさんだ。ちゃんとわたしを守ってくれなかったから。それにしても奇妙なことに、ルイーズの家の呼び鈴を鳴らすには、通りを横ぎればいいだけなのに、彼はなにかの儀式にでも参列するようなかっこうだった。ぴちぴちのスーツにエナメルの靴。花束をうしろに隠し持っているのではと思うくらいだ。まるでプロポーズにやって来た男のようだが、ふられるのが決まっているみたいな、あきらめの表情をしていた。

数日前、ルイーズがついたて代わりにしていたバスが遅れて、姿を露わにせざるを得ないことがあった。しかたなくレストランの前を歩きながら、ちらりと店内に目をやると、料理を運んでいるジュールさんが見えた。それは悲壮感に満ちた光景だった。これまでもたまに、店を手伝いに行けなかったとき、そんなてんてこまいが繰り広げられたと話には聞いていたけれど。ジュールさんはおしゃべりするときと同じく接客のときも、相手の言葉に耳を傾けなかった。だから席や注文は間違える、スプーンを持って店内をうろうろする、パンは忘れる、ようやく出てきた料理は冷えている、会計は何十分も待たすと散々だった。しまいには腹を立て、嫌ならほかの店に行けと怒鳴り出す始末だ。もちろん客は憤然とナプキンを置き、常連たちはため息をついた。だからたまにルイーズが休むと、店の評判と売りあげは大打撃を受けた。だからといってジュールさんは、ルイーズの代わりを雇おうとはしなかった。それなら自分で厨房とテーブルを行ったり来たりし、客を失うほうがましだ。別の店員なんて、冗談じゃない。

ルイーズは柱時計に目をやった。時がすぎていく。覚悟を決めて、門をあけなければ。

ジュールさんは両手をうしろにまわし、ルイーズが門まで歩いてくるのを見ていた。

「顔を出してくれればいいのに……心配しているんだよ、みんな」

〝みんな〟というのは彼の頭のなかで、レストランの客や隣人たち、さらには世界じゅうの人々を指しているのだが、ちょっと押しつけがましかったと気づいたようだ。

「つまり、その……」

けれどもその先が続かず、彼はルイーズを見つめた。

ルイーズは庭の鉄の扉をあけることもできたろう。しかし、じっとたたずむだけだった。二人は鉄格子の門扉ごしに、じっと見つめあった。ルイーズ・ベルモンという名札のついた窓口の前に立っているみたいだな、とジュールさんは思った。しばらく留守にしていたことについて、ようやく帰ってきたことについて、みんながなんと言っているのかルイーズは知らなかった。そんなこと、どうでもいい。

「ともかく、元気なんだな？」とジュールさんはたずねた。

「元気よ……」

「出かけるところだったのか？」

「いえ、まあ、そうね」

わかった、というようにジュールさんはすばやくうなずき、まるで囚人みたいに両手で鉄格子をつかんだ。

「また戻ってくるんだろ？」

彼の大きな顔が近づいてくる。ベレー帽が鉄格子にあたってこすれ、頭のうしろにずり落ちた。そのようすが、ルイーズにはちょっと滑稽に思えた。けれどもジュールさんは、そんなことには気づいていなかった。ルイーズが戻ってくるのかが、彼にとっては大問題だったから。不安で胸が締めつけられるようだ。

ルイーズは肩をすくめた。

「いいえ、たぶん」

ルイーズのなかで、なにかが壊れてしまった。ドクター・ティリオンの自殺、予審判事の召喚、公然猥褻の罪、それに宣戦布告も大きな出来事だ。けれどもこの決意は、彼女の人生でそれ以上の転機となるだろう。そう思うとルイーズは恐ろしくなった。

それはジュールさんも同じだった。彼は動揺のあまりあとずさりし、目に涙をためた。そして作り笑いを浮かべ、あきらめたようにこう言った。

「ああ、そうだろうな」

わたしは今、ジュールさんを見捨てようとしている。そう思うと胸が痛んだ。こんなふうに出ていくのがつらかったからではない。ジュールさんが好きだったからだ。彼はルイーズの人生の一部だった。それが今、終わってしまった。

求婚者みたいなスーツ姿で、ベレー帽をはすにかぶったジュールさんは、片足立ちでもぞもぞしていた。

「それじゃあ、おれはこのへんで……」

ルイーズはなんと言ったらいいのかわからず、遠ざかるジュールさんのうしろ姿を見つめた。大きな背中が揺れている。ぴちぴちの上着、裾が踝（くるぶし）のうえまでしかないズボン。

背中の縫い目は今にも裂けそうだ。

ルイーズはそのまま出ていかず、いったん家に戻って階段をのぼり、ハンカチを手に窓から外を見た。ちょうどジュールさんが〈ラ・プティット・ボエーム〉に入り、ドアを閉めたところだった。そのときになって初めて、ルイーズは彼がなにもたずねなかったことに気づいた。彼は今回の事件について、どれだけ知っているのだろう？　どのようにそれを知ったのか？　ドクターが姿を見せないのには気づいたはずだが（なにしろこの二十年で、初めてなのだから）、それとルイーズが家を空けたのを、結びつけることができたろうか？　もしかして、《パリ＝ソワール》紙の三面記事に詳しく載ったとか？　それでルイーズに関係があるとわかったのかもしれない。

しばらくして、ルイーズは外に出た。今度はこそこそ隠れずに、バス停まで行った。ジュールさんと少し話したせいで動揺したのだろう、このあと待ち受けている聴取に気持ちが集中できない。彼女はバッグから、〝貴殿に関する一件〟で出頭を求める召喚状を取り出した。

「ああ、きみと大いに関係があるとも、これは」とル・ポワットヴァン判事は言った。

今日は眼鏡をかけていなかった。きっと修理に出しているのだろう。その代わり、彼は小さな手に似合わない太い万年筆をいじくりまわしながら、目にしわを寄せてルイーズを見つめた。

「きみは……」

ル・ポワットヴァン判事はがっかりしているようだ。病院のベッドに腰かけて、うちひしがれていたルイーズはとても魅力的に見えたのに、こうしてオフィスにいる彼女はありふれた、つまらない女に思えた。まるで亭主持ちの女みたいだ。判事は万年筆を置いて、書類に鼻先を突っこんだ。

「でも公然猥褻罪なら……」とルイーズは、自分でも驚くほどしっかりした声で切り出した。

「いや、そのことは……」

判事はがっかりしたような、力ない声で言った。どうやらこちらの容疑も取り下げられたらしい、とルイーズは思った。

「だったら、あらためて呼び出す権利があるんですか？」

ほかにいくらでも言いようがあったろう。そうすれば判事も答えたはずだ。けれどもルイーズは〝権利〟という言葉を、つまりは司法にかかわる言葉を持ち出してしまった。それは判事の領分だ。彼はかっと頭に血をのぼらせた。記録を取っていた若い書記は慣れっこなのだろう、腕を組んで窓から外を眺めただけだった。

「なんだと？ わたしに〝権利〟があるかだって？」とル・ポワットヴァン判事は叫んだ。

「きみは今、司法の前に立たされているんだからな」彼の口調はいちいち大仰だった。

「司法の問いに、答えねばならないんだ」

ルイーズは平静を保った。

「わたしには、いったい……」

「この世にいるのは、きみひとりじゃない」

ルイーズは判事がなんの話をしているのかわからなかった。

「ああ、そうとも……」と彼はつけ加えた。

ルイーズにとって悪い知らせは、ル・ポワットヴァン判事にとっていい知らせということらしい。

判事は若い書記に合図をした。書記はため息をつきながら部屋を出たが、すぐに黒いアンサンブル姿の婦人を連れて戻ってきた。歳は七十くらい、とても上品だが悲しげな目と表情をしている。婦人はほかに椅子がなかったので、しかたなくルイーズの隣に腰かけた。香水の香りは控えめで、高級そうだった。ルイーズがこれまでつけたことのないような香水だ。

「ティリオンさん、申しわけありません。このような席にお呼びだてして……」

判事は真っ赤になっているルイーズを示した。

ドクター・ティリオンの未亡人は、まっすぐ前を見ている。

「たしかにこの一件は終了しました……ご主人の死亡に関しては」

判事は意味ありげな沈黙を続けた。一件落着のあとに何があるのか、どうして新たな召喚状が送られたのか、よく考えてみろとでもいうように。ルイーズの胸に不安がこみあげた。事件は片づいたのに、どんな危険があるのだろう？

「ところがまた、別の問題が出てきたのです」判事はルイーズの考えを見抜いたかのように、声を張りあげた。「売春と公然猥褻の容疑は取り下げられましたが、まだあと……」

こんなふうにもったいをつけ、不安を高めようというやり方は、公明正大を旨とする司法の世界ではあまり見られない。それだけに淫らでグロテスクで、なにか不気味な威圧感があった。司法官ならばどんな無理も通せると言わんばかりだ。

「強要罪ですよ。こちらの〝マドモワゼル〟がその魅力を〝売った〟のでなければ、あの大金はなんのためだったのか？　強請られたからに違いありません」

ルイーズはあいた口がふさがらなかった。いったいわたしがドクター・ティリオンを、どうやって強請ったっていうの？　馬鹿馬鹿しいったらないわ。

「ティリオンさん、あなたに訴えを起こしていただければ、われわれは捜査を開始して、不当な要求がなされたことを証明できるでしょう。あの金は強要されたものだということを」

判事はルイーズをふり返った。

「そうなればきみは、禁錮三年に十万フランの罰金を科されることになる」

彼は証明終わりとばかりに、テーブルのうえで万年筆をかちゃっと鳴らした。

ルイーズは打ちのめされた。ひとつ苦難を乗り越えたと思ったら、また別の苦難が待ちかまえていた……禁錮三年ですって！　彼女は泣きだしそうになった。とそのとき、ティリオン夫人が動くのが見えた、というよりもむしろ感じられた。

ティリオン夫人は首を横にふった。

「よく考えてください、マダム。あなたは大変な被害を被ったんですよ。〝悪所通いをするような〟男ではない、申し分のない評判の夫を亡くしたんですから。ティリオン氏はこちらの〝マドモワゼル〟にお金を渡しました。いやはや、それにはなにか理由（わけ）があったはずです」

ルイーズはティリオン夫人が体をこわばらせるのを感じた。彼女がバッグをあけ、ハンカチを取り出して目を拭うのが見えた。ル・ポワットヴァン判事がドクターの妻に訴えを起こすよう勧めたのは、どうやらこれが初めてではないらしい。これまでずっと努力が実らなかったのに、まだ説得をあきらめていないのだ。

「あんな大金が家計費から巻きあげられたんですよ。われわれはその理由を見つけ出し、犯人を罰することができるんです」

判事は芝居じみて苛立たしげな笑い声をあげた。ルイーズは遮ろうとしたけれど、そっと洟をかんでいる未亡人の存在に身がすくんでしまった。

「彼女があなたのご主人から、さらにしぼり取っていなかったとは言いきれません。きっと今回が初めてではなかったのでしょう。この女は、いったい何度亡きご主人を強請ったことか。つまりは、あなたを強請ったということなんです」

判事は顔を輝かせて、滔々と論じた。

「なぜならそのお金は、あなたのものだからです、マダム。それはあなたの娘のアンリエットさんが受け継ぐお金だからです。あなたの訴えなしには、捜査は始まりません。捜査が行なわれなければ、真実も明らかになりません。あなたが訴えを起こしてくれれば、われわれはすべてを明るみに出すことができるんです」

ルイーズは口を挟もうとした。お金目あてだったと思われたくなかった……そもそもあのお金には手をつけていない。封筒は整理棚のうえに置きっぱなしだ……勝手な理屈を並べたてないで欲しいわ。彼女は怒りで息が詰まりそうだった。なにか言い返そうとしたけれど、判事に遮られた。

ティリオン夫人は首を横にふった。

「しかたないですな」と判事は叫んだ。「書記君！」

判事は小さな手をせかせかとふった。みんなもっとてきぱき動けないものかね。とりわけ若造の書記ときたら、まったくなっとらん。書記は深いため息をついて棚からなにか取りあげ（こちらからは、よく見えなかった）、戻って判事の机にむかった。

「でも、こんなものがあるんですよ、ティリオンさん。これはただごとじゃありません」

判事はルイーズが持っていった肉切り包丁を示した。脱いだ服のなかから、見つかったのだろう。ベルモンという名のあとに整理番号を付した、ベージュ色の小さなラベルがついていると、ありふれた台所道具がにわかに禍々しいものに見えてくる。殺人犯の手に握られているさままでが、脳裏にくっきりと浮かんだ。

「こんなものをポケットに忍ばせて歩いている女が、はたしてなんの悪意も持っていないと言えますかね？」

それにしても、判事はいったい誰にむかって問いかけているのか。事件の状況からルイーズを罪に問えないとなって、彼は怒り心頭に発していた。こいつを罰してやりたい。まったく、なんていまいましい女なんだ。

「訴えを起こしてください」

彼は包丁をつかんだ。今にも誰かを突き刺しそうな勢いだった。起訴の理由がないせいで、放免しなければならないこの変態女でもいい。さもなければ、彼女を罰する手段を受け入れようとしない未亡人のほうでも。

それでもティリオン夫人は、頑として首を縦にふらなかった。この件はきっぱりと終わりにしたいと思っているのだろう。彼女は突然、部屋を出ていった。一瞬の出来事だったので、若い書記は不意打ちを喰らった。判事も唖然としている。

ルイーズにとって、事件はこれで再び終結した。

彼女も立ちあがってドアにむかった。すわるように促されるかと思ったが、大丈夫だった。裁判所を出ると、ほっとした。これで終わりだ。けれども、ドクターの未亡人と顔を合わせたショックが大きかった。胸のあたりがずっしりと重い。

アーケードの下を歩いていると、柱の近くにティリオン夫人の姿が見えて、ルイーズはどきっとした。いっしょにいる女は少々野暮ったいが、夫人の娘なのだろう。二人はどことなく似ていた。ルイーズが通りすぎるのを、彼女たちは目で追った。ルイーズは歩調が速まらないよう必死にこらえ、地面を見つめながら広場を抜けた。恥ずかしさでいっぱいだった。

ルイーズは一日、二日、家でぶらぶらしていたが、校長に手紙を書いて、月曜から出勤すると連絡した。

それから、手持ち無沙汰のときはいつもそうするように、墓参りにでかけた。

彼女は家族の墓の前まで行き、瓶に水を入れて持ってきた花束を活けた。父親と母親の写真が、大理石の墓石に並んで飾られている。同世代の二人、同じ世界を生きた二人には見えなかった。父親は一九一六年に亡くなり、母親はそのあと二十三年間生きたからだろう。

ルイーズは父親のことをまったく覚えていない。父親は古い写真のなかの人物にすぎないが、母親のことはなにかにつけて懐かしく思い出した。彼女なりに精いっぱいやさしくしてくれたけれど、やがてふさぎの虫にとり憑かれ、生ける屍になってしまった。

生気をなくした母親を心配しながら、ルイーズは少女時代をすごした。けれども彼女にとって母親は、いつでも近しい存在だった。二人はとてもよく似ていたから。それがいいことなのかどうか、自分でもわからない。けれども今、目の前にある写真に写っている顔は、わたしにそっくりだ。同じ口もと。そしてなにより、同じ澄みきった目。

母親が死んで以来初めて、ルイーズは彼女と話したいと思った。まだ時間があるうちにそうできなかったことが悔やまれた。

服喪の時は終わってしまった。それがルイーズには悲しかった。愛していた母ともう話すことができないのは心残りだが、結局のところ、彼女はもう母親の死に涙してはいなかった。

7

ラウール・ランドラードはガブリエルの新たな職務のおかげで、ようやくおのれの野望に見合った勢力範囲を手に入れた。仕事の初日、ティオンヴィルの商人たちや兵站部の店との連絡にあたるトラックの運手席についたとき、彼は自分にふさわしい職権を得た男の自信にあふれていた。

後部座席では番犬役のアンブルザックとシャブリエが、ぼんやりと道路を眺めている。

「それで、なんていう名前なんだ、八百屋は？」とラウールはたずねた。

ガブリエルの脳裏に、すぐさま警戒警報が灯った。

「フルタールだ。ジャン＝ミシェル・フルタール」

ラウールは疑り深げにうなずいた。早くも勢力争いが始まっていたが、初めから負けが決まっているようなものだった。ガブリエルは店を出て、トラックの荷積みを監視した。見るとラウールが、商人たちとなにかこそこそ相談している。そのあとラウールは、一時間ほど姿を消した。ときには、それ以上になることもあった。軍の仕事は関係ない、自分の仕事で忙しいとでもいうように。昼がすぎてもトラックの脇で、一時間は彼を待たねばならなかった。

「淫売屋のところにでも、しけこんでるのさ」とシャブリエはわけ知り顔で言った。「さもなきゃ、裏通りで札当て賭博をしているか」とアンブルザックがつけ加える。「煙草代を稼ごうっていうんだ。もうじき帰ってくるだろうよ」

ようやくラウールがあらわれた。南京袋とふたをした箱を積んだ手押し車を押している。ガブリエルは精いっぱい威厳をつけて、勝手なことをするなと注意した。

「はいはい、わかりましたぜ、隊長」とラウールはふざけた口調で答えた。

一行は帰途に就いた。午後五時だった。トラックがこんなに遅くマイアンベール要塞に戻るのは初めてだ。まだ初日だというのに、先が思いやられる。

翌日ティオンヴィルに着くと、ラウールは新たな商人のもとへまっすぐにむかった。ガブリエルはなにも言わなかった。黙認は無力の証だった。おかげでラウールは勢いづき、ますます貪欲になった。一週間もしないうちに、彼はあらゆる方面に手を広げた。

通常、トラックはほぼ空の状態で出発し、荷物をいっぱい運んで戻ってくる。ところが二週間目に入ると、ボール箱や袋を荷台に半分ほど積んでマイアンベール要塞を出るようになった。ガブリエルはステップに足をかけ、シートをめくってみた。するとすぐにラウールが、やめろと叫んだ。

「それは私物だ……」

ラウールは威嚇するような声の響きを、笑いでごまかそうとした。けれども薄い唇には、挑戦とも挑発ともつかない表情が浮かんでいた。

「ダチ公連中にちょっと手を貸しているんだ。わかるだろ」と彼は言って、注意深くシートを戻した。

そして体を起こし、ガブリエルのほうを見た。

「なんだったらやつらを呼び出して、手助けはしてやれないって言おうか。あんたがそうして欲しいならね」

ガブリエルたちはただでさえ、特権階級だと思われている。ほかの者たちが雨のなかでコンクリートを流しているか、要塞の地下でくたくたになっているときに、一日じゅう町を闊歩できるご身分だと。だから、やつらがどんな反応を示すのかは容易に想像がつく。

ガブリエルは下に降り、トラックの助手席についた。

マイアンベール要塞を出発して数キロのところで、でこぼこ道にさしかかった。トラックが揺れて、ガラスの割れる音がしたけれど、誰も動かなかった。たちまち運転室にラム酒の芳香が立ちこめた。

「ここらで停まろう」とラウールが言った。「ちょいと友達の用事を片づけねば」

ガブリエルが抗議する暇もなく、歩道に降り立ったアンブルザックにシャブリエが箱を手渡し始めた。ラウールはすぐむかいのカフェに、さっさと入っていった。兵站部のストック品から酒やコーヒーをちょろまかし、カフェの主人に転売しようというのだ。

「ほら、取っておけよ。少ないが、気は心だ……」

ラウールは運転席に戻ると、そう言ってしわくちゃの札を三枚さし出した。

「こんなこと、いつまでも続けられないぞ、ランドラード」とガブリエルは言った。

怒りで顔が蒼ざめている。

「ああ、そうかい。じゃあ、どうするんだ？　おおそれながらと参謀本部に訴え出るのか？　一週間前から、目をつぶってましたって。いくら分け前をもらってたかも、ついでに白状すればいい。むこうはさぞかし喜ぶことだろうな」

「分け前なんかもらってないぞ」

「いやいや、もらってたさ。みんなの目の前でね。そうだろ、おまえら？」

アンブルザックとシャブリエは重々しくうなずいた。ラウールはガブリエルの肩を抱いた。

「だから、ほら、この金を受け取れよ。三ヵ月後には、代理役も終わるんだ。そしたらこんなこと、誰も気にしないさ」

ガブリエルはラウールの腕を押し返した。

「勝手にしろ。さあ、おまえら、行くぞ。急がないと。まだ仕事が残っている」

三週目に入ると、ラウールは軍のクリーニング店と組んで、新たな闇商売を始めた。ズボン下や軍用コート、短靴がいっぱいに詰まった袋がいくつもトラックに積みこまれ、ラウールはそれを近隣の農民たちに売りさばいた。どこへ行っても引く手あまたで、客には困らなかった。

この手のことにかけて、ランドラード兵長は実に天才的だった。衣服や食料品は、あっという間に要塞から運び出された。目にも止まらぬ早業に、ガブリエルは夢でも見たのではないかと思うほどだった。要塞内に持ちこまれる品は、不法品も正規品もごっちゃになって見分けがつかなかった。

金曜日は大々的に補給が行なわれる日だった。四台の車で出発し、重くてかさばる食料品や乾燥した野菜、缶詰、樽詰めのワイン、コーヒーなどを運んできた。要塞に着くと、荷物はすべて小さな運搬列車に積まれ、地下道を抜けて兵站部の店や調理室へとむかった。

突然、明かりが消えて、地下道は闇に包まれた。兵士たちの叫び声がした。おい、なんだ、この騒ぎは！　発電所に電話しなければ。技術者がヘッドランプをつけて、あたふたとやって来た。おい、まだか、急げ。ようやく明かりがついた。ガブリエルが目をやると、内壁に取りつけられた倉庫のドアが勢いよく閉まるのがちらりと見えた。前の貨車に積んであった食料品は、半分が消えていた。ラウールと二人の手下は、一時間後になってようやく姿をあらわした。彼らはその日一日の成果に満足げだった。

翌週の火曜日、ラウールはガブリエルを呼びとめ、物陰に引っぱっていった。

「どうだ、少し息抜きでもしたら？」

ラウールはポケットをごそごそ探って、小さな紙切れを取り出した。おかしな検印が押され、数字がひとつ、文字がいくつか書いてあるだけだ。

「よかったら送っていくぜ。ひとまわりして、帰りにまた迎えに行くから、誰にもばれやしないさ」

ランドラードは〝慰安所チケット〟なるものを考案したところだった。施設は二つ。ひとつは要塞から三十キロ、もうひとつは六十キロ離れていて、どちらに行くにも列車に乗らねばならない。短期の外出許可を受けた者だけでも、鉄道は充分採算がとれる。ラウールは遠慮するなとばかりに、チケットを持った手を突き出した。

「いや、けっこう」ガブリエルはきっぱりと言った。

ラウールはチケットをポケットにしまいなおした。やり手婆たちとは、どんな条件で手を結んだんだろう？　料金や保証金はいくらで交渉したのか？　そんなこと、ガブリエルは知りたくもなかったが、やがてチケットがあちこちに出まわり始めた。札当て賭博の商品になったり、食料品のやりとりに使われるようになったりと。何日かすると、ランドラード兵長が取り仕切るマイアンベール要塞の地下経済を動かす闇マネーと化した。

ビジネスは不安な規模になり始めていた。

それからさらに三週間もすると、〝ランドラード・システム〟はエンジン全開になった。あまりにもすばやく、広範囲に広がっていくものだから、ガブリエルは圧倒された。けれどもランドラードの強迫で、手も足も出ない。そこで彼は、いかにも元教師らしい対処をした。記録を取っておくことにしたのだ。正確な流通量や、ランドラードの仲介者の名前はわからない。それでも彼は部屋に帰ると、出所や行き先の怪しげな食料品、日時をノートに書きつけた。ランドラードが肉屋の女将や食料品屋、ぶどう園の主人と陰でこそこそ話していても、ガブリエルは見ないふりをしながら、すべて克明にメモを取った。マイアンベール要塞に戻ったトラックには、リストにいっさい載っていない紙巻煙草や葉巻、パイプ煙草が山と積まれている。ガブリエルはそれを書き留めた。

日々がすぎた。マイアンベール要塞の不安に満ちた雰囲気から解放され、ほっとしたところだというのに、早くもまたあの地下へ戻りたくなった。どんどんと大規模になる危険な闇商売に、いつまでもかかわっていたくない。このままでは早晩、責任者は軍法会議にかけられ懲罰を受けることになるだろう。ガブリエルは数字をごまかし、数量を書き換え、帳尻合わせを続けた。

やがて、ひとつの事件が起きた。そのあと、またもうひとつの事件が。そしてガブリエルは、自分の身に何があったのかもわからないまま、時代の大きなうねりのなかに投げこまれることになる。彼の人生は一変し、もう二度と昔のままではなくなるだろう。

えてして手のこんだ活動ほど、一瞬のうちに瓦解するものだ。ラウール・ランドラード兵長の商売も、たった一日でいっきに崩れ落ちた。

すべては間の悪い騒動から始まった。

ガブリエルはトラックの荷台にガソリン缶が四つ、空箱に挟まれて置いてあるのを見つけた。

「どうってことないさ」とランドラードは言った。「これくらい、おれたちにとっちゃ屁でもない。でも、配給制度のせいで行き詰まっている農民たちの立場になってやれよ」

これはマイアンベール要塞にストックされているガソリンの一部だ。四百立方メートルあるガソリンは、ガブリエルが毎日のように確かめに行った換気装置とフィルターを、作動させるためのものじゃないか。

そのガソリンを盗むのはガブリエルにとって、けちな闇商売のひとつではすまされない、毒ガス攻撃で要塞を窒息させる片棒を担ぐことだった。許しがたい裏切り行為だ。トラックに積まれたガソリン缶を見ただけで、ガブリエルは酸素不足に襲われたように息が苦しくなった。

彼は真っ青な顔でふり返った。

「ランドラード、こんな密売はもうたくさんだ。終わりにしろ」

ガブリエルはトラックから降りた。

「なんだと」とラウールは叫んで、彼に迫ってきた。

二人の手下も駆けつけ、ガブリエルの前に立ちふさがった。

「もう終わりだ。わかったたな」

ガブリエルの大声に、あたりの男たちがふり返った。彼はメモを書きつけた小さな手帳をふりかざした。

「おまえの悪事は、ここにすべて書いてある。日付も、時間もな。司令官のところへ行って、せいぜい申しひらきをするんだな」

ランドラードはすぐにぴんときた。まずいぞ、このままでは大変なことになる。彼の目に焦りの色が浮かぶのを、ガブリエルは初めて見た。ランドラードは近づいてくる兵士たちをちらりと見やり、ガブリエルのみぞおちを拳で一撃した。ガブリエルは体を二つに折った。ランドラードは彼の腋の下に手を入れ、人目につかないところへ引っぱっていった。ガブリエルは死にものぐるいで、手帳を胸に押しあてている。アンブルザックが前腕を押さえているあいだに、ランドラードは手帳をむしり取ろうとした。けれどもガブリエルは、必死の形相で抵抗した。三人は歩を速めた。薄暗い天井灯に照らされた小部屋のドアがあけられる。ガブリエルは脇腹を拳でぼかぼか殴られた。

「それをよこせ、この野郎」とランドラードは口を引きつらせて言った。

ガブリエルは床を転がり、うつ伏せになって抵抗を続けた。ラウールの手下たちが立たせようとしても無駄だった。手加減のほどを知らないアンブルザックは、ブーツのつま先で股間を蹴りあげた。ガブリエルはたちまち嘔吐した。胃の腑がひっくりかえるような激痛だった。

「やめろ」とランドラードは叫んで、まだ続けようとするアンブルザックを止めた。

そしてガブリエルのうえに、身を乗り出した。

「ほら、手帳をよこせ。さっさと立てよ……」

それでもガブリエルは、まるで生死がかかっているかのように、体を丸めて手帳を抱きしめた。

そのとき突然、警報が鳴り響いた。

あたりが騒然となる。

倉庫の扉があいて、何十人もの兵士が廊下に走り出した。

ラウールは、彼の装具につまずいた二等兵を呼びとめた。

「なんだ、この騒ぎは？」

若い兵士は、出口にむかって這っていくガブリエルのようすを見て、呆気に取られていた。

ラウールは兵士の肩をゆすって、質問を繰り返した。

「戦争さ」と兵士は、腑抜けたように答えた。

ガブリエルは顔をあげた。

「ドイツ軍が……ベルギーに侵攻したんだ……」

8

月曜日、ルイーズが学校へ出てみると、同僚たちは彼女に気のない挨拶をした。しばらく病気で休んでいた相手にする態度ではない。体の具合をたずねる者も、誰ひとりいなかった。たしかにみんな、ほかのことで頭がいっぱいだったけれど。去年、動員されなかった教師も、その後召集されるか、疎開してしまった。いずれにせよ、教員の全体数がいちじるしく減少したうえ、難民の子供たちが大量に押し寄せ、机も椅子も、なにもかもが足りなくなった。あり余っているのは、いじめだけ。フランス人の子供たちは親の話の受け売りで、ベルギー人の子供を〝北のドイツ人〟扱いし、ルクセンブルク訛りを馬鹿にした。さらにはベルギーに近いピカルディーやリール訛りまで、嘲りの的となった。こうして戦争の影響は、小学校の休み時間にまでじわじわと浸透していった。

二日前に突然始まったドイツ軍の攻勢を、新聞各紙は大々的に報じていた。「ドイツ軍はわれわれに対し、死闘を挑んでいる」とガムラン将軍も声高に言った。決然とした口調だけに、たのもしかった。すべては予想どおりの展開とは言え、この攻勢はフランス軍の不意を討つもので、人々のあいだに驚きが広がった。今回の戦争は外交的な駆け引きの一環だと主張していた者たちは、小さくなっていた。参謀本部は事態を掌握していると、新聞各紙は断言した。〝オランダとベルギーはドイツ帝国の軍団に対し、勇猛果敢なる抵抗を続けている〟と報じる新聞もあれば、〝ベルギー戦線でドイツ軍立ち往生〟と報じる新聞もあった。なにも心配することはない。その朝もまだ、新聞は断言していた。いわく、フランス・イギリス軍は敵の侵攻を〝麻痺〟させている。いわく、敵の急襲は英仏連合軍の〝力強い大軍に阻まれている〟。いわく、フランス軍の到着により〝戦意はいや増した〟。

　ずいぶんと威勢のいい話ばかりだが、本当にそのとおりなのだろうかとみんな思っていた。ドイツに宣戦布告した去年の九月以来、この戦争の決定的な武器は情報だろうと、あらゆる論調で繰り返されてきた。もしかして新聞は、フランス国民が戦勝者の気概を持ち続けるように仕組んだキャンペーンに、駆り出されているのではないか。たとえばの話が、撃墜した敵機の数だ。休み時間、生徒たちが戦争ごっこに興じているあいだ、教師たちは校庭の隅に固まってその話題で持ちきりだった。

「一日十機よ」とゲノ先生は断言した。

「ラジオでは、三十機だと言ってましたが」と誰かが答える。

「だったら、これはどういうことなんです?」ラフォルグ先生が、五十機と書かれた《アントランジジャン》紙を広げてたずねた。

みんな返答に窮した。

「ヌム・ノス・アドセンティリ・フイック・クイ・ポストレムス・ロクトゥス・エスト・デケット?」校長がしたり顔の笑みを浮かべて、ラテン語で疑念を挟んだが、誰にも意味がわからなかった。

ルイーズがやって来たのを見て、みんなすっと離れていった。彼女に場所を空けてやろうというより、彼女から遠ざかろうという感じの動きだった。

「わたしにはわかりませんけど」とゲノ先生は言った。「いずれにせよ、戦争は男の仕事ですから……」

彼女の声には、いつにも増して悪意がこもっていた。わざとらしくちらりと横目で見るしぐさは、卑しい性根を発揮しようとする前触れだった。

「男の仕事にかかわるのは、一部の女だけだわ……」

二、三人の同僚が、ルイーズをふり返った。そのとき始業の鐘が鳴って、みんな自分の教室に引きあげた。

食堂で昼食をとっているとき、雰囲気は休み時間以上に重苦しかった。ルイーズは放課後、校長にたずねることにした。彼は公立学校によくいる、老いぼれ教師の見本だった。八年前、ルイーズがこの学校に赴任してきたとき、すでに定年間近だと思われていた。かつては文芸学(ベル・レットル)とラテン語を教えていたそうで、まわりくどい凝った言葉づかいをした。だから彼が何を言いたいのか、たいていはよくわからなかった。背が低く、誰かと話すときは引きつったようにつま先立ちする癖がある。そんなわけで、起き上がり小法師(こぼし)とでも議論しているような印象を与えた。

「ベルモン先生」と校長はルイーズに言った。「おわかりでしょう、わたしは大いに恥じ入っています。噂話なんぞに耳を貸す習慣は、いっさい持ち合わせていないのですが……」

ルイーズはすぐさま身がまえた。いろんな噂が飛び交っているご時世だ。そのうちのひとつが、彼女に関するものなのだろう。校長はルイーズが両手を重ね合わせるのを見て、威嚇するように言った。

「誰がどんなに奔放(ほんぽう)な暮らしをしようが、わたしにはどうでもいいことですがね、本当に」

「何があったんですか?」とルイーズはたずねた。

そう単刀直入にたずねられ、校長は不意打ちを喰らった。下唇といっしょに白い山羊(やぎ)ひげが、小刻みに震えている。彼は女性を恐れていた。つらそうに大きく深呼吸したあと、校長は机の引き出しをあけ、なかから取り出した《パリ＝ソワール》紙の切り抜きをルイーズの前に置いた。紙がだいぶ擦（こす）れているところから見て、たくさんの人の手から手へとまわってきたらしい。

十四区のホテルで起きた、悲惨な自殺事件
現場で見つかった全裸の素人売春婦は小学校教師。

事件の晩、すぐに書かれたらしく、不正確で曖昧な記事だった。個人名はなにひとつ書かれていないので、ルイーズは白（しら）を切ることもできたろう。しかし彼女は動揺のあまり、手が震えてしまった。

「新聞なんて大衆を喜ばせるためなら、あることないこと書き立てるものですよ、ベルモン先生。それはあなただって、ご存じでしょう。〝かくのごとく世の栄光は過ぎ去りぬ（シク・トランシット・グロリア・ムンディ）〟」

ルイーズはじっと彼の目を見つめた。なんだか少したじろいだようだ。校長はふてくされた小学生のような表情で、引き出しに目をやった。そして二枚目の、もっと詳しい記事を取り出した。

十四区の自殺事件。明かされた謎

女教師の前で自殺したティリオン医師は、大金を支払って彼女をホテルに呼び寄せた。

「わたしの忠告をお望みなら、こう言っておきましょう。〝こんな厄介事をしでかしては（ネ・イスタム・レム・フロキ・フ）いかん（エケリス）〟とね……」

翌日、ルイーズは小学生のように不安で胸をいっぱいにして、学校へ行った。同僚の音楽教師は顔をそむけ、よそを見ているふりをした。ゲノ先生は廊下で会うと、小声でふふんと嘲笑った。ルイーズはのけ者にされていた。ちびの校長までが、彼女と目を合わせようとしなくなった。同僚たちは廊下でルイーズを見かけると、じっと下をむいてしまった。判事に呼び出されたときと同じだ。ここでもみんな、彼女のことを売女（ばいた）扱いしている。

その晩、ルイーズは自分で髪を切り、いつもよりずっと短くした。翌日は、化粧をして学校へ行った。今までそんなこと、一度もなかったのに。休み時間には、煙草も吸った。もちろん、女たちが厳しい非難の目をむけたのに対し、男たちは興味津々だった。ルイーズは学校じゅうの男どもにやられるところを想像した。校庭で腕組みをし、人数を数える。十数人といったところね。なにも無理な話じゃないわ。彼女は生徒監督を見つめた。教室の机に押しつけられ、うしろから犯されるなんてどうだろう。感づいたのかどうかはわからないが、生徒監督は顔を赤らめ、目を伏せた。

真っ赤な口紅とマスカラに大の男が骨抜きにされるのを見て、ちびの校長はため息を漏らした。

「ああ、これが人間か（クアム・フマヌム・エスト）！　なんと悲しいものよ（クアム・トリスティティアム）！」

売女を装うことは、ルイーズにとってつかのまの楽しみだった。わたしは孤独で変わり者で、恥ずべき女だ。なによりもまず、そう感じた。彼女は煙草の包みを投げ捨てた。

戦況の進展が、皆の気晴らしになった。

拭いきれない漠然とした疑いが、学校のなかにもパリの住民たちのあいだにも広がっていた。ドイツ軍のベルギー侵攻は軍上層部の直感を裏づけていたが、アルデンヌの森のむこう側にも敵があらわれたのは、いささか予想外だった。ドイツ軍によるこの新たな攻勢をどうとらえるかは新聞各紙さまざまで、みんな判断に迷っているのがよくわかった。《アントランジジャン》紙が〝食い止められたドイツ軍の攻撃〟と見出しを掲げれば、《プティ・パリジャン》紙はドイツ軍が〝ナミュールとメジエールのあいだからムーズ川に迫りつつある〟と認めている。いったい誰を信じればいいんだ？

　黄ばんだ顔の守衛は疑り深い男で、威張りくさった口調でこう言った。

「それじゃあ敵はベルギーから来るのか、それともアルデンヌの森を抜けてくるのか？　はっきり見きわめなくちゃな」

　何日かがすぎても、事態は期待したほど明らかにならなかった。〝敵はわれわれの主要な防衛ラインを、一カ所なりとも崩すことができなかった〟とする記事もあれば、〝侵略者は絶えず前進し続けている〟とする記事もあった。戦争のなりゆきは曖昧なうえ、例の一件が暴露されて居心地は最悪で（事件の性的な色合いが、倒錯と禁忌の甘美な香りをそこに添えていた）、学校生活はますます耐え難くなった。

　わたしはここで何をしているんだろう、とルイーズは自問した。職場では邪魔者扱いされ、すっかり行く気をなくしていた。生活を変えるときかもしれない。でも、どうやって？　ジュールさんはウェイトレスをフルタイムで雇う余裕はないし、ルイーズは子供たちに読み書きを教えるか、客に仔牛のラヴィゴットソース添えを出すこと以外、なにもできない。つまりは彼女も、ほかのみんなと同じ状態にあった。奇跡を待ち望む状態に。

　金曜日の晩、疲れ果てたルイーズはバッグをキッチンのテーブルに置き、窓に近づいて〈ラ・プティット・ボエーム〉の店先を眺めた。ジュールさんに来て欲しいのは、こんなときなのに。対ドイツの現状について、彼が客を相手に好き勝手な放言をしているさまが一瞬頭に浮かび、ルイーズは微笑んだ。そう言えば、コートも脱がずに夕食を食べていたわ。人生の歯車が、どこかでくるってしまった。ドクター・ティリオンの拳銃が放った一発の銃弾。彼がどうしてあんなことをしたのかはわからないが、あの銃弾はまだ被害を広げ続けていた。

9

「ふむ……」

長官は六十歳代の男だった。丸々と太った顔と不機嫌そうな口もとは、今にも泣きだしそうな印象を与える。重責に疲れ果てているのだろう。情報省を率いること、つまりは検閲の元締めをすることに。五百名もの職員は、その大半が国立高等師範学校の出身者、教授資格者(アグレジェ)、大学教員、将校、外交官で占められているのだから、並大抵の仕事ではない。情報省が置かれているホテル・コンチネンタルに一歩足を踏み入れてみれば、すぐにわかるはずだ。彼が目の下に作っている隈(くま)は、ただの寝不足や妻の小言が原因ではないと。

「セデス氏なら」と長官はもの思わし気に言った。「一、二度顔を合わせたことがあるが、あれは傑出した人物だ」

むかいにすわっている若い男は、両手を膝にきちんとそろえ、恭(うやうや)しくうなずいた。大きな丸眼鏡の奥にある目はぼんやりとして、妙につかみどころがない。おどおどして、熱に浮かされたような表情は、難解な研究に没頭している学者によく見られる。彼の場合、それは東洋語だった。長官の手には、院長ジョルジュ・セデスの署名が入ったフランス極東学院の推薦状があった。セデスは教え子の青年を、真面目で責任感が強く、なにごとも最後までやり遂げる男だと褒めちぎっていた。

「きみはヴェトナム語と、クメール語を話せて……」

デジレは重々しくうなずいた。

「それにタイ語と、ジャライ族の言葉にも通じています」と彼は言い添えた。

「なるほど、すばらしい……」

けれども長官は落胆していた。彼はうんざりしたように、推薦状を机に置いた。いかにも、運命に打ちひしがれた官吏という感じだった。

「でもね、きみ、問題は東洋じゃないんだ。それはもう足りている。東洋語の教授が、弟子を三人連れてきたんでね。きみには悪いが、そちらの部門はすでにいっぱいだ」

デジレは目をぱちぱちさせた。なるほど、わかりました。

「そう」と長官は続けた。「問題はトルコなんだよ。ひとりだけいたトルコ語の専門家は、産業商業省に取られてしまったんでね」

デジレはぱっと顔を明るくさせた。

「だったらお役に立てるかと……」

長官は目を大きく見ひらいた。

「父は全権大使の秘書官でした」と若者は落ち着き払って言った。「それでぼくは、少年時代をずっとイズミルですごしたんです」

「き……きみはトルコ語が話せるのかね？」

デジレはつつましげな作り笑いを押し殺して答えた。

「もちろん、メフメト・エフェンディ・ペリヴァンを訳せやしませんけど、イスタンブールとアンカラの新聞に詳しい者ってことなら、だぶん……」

「すばらしい！」

メフメト・エフェンディ・ペリヴァンとは、トルコの詩人かなにかだろうが、それを確かめようとしても詮無(せんな)いことである。なにしろデジレが、即興ででっちあげた名前なのだから。けれども長官は、この青年を遣わしてくれた天の配剤に感激するあまり、一瞬たりとも疑念は抱かなかった。

デジレは守衛のあとについて、贅(ぜい)を尽くした廊下を抜ける迷路の道を進んだ。ここはスクリブ通りの豪華ホテル。四百もの客室には、情報統制に従事するチームが入っている。

「除隊になったのは、どういうわけで……」と長官は、デジレをドアまで送るために立ちあがったとき、思いきってたずねた。

徴用されたこのホテルでは、ありとあらゆる人々が立ち働いていた。スーツ姿や軍服姿の男たち、忙しそうに動きまわる学生、書類を運ぶ秘書、社交界の女。誰が何をしているのやら、わけがわからない。代議士はわめき、新聞記者は責任者を追いかけ、法律家は議論し、守衛は金色に輝く鎖をかちゃかちゃ鳴らしながらホテル内を行き交った。舞台俳優がひとり、誰も聞いていない質問の答えを求めてホールに立っている。やがて彼は来たときと同じように、そっと姿を消した。ここに集まっているのは、圧倒的に有力者や良家の息子たちだった。というのも、情報戦の要(かなめ)となるべく集められた人々のなかに、誰もが加わりたいと思っていたから。ついこのあいだまでは高名な劇作家が率いていたが、彼の言葉を理解できるものは、ほとんど誰もいなかった。あとを継いだのは、国立図書館出身の歴史学教授資格者(アグレジエ)だった。かつては検閲を激しく非難していたものの、情報省の大臣に抜擢されてからは強権をふるうようになった。そんなこんなで醸し出される混沌とした強烈な魅力が、知識人や女たち、兵役を逃れた者や学生たちを引きつけた。そしてもちろん、山師たちも。デジレはここで、たちまち水を得た魚となった。

「トルコの新聞なら、だいたいのところはそろっている」と長官は、青年の肩に手をあてて言った。「少し遅れて入ってくるだろうが……」

「そのところは、がんばってなんとかしますよ、長官……」

守衛はデジレをドアの前に残して立ち去った。ちっぽけな部屋は、政府がトルコにあまり関心を払っていない証(あかし)だ。真ん中に置かれたテーブルのうえは、新聞や雑誌でいっぱいだった。デジレはその名前も発音できなかったが、そんなことはどうでもいい。

彼はなかをひらいてページをしわくちゃにし、適当に記事を切り抜いては、用済みになった新聞や雑誌を積み重ねた。それから資料室へ行き、フランスの日刊紙をここ数週間分集めた。フランス軍や英仏連合軍のニュースを拾い、トルコの新聞記事をもとにしたらしいものをリストアップする。

どうせ誰もデジレの仕事を、さして注目もされない僻地の大使館から届くメモや声明と比べてみようなんて思いはしない。彼は一八九六年に出た『フランス語／トルコ語辞典』の見出し語をいくつか拾い出し、熱のこもった結論を導き出した。そのなかで彼はトルコの中立性をめぐり、二つの派閥がいかに争っているかを説明した。片やヌリ・ヴェヒクなる新たなリーダーが率いる中道左派と、片や親ヨーロッパ的な少数の穏健右派。内紛の登場人物たちが実際に何を求めているか、そう簡単に理解できやしないだろう。そもそもすべて、デジレがでっちあげたことなのだから。けれども注釈は、楽観的な予測で締めくくられていた。〝東洋の玄関であるとともに西洋の玄関でもあるトルコは、ヨーロッパの抗争に巻きこまれないかと心配しているだろう。しかしトルコの新聞を注意深く読めば明らかなように、フランスはつねにそこで巧みな立ちまわりを見せている。激しく対立する二つの派閥も、わが国に魅せられているという点では変わりない。ムヒ・グルシャニとムスタファ・ケマルの祖国は、わが国の忠実で確固たる同盟者となることだろう〟

「すばらしい」

長官は大満足だった。結論部分しか読む暇はなかったが、それは安心に足るものだった。トルコの新聞は不定期にしかパリに届かない。デジレは毎日、ホテルのなかをうろついてすごした。ピンクがかった大理石の巨大な円柱のあいだや廊下、柱廊で、デジレの姿が頻繁に見かけられるようになった。長身で内気そうなこの若者は、挨拶をするとき神経質そうに目をぱちぱちさせるのだった。そんな不器用そうな表情を見て……男たちは彼を馬鹿にし、女たちは憐れみの笑みをうかべた。

「ああ、きみ、ちょうどよかった」

ここ最近の長官は、突然お客が押し寄せて慌てふためいている料理長とでもいう感じだった。そんな印象が、ますます強くなっている。検閲はあらゆる領域におよんだ。ラジオ、映画、広告、演劇、写真、出版、歌、博士論文、名もない会社の総会報告書。やらねばならないことは山ほどある。もうなにから手をつけたらいいのか、わからないほどだった。

「電話室で手が足りないんだ。ついてきたまえ」

電話検閲室は最上階のスイートルームに置かれていた。ずらりと並んだ受話器の前で、職員たちが通話に聞き耳を立て、必要とあらばそれを遮っている。入営した兵士と家族の会話、新聞記者と編集部の会話などなど。国内外にかかわる情報が含まれるかもしれないやりとりのすべて。つまりは、ありとあらゆる会話だ。そうなると、どこまでやったらいいのか、何をしたらいいのか、もうわけがわからない。仕事はきりがなかった。

監視すべき事項を挙げたぶ厚いファイルが、デジレに手渡された。ガムラン将軍の動きから今日の天気まで、食料品の価格情報から平和主義者の主張まで、給料の要求から連隊の献立まで、敵を利する恐れのあること、フランス人の士気を損ないそうなことは、厳しく検閲しなければならない。

デジレが挿しこみプラグに接続すると、ヴィトリー＝ル＝フランソワに配属された二等兵と婚約者の会話が聞こえてきた。

「元気なの？」と婚約者がたずねる。

「ツッ、ツッ、ツッ」とデジレは会話を中断させた。「部隊の士気にかかわる発言はいけません」

娘は当惑しているようだ。彼女は少しためらってから、またたずねた。

「でも、天気はいいんでしょ?」

「ツッ、ツッ、ツッ」とデジレは言った。「天気状況に関することはいけません」

長い沈黙が続いた。

「ところで……」

兵士はまた遮られるかと思ったが、なにも言われなかった。彼は先を続けた。

「ブドウの収穫は……」

「ツッ、ツッ、ツッ。フランスワインは戦略上のデータです」

兵士は頭に来たが、言い争う術はなかった。この話は、ここまでにしよう。

「ねえきみ、ぼくの宝物……」

「ツッ、ツッ、ツッ。フランス銀行に関する発言はいけません」

また沈黙が続く。

娘は思いきって言った。

「じゃあ、切るわね……」

「ツッ、ツッ、ツッ。敗北主義はいけません」

デジレは絶好調だった。

電話室ですごした二日間、デジレは最善を尽くした。だから代わりをしていた電話係が戻ってきたのは残念だった。けれどもトルコに関する仕事はほとんどなかったので、今度は一時的に郵便物の検閲にまわってくれと長官に言われ、大喜びだった。そこで彼は革新的な手法を採用し、皆から賞賛を得た。

兵士が両親にあてた手紙を開封すると、まずは文の要(かなめ)に攻めこまねばならないという判断から、動詞をすべて削除した。かくして宛名人は、こんな手紙を受け取ることとなった。〝ぼくたちは力いっぱい……なので、父さんも……。ぼくたちはそこで……べきことを……なく、雑役当番を次々に……。戦友はたいてい……だけど。みんなは……です〟

郵便物検閲係には、毎朝新たな指示が届いた。デジレはそれもきっちりと適用した。たとえば小型機関銃MAS38に関する情報はすべて検閲するように言われたなら、デジレは動詞に加えてM、A、Sという文字をすべて黒塗りにしたのである。そうして残った手紙の文面は、ほとんど意味をなさなかった。

このやり方はとても効率的だと評価された。デジレは長官の篤い信頼を得て、今度は新聞の検閲に携わることとなった。毎朝、彼はホテル・コンチネンタルの豪華な宴会場に入っていった。コリント式の堂々たる円柱と、可愛らしいお尻をした小天使たちが群れをなす天井画がすばらしい。彼は大きなテーブルについた。そのうえに並べられた校正刷りを調べ、禁止事項を削除して新聞社に送り返すのだ。ここでは四十名ほどの、愛国心に燃えた職員が働いていた。毎日新たな禁止事項が加わって、リストは今や千ページ近かった。彼らはそうやって、膨大な検閲作業にいそしんでいた。

カフェ〈シェ・ダニエル〉のウェイトレスが生ぬるいビールと湿っぽいサンドイッチを配っているあいだに、今日の指示に関する打ち合わせが順調に進められた。曖昧な部分や矛盾は山ほどある。それはしっかり受けとめたうえで、各自おのおののやり方で掃除に取りかかった。馬鹿馬鹿しい指示が出されることも、珍しくなかった。読者のほうも慣れっこで、これこれの食品は〝先月……フランだったが、今月は……フランになっている〟というような記事を読んでも、なんとも思わなくなっていた。

デジレは軍備の分野でも、たちまち高い評価を得るに至った。検閲はその〝外延的な意味〟まで広げねばならない、という彼の論理は称賛された。

「帰納、演繹(えんえき)。その両面で敵は洞察力に優れている」と彼は、目を神経質そうにしばたたかせながら言った。

デジレは見事な論証を繰り広げた。控えめな口調だけに、いっそう自明なことに思われた。〝武器〟という言葉は〝破壊〟と結びつき、そこから〝被害〟〝犠牲者〟〝無垢〟を経て〝子供〟へといたる。それゆえ、家族関係に関する言及には隠れた戦略的要素が含まれるのだから、排除せねばならない、というのが彼の主張だった。こうして父、母、おじ、おば、兄弟、姉妹、従兄弟（いとこ）といった言葉が情け容赦なく狩り出され、チェーホフの芝居の公演ポスターは〝三人……〟と、ツルゲーネフの小説のタイトルは〝……と……〟となり、果ては祈りの文句さえ、〝天にましますわれらの……よ〟と化した。『オデュッセイア』の作者も名前に〝母（メール）〟が入っているからと（ホメロスはフランス語でオメールという）、〝オ……〟と表記される始末だった。デジレの活躍により、検閲は芸術の域にまで達し、アナスタジ（検閲の象徴で、大きなハサミを持った老嬢として描かれる）は第八の芸術の女神（ミューズ）になろうとしていた。

10

「おれが聞いたところでは、スダン方面らしい」と兵士は答えた。なんとたずねられたのか、ガブリエルには聞こえなかったけれど。

目的地がはっきりしないのは、驚くにあたらない。なにしろ命令が出てはまた取り消されの繰り返しが、ずっと続いているのだから。徒歩で出発せねばならないというのに、一時間以上待たされてからまず駅へむかった。そのあと参謀本部からの命令でマイアンベール要塞に戻り、到着するかしないうちにまた駅へ行けと言われた。こうしてようやく家畜運搬列車に乗りこんだのだった。ドイツ軍がベルギーに攻めこむことは予想されていたが、敵がアルデンヌの森に姿をあらわしたのにはみんな面喰らい、司令官たちも反撃に出たものか決めかねていた。

シャブリエもアンブルザックも、いっしょではなかった。彼らは別の方面に送られたからだ。ラウール・ランドラード兵長はこれまで忠実な部下だった二人のことなどさっさと忘れ、まるで気にしているようすはなかった。彼は列車の隅で、まだ金を巻きあげられていない兵士たちを相手に札当て賭博をした。なかには、前にも痛い目を見ている者もいた。懲りないやつというのは、どこにでもいるものだ。ランドラードは四十フラン以上を稼いだ。なんでも利用する男なのだ。どこへ行こうがそれは変わらない。彼は誰とでもたちまちうちとけた。ときにはガブリエルのほうを、にっこり笑ってふり返ることもあった。これまでのいきさつはすべて、運命で定められていたのだ、とでもいうように。たぶんランドラードは、実際そう思っているのだろう。

けれどもガブリエルは、とうていそんな気にはなれなかった。なにしろアンブルザックに軍靴の先で思いきり蹴られた股間が、まだ痛くてたまらない。出発してからずっと、睾丸が倍に腫(は)れあがっているような気がして、吐き気がするほどだった。

とはいえ部隊には、安堵感が漂っていた。

「あん畜生どもを、殴り倒してやろうぜ」と、熱狂した若い兵士が叫んだ。

気力を蝕(むしば)む奇妙な戦争がえんえんと続いたあととあって、みんな思う存分戦いたくてうずうずしているのだ。まずはフランス国歌『ラ・マルセイエーズ』を高らかに歌う声が響き、やがて停車時間が長引き出すと、酒祝歌(さかほぎうた)に変わった。

夜の八時ごろ、今度は春歌が始まった。

下車のときが来た。スダンに着いたのだ。

兵舎は満員で、共同寝室に改装した食堂に押しこまれた。みんな大騒ぎで寝場所を確保し、毛布を奪い合ったが、ことはまずまず友好的に進められた。隊は何カ月も無為にすごして、なまった体になっていた。兵士たちは、久しぶりに手足をほぐせてほっとした。

一時間後、沸きあがる歓声が早くも聞こえ出した。ランドラードはやんやの喝采のなか、新来者たちから給料を吸いあげていった。

ガブリエルは到着するなりトイレに駆けこみ、被害状況をたしかめた。股間は腫れて、ひりひりと痛んだが、睾丸は心配したほどふくれていなかった。トイレから戻ると、ランドラードは彼にウィンクをし、口に手をあててぷっと吹き出した。なんてやつだ。股間を軍靴で蹴りあげられたのは、そもそもおまえのせいじゃないか。なのにこの男は、学校の休み時間にエイプリルフールの悪戯を仕掛けたくらいにしか思っていないんだ。

ガブリエルはすし詰めにされた何十名もの兵士たちを眺めた。なるほど、ここには混合の原理がよくあらわれている。それはフランス軍が最新の規範としているやり方で、いったんばらばらにした隊を、誰にもわからない高度な論理にしたがって再構成するというものだった。こうして今、ここに、三つの連隊から抜き出した三つの大隊に含まれる四つの中隊の兵士たちが集められた。お互い、ほとんど誰も知らない。唯一、ちょっと見覚えがあるのは、直属の上官である下士官だけだ。士官たちは当惑していた。上の連中は、ちゃんとわかってやってるのだろうか。

運よくブリキのカップを確保した者には、熱いスープがふるまわれた。とはいえスープの色たるや、石清水(いわしみず)みたいに透明だったけれど。ほかの兵士たちはパンにかぶりつき、出所のわからないソーセージを気楽に分け合った。

二十歳くらいの太った若者が、兵士たちのあいだを歩きまわりながらたずねている。

「誰か靴ひもを持ってないか？」

ラウール・ランドラードは真っ先に、黒い靴ひもを差し出した。

「ほら、三フランだ」

太った若者は、魚みたいに口をぱくぱくさせた。ガブリエルは自分の荷物を漁った。

「さあ、これを」と彼は言った。

そのようすから、こっちはただなのだとわかった。ラウール・ランドラードは自分の靴ひもを鞄にしまい、あきらめきったようなふくれっ面(つら)をした。どうぞ、ご勝手に。

若者はほっとしたように、ガブリエルの脇にすわりこんだ。

「あんた、命の恩人だ……」

ガブリエルはランドラードの横顔を見た。わし鼻に薄い唇。ランドラードの関心は、もう別のことに移っていた。煙草を切らした連中に、自分の煙草を売りつけている。ラウール・ランドラードはこっちをふりむき、口もとにかすかな笑みを浮かべた。いざとなったらこの男は、軍靴でおれの股間を蹴らせることも辞さない。けれども今はそんなこと、想像しがたかった。

「衣料配給室に着いたのが最後だったんでね」と若い兵士は、上着のボタンをはずしながら言った。「大きすぎる靴と小さすぎる靴しか残っていなかったんですよ。もちろんおれは大きいほうを選んだけれど、すると今度は靴ひもが必要だ。それがもう一本もなくて」

この話は大うけだった。それをきっかけに、また別の話が始まった。この手の経験には、みんな事欠かない。背の高い男が立ちあがると、爆笑が起きた。サイズにぴったりのズボンがなくて、まだ平服のズボンをはいていたからだ。兵舎生活の苦労話で兵士たちは盛りあがり、みなぎる戦意が損なわれることはなかった。たまたま通りかかった将校がひとり、さっそく捕まった。

「大尉、いよいよ敵に殴りこみですね？」

「ああ」と相手は残念そうな口調で答えた。「でもわれわれは、脇役を演じることになりそうだ。ここではしばらく攻撃はないだろう。たとえ対戦になっても、アルデンヌの森を抜けてこられるドイツ軍は、どうせほとんど小隊ばかりだし」

「それでも迎え撃ってやりますよ」と誰かが叫んだ。大した活躍ができないなら、部隊の意気もあがらないとでもいうように。続く雄たけびは、あまりぱっとしなかった。

大尉は笑って共同寝室を出ていった。

翌日の朝七時ごろ、ガブリエルは同じ大尉のもとへむかった。通信係である彼は、昨日大尉が断言したことと相反するメッセージを受け取ったからだ。スダンの北西に、ドイツ軍部隊がぞくぞくと押し寄せているという。

警告は少佐へ、さらに将軍へとあげられた。けれども将軍は傲然として、この情報を顧みようとしなかった。

「目の錯覚というやつだ。アルデンヌは森だからな、オートバイ部隊がいくつか入りこんだだけでも、大軍団みたいに見えるんだ」

将軍は壁に張った地図に数歩近づいた。ベルギー国境に沿った広大な三日月地帯が、色つきのピンで示されている。あそこでは熾烈な戦闘が繰り広げられているというのに、こんなところで手をこまぬき、端役を演じているのは耐え難い。彼の雄々しい魂は、激しく傷ついていた。

「よし」と将軍は、憂いに満ちた長いため息の果てに言った。「むこうに少し援軍を送るとしよう」

こんな譲歩をするなんて、彼にはつらいことだった。できれば家に帰ってしまいたかった。

こうして二百名の中隊が、そこから三十キロ先のムーズ川沿岸で監視にあたっている第五十五歩兵師団に必要な協力をするよう、派遣されることとなった。

目的地へは、鉄道がなかった。約四十名の歩兵からなるガブリエルの隊は、街道を歩き始めた。指揮を執っているのはジベルグという名の五十がらみの予備役大尉で、徴集される前はシャトールーで薬屋をやっていた。先の大戦で立てた輝かしい軍功を生かして、士官に任命されたのだという。

まだ昼にならないうちから太陽はぎらぎらと輝き始め、昨晩の高揚感も溶け出すほどだった。ガブリエルはランドラードのようすを横目でうかがっていたが、彼もつらそうだった。ランドラードの場合、疲れはやがて怒りへと変わる。やつれたその顔つきは、なにかよくない出来事を予感させた。

昨日、自分のズボンを自虐ネタにしたノッポは笑みを失い、靴ひもの兵士はぶかぶかの靴で足にまめをこさえて、小さすぎる靴にしなかったことを後悔していた。普通八名でひと組になるのだが、四名は別の場所へ援軍に送られてしまった。

「どこへ行くんだ？」とガブリエルはたずねた。

「よくわからないが、北のほうだろう……」

進むにつれ、遠くの空にところどころ、オレンジ色の光が縞模様をなしているのが見えた。煙があがっているのもわかるが、どのくらいの距離なのかは判然としなかった。十キロ？　二十キロ？　もっと遠く？　大尉にも見当がつかない。

ガブリエルはこの遠征に不安を感じていた。不確かな状況のなかでは、何をするにも及び腰になる。どう考えても悪い予感しかしなかった。いずれ、とんでもない事態が勃発するだろう。前には戦争、うしろにはランドラード。いよいよ進退きわまったな。

脚はずっしり重かった。すでに二十キロの道のりを、装具一式を持って歩いた。さらにほとんど同じだけ、馬鹿でかい背嚢（はいのう）を担いで踏破せねばならない。ベルトにつけた水筒は、一歩歩くたびに揺れて太腿（ふともも）にあたった……ガブリエルはきつすぎる革ひものせいで、肩が擦れてしまった。長さを調節する部分が錆びついていて、まったく動かないのだ。体じゅう、筋肉痛だった。銃もやけに重く感じられる。思わずよろめき、ころびそうになったとき、支えてくれたのはラウール・ランドラードだった。マイアンベール要塞を出発してからずっと、二人は言葉を交わしていなかった。

「おれが持ってやる」と兵長は言って、背嚢の肩ひもを引っぱった。ガブリエルは抵抗しようとしたが、その暇はなかった。礼を言おうと思ったときにはもう、ラウールは自分の背嚢のうえにガブリエルの背嚢をのせ、なにごともなかったかのように三歩先を歩いていた。

空高く、何機もの飛行機が飛んでいく。フランス機だろうか？　それともドイツ機？　それははっきりわからなかった。

「フランス機だな」と大尉は、インディアンのように目のうえに手をかざして言った。

それならひと安心だ。ベルギーやルクセンブルクから、ほとんどが車でやって来た難民たちも、ほっとしていることだろう。敵にむかって北上する部隊と出会い、みんな喜んでいる。いっぽう地元のフランス人は、曖昧な態度だった。激励の言葉は決まって、前の大戦のスローガンと同じ、拳をふりあげ、「やつらを倒せ（オン・レ・ソラ）」と叫ぶあのやり方だ。やれやれ、二十年たってもまたこれか。

兵士たちが喘（あえ）ぎ始め、休憩することになった。朝からなにも食べないまま、二十三キロ歩き続けたのだから、そろそろいったん荷物を置いて食事をする時間だ。

パンとワインを分け合いながら、兵舎の噂や戦況についておしゃべりに花を咲かせた。

いちばん傑作だったのは、ブーケ将軍とやらの話だった。彼はドイツ軍の戦車を食い止めるもっとも有効な武器は、ベッドシーツだとのたまったそうな。四名の人員を準備し、テーブルクロスを広げるときのように四隅を持って、一、二の三で戦車に飛び乗り砲塔を覆ってしまうのだ。すると乗組員は前が見えずになすすべがなく、お手あげになってしまうだろう。兵士たちは気まずそうに笑い合った。いったいどこまで本気にしていいのやら、ガブリエルは判断に迷った。真面目な話なのか、冗談か。いずれにしろ、なんだかつらい気にさせられる。本当に将軍が、そんなことを言ったのか？　と誰かが疑わしそうにたずねた。しかし返答を聞く暇はなかった。立って、また歩き始めねばならなかったから。さあ、行くぞ、と下士官たちはみんなに声をかけた。あとひとふんばりだ。そうすりゃムーズ川で水浴びができるぞ、ハ、ハ、ハ。

「ありがとう」とガブリエルは言って、ラウールの脇にあった自分の背嚢をつかんだ。

するとランドラードはにっこり笑い、敬礼のジェスチャーをして言った。

「どういたしまして、軍曹殿」

行軍の続きは、それまでとほとんど変わり映えがしなかった。違っていたのは、すれ違う難民の群れが前より無口になっていることくらいだ。子供を腕に抱き、徒歩で逃げてくる人々が多くなったせいだろう。ドイツ軍がすぐそこまで迫っているのは確かだが、戦いに役立つ情報をもたらしてくれる者は誰もいなかった。ともかくフランス軍がいるところまで来れば安全だ、と思っているらしい。わかったのはそれだけだった。

今日、これで二度目、森の奥に埋もれたコンクリート製の建物の前を通った。

「くそったれめ……」

ガブリエルは飛びあがった。いつのまにかランドラードが、すぐうしろに来ていた。

「こいつがフランス軍防衛線の要かよ！」

彼らが目にした要塞やトーチカは未完成で、荒れ果てた印象だった。これまでいたマイアンベール要塞と同じく、マジノ線の一部として計画されたとは思えない。設備も整わないまま打ち捨てられ、早くもツタに覆われた廃墟と化しかけている。ランドラードは地面にぺっと唾を吐き、ガブリエルの股間を顔で示しておどけた口調で言った。

「家に帰るころには、なんともなくなってるさ。心配するなって」

ガブリエルは言い返そうとしたけれど、その気力も体力もなかった。

ようやく、川沿いに宿営している部隊と合流した。みんな、がっかりだった。ガブリエルの隊の兵士も、第五十五師団の兵士も。ガブリエルたちが落胆したのは、四十キロの道のりをくたくたになって歩き続け、ようやく到着したというのに、あまり歓迎されているようすがなかったから。第五十五師団が落胆したのは、もっと大部隊の援軍を期待していたからだった。

「たった二百名ぽっちの兵士で、どうしろっていうんだ」と中佐のひとりはわめいた。

「こっちはその三倍必要なのに」

敵機はもう姿を見せなくなっていた。なのにどうしてそんなに大量の援軍を欲しがるのか、誰にも理由がわからなかった。砲声はずいぶん離れているし、新たな情報はまったく届かない。聞こえてくるのは、〝ムーズ川のむこう側に敵の大群がいる〟という話ばかりだが、それは目の錯覚だと考えるべきだろう。

「われわれはこの土手を、二十キロにわたって守らねばならないんだぞ」それでも中佐はわめいた。「強化すべき拠点は十カ所あまりもある。ここは前線とも呼べやしない。グリュイエールチーズみたいに、いたるところ穴だらけなのさ」

ドイツ軍が装備を固めてぞくぞくとやって来るなら、たしかにそれは心配だが、そんなことはありそうもない。なぜって敵軍は基本的に、ベルギー経由で攻めこんでくるだろうから。

「じゃあ、聞こえてくるあの音はなんだ？　猫の鳴き声だとでも？」

みんないっそう耳を澄ませた。なるほど、たしかに北東で砲声らしきもの音が聞こえる。

元薬屋の大尉がたずねた。

「偵察飛行機はなんと言っているんです？」

「あるもんか、飛行機なんんか。ないんだよ」

大尉は一日じゅう歩いて疲れてきっていたけれど、目を閉じるだけで我慢した。できれば少し休みたかったが、そんな暇はなかった。指揮官は将校たちを全員集め、大きな地図を広げた。

「ムーズ川のむこうでドイツ軍が何をしているのか、偵察隊を送って調べさせよう。やつらの動向を押さえるには、人員が必要だ。おい、きみはここに部隊を送れ。きみはここ、きみはここだ……」

司令官の太い人さし指が、曲がりくねったムーズ川に沿って進んだ。ジベルグ大尉は、ムーズ川の支流トレギエール川を割り当てられた。川はUの文字を逆さにしたような、釣り鐘形のカーブを描いていた。

「きみはここ。さあ、行動開始だ」

部隊は武器や弾薬、トランクをトラックの荷台に積んだ。トラックにつながれた三十七ミリ砲は、森の砂利道でがたがたと揺れた。

新たなページがめくられたのだ、と誰もが感じていた。

中隊は今や二十名という少人数で、森に分け入ることとなった。夕暮れが近づき、怪しげな天気になっていた。北の空がぶ厚い雲に覆われている。難民の群れが、急に少なくなり始めた。川からもっと離れた、別の場所を通って逃げているのだろう。誰もあからさまには言わなかったが、思っていることはみな同じだった。敵がこちら側から来るなら、いくら大砲があったって、軽装備の隊では迎え撃てないだろう。敵が来る心配がないなら、おれたちはここで何をしているんだ……

ガブリエルはジベルグ大尉の脇にいた。大尉は「これで雨でも降り出したら……」とつぶやいていたが、はたして数分後、そのとおりになり始めたとき、彼らはトラックに追いついた。

トレギエール川の橋はコンクリート製だった。こうした小さな橋が、前世紀にいくつも造られたのだ。古色をおびた、ひなびた魅力にあふれている。大型トラックが通れるくらいの幅はあるが、車がすれ違うのは難しかった。

大尉は三十七ミリ砲や軽機関銃（真新しい、高性能のＦＭ24／29）といった武器を一ヵ所に集め、強まる驟雨から守らせた。みんな泥のなかを駆けずりまわり、野営用具を保護するシートを広げた。手あたり次第に指名された六名の兵士は、ぶつぶつ言いながら橋の各所で警備についた。

ラウール・ランドラードは例によってうまく立ちまわり、武器の見張り役に収まった。そして兵長という階級を生かしてトラックの運転席に陣取り、フロントガラスに流れる雨と、ずぶ濡れになって走りまわる仲間をにやにや笑いながら眺めていた。

ガブリエルは少し離れたシートの下に、無線機を設置した。そこにジベルグ大尉がやって来て言った。

「軍曹、砲兵隊とは連絡が取れているんだろうな?」

砲兵隊はそこから数キロの地点に待機している。いざ戦闘が始まったら彼らに応援の依頼をし、川のむこうに砲弾を浴びせて敵を遠ざける手はずになっていた。

「でも大尉」とガブリエルは答えた。「砲兵隊に無線で連絡してはいけないと……」

大尉は当惑したようにあごを撫でた。参謀本部は、簡単に盗聴される無線連絡を警戒していた。だから射撃の要請は、ロケット弾を打ちあげて知らせねばならない。ところが大尉は、そこでひとつ問題に直面した。

「最新型の自動式ロケットランチャーが配備されたんだが、それを使える人間がこの部隊には誰もいないんだ。取扱説明書もないし」

飛び交う砲弾の光を受け、遠くの木々が梢(こずえ)を赤く染めている。こだまする砲声は、雨のせいで少しくぐもって聞こえた。

「きっとフランス軍が、ドイツ人どもをやっつけているんだろう」と大尉は言った。ガブリエルの脳裏に、なぜかしらガムラン将軍のスローガンが浮かんだ——〝勇気、力、信頼〟。

「ええ、きっと……」と彼は答えた。「そうに決まってます……」

11

ホテル・コンチネンタルの大広間はすでにいっぱいだったけれど、ありとあらゆる種類の男たち、女たちが、まだ押し寄せていた。入り口でシャンペンのグラスを受けとる手つきには、数十年にわたる経験が見てとれる。彼らは観葉植物の近くに人影を見つけると、誰もが知っている名前を大声で呼びながら、大風でも吹いているみたいにそろそろとグラスを持って、広間を横ぎっていくのだった。

実際、四十八時間前から風は吹いていた。不安と安堵、自信、めまいが混ざり合った風に、人々の興奮は最高潮に達していた。ようやくこの時が来た。戦争だ。本物の戦争が始まったのだ。もっと詳しく知りたくて、みんなうずうずしていた。そして情報省の心臓部たるホテル・コンチネンタルへ駆けつけたのだ。外交官や軍人、新聞記者のまわりに人々が群がり、質問攻めにした。そしてニュースは次々に広まった。いわく、イギリス空軍はライン川を空爆した。いわく、ベルギー軍は見事な活躍ぶりを見せた。いわく、さる将軍は煙草をもみ消し、がっかりしたように「戦争は早くも片がついた」と言い放った。なんとも印象深いひとことではないか。それはアカデミー会員から大学教授へ、社交界の女たちから銀行家へと伝わり、デジレのもとまで届いた。彼のまわりにいた十数人の人々は、貪るような目でその反応をうかがっている。デジレは二日前から、マスコミむけに公式の声明(コミュニケ)を発表する役目を担っていたから、これ以上の事情通もいないと目されていた。

「たしかに」と彼は抑制された口調で言った。「フランスとその同盟国は、状況を完全に掌握しています。けれども、〝戦争は片づいた〟と言ってしまっては、いささか拙速に陥りかねませんね」

社交界に出入りする女のひとりが、ぷっと吹き出した。彼女はいつも、そんな調子だった。ほかの者たちは微笑んだだけで続きを待ったが、それは無駄骨だった。人ごみを掻き分けて男が近づき、こう遮ったからだ。

「ブラヴォー！　すばらしい自信だ」

デジレは謙遜のしるしに、度の強い眼鏡をかけた目を伏せた。彼を賞賛する人と妬(ねた)む人の二派に聴衆が分かれていることを、よく心得ていた。賞賛派には女性が多いせいで、嫉妬(しっと)派はいっそう支持者を集めた。それだけに、政府の高官（彼は植民地省の大物だった）が予想外の応援をしてくれるのは大歓迎だった。ホテル・コンチネンタルでデジレの存在感が急速に増していることには、批判や疑問が湧きあがっていた。「いったい何者なんだ、あいつは？」とみんな口々に言った。けれどもデジレについての情報は、戦争に関する情報と同じ規範に呼応していた。人は自分の信じたいものを信じる、という規範に。さしあたってこの気取りのない、内気そうで魅力的で意志強固な男は、コンチネンタルの人気者だ。彼は記者会見を担当する次官の直属となっていた。次官はいつも興奮ぎみで、ぴりぴりとした神経質そうな男だった。

「あいつらのことは、好きなように考えればいい」と彼は初めて会ったときデジレに言った。「だが情報省の前身にあたるプロパガンダ省を創設したレオン・ブルームは、見事なものだ。すごい男だとまでは言わん。やつはユダヤ人だが、それでもやはり、すばらしいアイディアだったのは間違いない」

初めて会ったとき、次官は両手を背中にまわし、オフィスのなかを歩きまわっていた。

「そこできみにたずねよう。われわれの任務とは？」

「情報公開だと……」

デジレは不意打ちを喰らい、とっさに思いついた答えを口にした。

「たしかに、そうとも言える……だが、情報公開の目的は？」

デジレは頭を絞りながらあたりを見まわし、こう答えた。

「人々を安心させることです」

「まさしく」と次官は叫んだ。「フランス軍は戦争をする任務を担っている。それはそうだ。だが、大砲をずらりと並べてみたところで、それを扱う者たちに勝者の意気ごみがなければ、なんの役にも立たん。そのためには、励ましが必要だ。皆に支えられている、信頼されていると感じることが大切なんだ。フランスじゅうが勝利を信じねばならない。信じるんだ、フランスが一丸となって」

次官はデジレの前に立った。デジレのほうが、頭ひとつぶん背が高い。

「そのために、われわれはここにいる。戦時において重要なのは、正しい情報よりも人々を励ます情報だ。真実はわれわれの主眼ではない。われわれの任務は、もっと高邁な志に満ちている。フランス人の士気は、われわれの双肩にかかっているんだ」

「なるほど」とデジレは言った。

次官は彼をじっくりと観察した。この青年のことはこれまでも、なにかにつけて話題になった。ぶ厚い眼鏡をかけていて、なかなか頭が切れるらしい。控えめだが優秀な男だと言われている。控えめなのは一目瞭然だし、優秀なのも否定しがたい。

「ところできみは、ここですべき仕事をどうとらえているのかね？」

「A、E、I、O、Uです」とデジレは答えた。

次官も初歩（アルファベット）は心得ていたので、目で先を促すにとどめた。

「分析（Analyser）、記録（Enregistrer）、感化（Influencer）、観察（Observer）、活用（Utiliser）」とデジレは続けた。「時系列に沿って言うならば、〝観察〟し、〝記録〟し、〝分析〟し、〝活用〟し、そうやって〝感化〟させること。フランス国民の士気を刺激するんです。それを最大限まで高めるために」

次官はすぐに理解した。この青年はなかなかの掘り出しものだぞ。

五月十日、ドイツ軍がベルギーに大攻勢をかけ、新聞報道の規制が必要になるや、デジレ・ミゴーの名に皆が一目（いちもく）置くようになった。

新聞記者やレポーターは夜討ち朝駆けで、前線の最新ニュースを集めにやって来る。するとデジレは半日分の情報を、重々しい口調で読みあげるのだった。〝フランス軍は侵略者に、激しい抵抗を示した〟とか、〝敵軍の侵攻は遅々として進んでいない〟といった、皆がいちばん知りたがっている内容に即した話を。デジレが落ち着き払って厳（おご）そかに告げる言葉の端々に、〝アルベール運河やムーズ川の付近で〟とか、〝ザール地方やヴォージュの西で〟とかいった地名が混ざっていることが、発表の信憑性を高めるのにひと役買っていた。とはいえ、敵に利用されかねない細かな情報は隠しておかねばならない。難しいのはその匙（さじ）加減だ。情報を公開して人々を安心させながら、肝心なところはぼかしておく。ドイツ軍は絶えず聞き耳を立て、こちらの動向をそっとうかがっているのだから。なにも言ってはいけない、と当局はつねに繰り返している。どんなことでも口に出したら最後、ドイツ軍に利用されるかもしれないと警告するポスターが、いたるところに張り出された。真実であれ嘘であれ、ひとつの情報が戦車隊よりも決定的な意味を持つことだってありうる。真の軍事省、それは情報省であり、デジレはその伝令官だった。

情報省にはパリの名士たちが招かれた。それは戦争であり、祝祭だった。

夜会のあいだじゅう、デジレはどこでも引っ張りだこで、本当の話、裏話を聞かせてくれと求められた。《マタン》紙の記者は彼を隅に呼んで、こうたずねた。

「デジレ君、教えてくれないか。パラシュート部隊について、もっとわかっていることがあるんだろ?」

ドイツ軍が連合国のいたるところに訓練を積んだ武装スパイを配置しているのは、周知の事実だった。彼らは日ごろ、住民たちのあいだに紛れて身を潜めているが、いざ時が来れば侵略部隊にとって大きな助力となる。〝第五列〟(スペイン内乱の際、四個部隊をひきいてマドリードを攻めたフランコ派の将軍が、敵の内部に紛れこんだ味方をさしてこう言った)と呼ばれるこうしたゲリラは、ドイツ人とはかぎらない。第三帝国に共感するベルギー人やオランダ人かもしれないし、裏切り者の最たる共産主義者(コミュニスト)のなかから集められたフランス人の可能性だってないとは言えないだろう。修道女に変装した三名のドイツ軍パラシュート部隊員が正体を暴かれて以来、人々はいたるところにスパイの影を感じるようになった。デジレは自分の右肩にさりげなく目をやり、小声で言った。

「変装した十二名の小人が……」

「まさか……」

「そのまさかなんです。十二名の小人は、全員がドイツ軍の兵士でした。先月の末、パラシュートでやって来て、ヴァンセンヌの森でキャンプをしている少年のふりをしていました。でも、大事に至る前に捕まえましたよ」

新聞記者は啞然としていた。

「武装していたのか？」

「化学薬品を持っていました。とても危険な薬品です。それでパリの飲み水を汚染させようとしていたんです。まずは学校の食堂を狙い、それから、おそらく……」

「で……記事にしても？」

「囲み記事で触れる程度なら。それ以上は、なにも書かないでください。目下、訊問中なので……でも取り調べが終わったら、真っ先にお知らせしますよ」

あっちへこっちへと歩きまわりながら、皆の質問をてきぱきと無難にこなしている新人の奮闘ぶりを、次官は部屋の反対端から父親然として見守っていた。デジレはレポーターのひとりにメモを取ってもかまわないからと言って、ドイツ軍の士気について話し始めた。

「ヒトラーはついに攻撃を決意しましたが、それはドイツが飢饉に脅かされ、切羽詰まっていたからです。これに対してフランス軍は、大量のビラで攻勢をかける手もあるでしょう。投降したドイツ軍兵士には、温かい食事を日に二食与えると持ちかけるのです。けれども参謀本部は、躊躇せざるを得ませんでした。二、三百万ものドイツ軍兵士が押し寄せ、それを全員養わねばならなくなる恐れがありますからね……」

そこから数メートルのところで、次官は微笑んでいた。いや、すばらしいパーティーだ。

「東洋語学校の学生ですって？」と高官のひとりが、デジレを指さしてたずねた。

彼はハノイで一年半をすごしたので、関心を持ったのだ。

「そうなんです」と次官は答えた。「フランス極東学院からやって来た逸材でしてね。東洋系の言葉ならひととおりマスターしているとか。いや、信じられん」

「だったら、ちょうどいい話し相手がいますよ……ちょっと、デジレ君……」

デジレがふり返ると、目の前で五十歳くらいの東洋人が歯を剝き出して笑っていた。

「紹介しよう。こちらはトンさん。現地民労働力課で秘書官をしている。プノンペンからいらしたんだ」

「アングチュック・フタエ・フォー・ケント・シエクヴァン」とデジレは握手しながら言った。「クルフェンチ・シアクン・ユオルダイ」

クメール語の単語は一語も入っていない、雑多な音の寄せ集めを前にして、トン氏はためらった。この若者がクメール語を流暢（りゅうちょう）に話せると自負しているのなら、誤りを悟らせるのは無作法かもしれない。だから彼は、お礼代わりににっこりするに留めた。

「サラン・クテェイ・ストラメイ」とデジレはつけ加えてその場を離れた。

「どうです、見事なものでしょう」と次官は言った。

「ええ、たしかに……」

「ドイツ軍機はフランスの領内で戦闘を続けましたが、戦果は微々たるものです……」

デジレは記者会見の会場に、三階の明るいスイートルームを選んだ。そこなら記者を六十人くらい詰めこむことができる。

「……反撃に出たわが軍の航空隊は、いくつかの重要な軍事目標に激しい爆撃を加え、敵機三十六機を破壊しました。わが軍の戦闘機部隊のひとつは、一日のうちに敵機を十一機も撃墜しました。モーゼル - スイス間については、特に発表すべきことはありません」

当初、声明（コミュニケ）の内容が言わんとするのは、次の二点に集約された。ドイツ軍の攻勢は想定内で、対策は充分整えてあったこと。そしてわが軍は、状況を完全に掌握していること。

「フランス軍部隊はベルギーの中心部へと、順調に歩を進めています」

会見場に派遣された記者たちは、激烈な戦闘を伝えるニュース（と写真）を編集部に送った。デジレは二日目から、〝抑制された誇張〟とみずから名づけた手法を取り入れた。「ドイツ軍の攻撃は激しさを増していますが、フランス軍と英仏連合軍はがむしゃらに挑んでくる敵を相手に、果敢な戦いを続けています」

デジレは記者会見が終わると会場の出口に立ち、自分が読みあげた声明のコピーを参加者ひとりひとりに手渡した。

「ぼくはこうしてフランス国民の心情を探っているんです」と彼は次官に説明した。「不安をやわらげ、信頼感を広め、より強固な信念を抱かせる。そうやって、人々を感化しているんです」

ドイツ軍の攻撃が始まった三日後、ひとりの新聞記者が素朴な疑問を発した。

「わが軍と連合軍が言われているほど強力なら、どうしてドイツ人どもは進攻し続けているんですか？」

「彼らは進攻しているのではありません」とデジレは答えた。「前に進んでいるだけで、これはまったく別なことです」

四日目、アルデンヌの森を抜けることなどありえないと思われていた敵軍が、なにゆえムーズ川沿岸やナミュールの南にまで達し、スダン周辺を攻撃しているのかを説明することは、ますます難しくなった。

「ドイツ軍は」とデジレは言いきった。「川越えできそうな箇所を端から試しているんです。けれどもわが軍は、断固たる反撃に出ました。フランス空軍の巧みな参戦により、ドイツ軍飛行部隊は壊滅せんとしています」

次官は戦争が声明（コミュニケ）どおりの曲線を描いていないことを、遺憾に思っていた。なんとか知り得たかぎりでは（参謀本部は具体的な情報をほとんど明かさなかった）、ムーズ川やスダンへの攻勢によりフランス軍は微妙な立場に置かれていた。そこでデジレは〝抑制された誇張〟から〝戦略的な保留〟へ移ることを提案した。

「作戦遂行を第一に考えるなら、現在進行中の軍事行動に関する情報を詳細に公表することはできませんからね」

「だが記者連中が、それで納得するだろうか？」と次官は、ことのなりゆきに不安を抱いてたずねた。

「それは無理でしょう」とデジレは笑って答えた。「でも、彼らを安心させる別の方法があります」

戦況に関する情報不足に落胆する記者たちに、デジレは英仏連合軍の現状と働きについて一席ぶつことにした。

「いたるところ、決意と勇気、自信と確信あるのみ。われらが兵士たちは祖国を守るため、一丸となってひたすら戦い続けています。フランス軍参謀本部は長きにわたって練りあげた作戦を、決然として、粛々と実行しています。連合軍は強力な武器と瞠目すべき手腕、緻密な組織を兼ね備えているのです」

12

　十数名の兵士が橋の入り口を見張っていた。通行止めをしているトラックの荷台には、それだけで敵を蹴散らせるとでもいうように、軽機関銃が一挺置かれている。まるで憲兵隊の警戒線みたいな、なんとも頼りない光景だった。少し先には、砲身を北にむけた三十七ミリ砲があった。さらに五十メートルほど行くと、小さなトレーラーのうえに二挺目の軽機関銃と弾薬ケースが積まれていた。迫撃砲の脇には、ふたをあけた弾薬ケースも置かれている。

　ジベルグ大尉は通信隊（なにか連絡は？）とトレギエール川の橋（万事快調だ、諸君。心配いらん……）のあいだを、何度も行ったり来たりした。ドイツ軍の動向を探るための偵察隊が、昼近くになってようやく到着した。軽装備の兵士が二十名ほどとバイクが二台。それを率いるデュロック大尉は、敵と対峙するのが嬉しくてたまらないようだ。両足をわずかに広げ、片手を背中にまわして、彼はあたりをぐるりと見渡した。通信機、ジベルグ大尉(元薬屋の予備役兵にすぎん)、三十七ミリ砲、橋の前に立つ警備班……デュロック大尉はため息をついた。

「地図を見せてくれ」

「でも、それは……」

「ちょっとした手違いがあってね。わたしの地図は687ゾーンのものだが、ここは768ゾーンだから」

大尉はためらっているな、とガブリエルは思った。生死にかかわる備品をひとに貸すのは、誰だって嫌なものだ。

「この橋を見張るのに、地図は必要ないだろう」と偵察隊のデュロック大尉は言った。

ジベルグはしかたなく折れた。

数分後、偵察隊は森のなかに消えていった。

雨は夜のうちにやんだ。晴れあがった空の下に砲撃の閃光がきらめき、砲声は徐々に近づいてくる。ジベルグ大尉は木々の梢(こずえ)に目をやった。

「飛行機を飛ばせれば、川のむこうで何が起きているのかがわかるだろうにな」

たしかにいちばんつらいのは、ただ待っていること、何を待っているのかもわからないことだった。

昼が近づくにつれ、砲声はますます強まった。攻撃の音が刻々と近づいてくる。不安のあまり、みんなぴりぴりしていた。

空は前もうしろも、ほとんどいたるところ真っ赤に染まっているというのに、なんの命令も届かなかった。通信が途切れているのだろうか、参謀本部からはまったく返答がない。ようやく頭上を飛行機が通過したが、それはドイツ軍の飛行部隊だった。やや低めの高さを飛んで行く。

「偵察機だな」

ガブリエルがふりむくと、ラウール・ランドラードがそっくり返って空を見つめていた。トラックの運転席という、快適な持ち場を離れてきたらしい。やけに心配そうな顔をしている。ガブリエルは不安にとらわれ、急ぎ足で部隊の兵士たちが集まっているほうへむかった。おしゃべりどころではないというように、みんな、黙りこくっている。

ジベルグ大尉がガブリエルのところに来て、参謀本部に連絡するよう言った。

「敵軍は準備に入った」と彼は続けた。「あと数時間で、攻撃が始まるだろう。侵攻を食い止めねば」

大尉は興奮のあまり、息を詰まらせていた。ガブリエルは歩を速めた。不安のせいか、砲声がさらに強まり、近づいてくるような気がする。応答はなかなか返ってこない。ジベルグ大尉はさらに六名の兵士を橋の前にやった。

そのとき、いっきに事態が動いた。

エンジンの轟音、激しい銃撃音、叫び声。兵士たちは身をかがめ、銃を握った。軽機関銃は橋をむいている。そこにあらわれたのは敵軍ではなく、偵察隊のバイク二台だった。度を失った何人ものフランス兵が、バイクにしがみついている。みんな声を嗄らしているせいで、何を言っているのかすぐにはわからなかった。ジベルグ大尉の前まで来ると、彼らはようやくひと息ついた。

「逃げましょう。もうだめです」

「なんだって?」とジベルグは口ごもるように言った。「だめって、どういうことなんだ?」

「ドイツ軍ですよ。戦車が来たんです」と兵士は、またバイクを走らせながら叫んだ。

「早く逃げなくては」

残りの隊員たちも姿をあらわした。隊長役のデュロック大尉は、さっきまであんなにさっそうとしていたのに、いっきに十も老けてしまった。

「さあ、片づけろ」

こんな状況にはさっさとけりをつけようと言わんばかりだった。ジベルグはわけをたずねた。

「どうしてかだって？」とデュロック大尉はうめくように言った。「どうしてもこうしてもない」

彼は片方の腕を森のほうに、もう片方の腕を橋のほうに伸ばした。

「むこうから戦車が千台もやって来るんだ。わからないのか？　千台じゃ不足だとでも？」

「千台……」

ジベルグの声はかすれていた。

「おれたちは孤立無援だ……参謀本部は……」

デュロック大尉は言葉が続かなかった。

「こうなったら逃げるしかない。もう、どうしようもないさ。多勢に無勢だ」

こんなときにトップがどうふるまうかが、フランス軍のありようをよくあらわしていた。デュロック大尉は武器を破壊して敵の手に渡らないようにし、南にむかってもっと大きな連隊に合流しようと決めた。

けれどもジベルグ大尉は、そんな方針に憤慨した。ここを離れるのは、抵抗をあきらめることだ。戦わずして退却するなんて、自分も部下たちもとうてい受け入れられないと。

二人は正面からぶつかり合いはしなかった。

けれども互いに怒りをたぎらせ、顔を背け合ってそれぞれ正反対の準備に取りかかった。デュロックは移動の命令を出したが、ジベルグからすればそれは退却に等しかった。戦う意思のある兵士たちは集まれ、と彼は呼びかけた。ちぐはぐな指揮を前にして、兵士たちは右往左往した。

集まってきた残りの兵士たちも不安げに橋を見つめ、ジベルグ大尉をふり返った。

「あとを追ったほうがいいんじゃないですか」とひとりの兵士が言った。

するとジベルグは拳銃を抜いた。これにはみんな、呆気にとられた。まさか彼がそんなものを持ち出すとは、誰も想像していなかったろう。

「われわれは橋を守るためここにいるんだ。だから守らねばならない。逃げ出そうなんて言うやつには、一発お見舞いするからな」

逃亡を選ぶ者が何人も出たら、いったいどんな事態になっていたか、結局わからずじまいだった。というのもその瞬間、かつてないほど激しい空爆が始まったから。ドイツ軍の爆撃機は次々と地面に大穴を穿ち、あとに続く戦闘機は木々の梢を蹴散らした。すべては地獄の大音響のなかで起きた。爆弾、爆発、業火、大地の揺れ。地面に横たわる兵士たちは胸に大きな傷を負い、手足をもぎ取られて体を震わせていた。やがてあたりは炎と灰と、ぽっかりとあいた穴ばかりとなった。そこに数名のフランス兵が、うつ伏せになって倒れていた。彼らは二挺の軽機関銃と古ぼけた大砲ひとつで、祖国の入り口を守ろうとしているかのようだ。けれども煙と炎に包まれて、もう武器の輪郭も見分けがつかなかった。フランス軍の砲兵隊がようやく茫然自失から目覚め、橋のむこうの森に砲弾の雨を降らせ始めた。

ガブリエルの隊は進退きわまった。前には何千台もの（そんなことがありうるだろうか。さっきはまだ、なにも見えなかったのに……）ドイツ軍戦車部隊。うしろからはフランス軍砲兵隊が、ドイツ軍部隊を近づけまいと川ごしに砲弾を浴びせている。

ほとんどの兵士が荷物を手に、森のなかをまっしぐらに逃げ出したのは無理もない。ドイツ軍の空爆でずたずたにされ、炎に包まれた木々のあいだを、みんな大声でわめきながら必死に走っていく。

残った者たちは、仲間が逃げ去るのを眺めた。そして顔を見合わせ、橋に目をやった。兵士が二人、むこうに横たわっている。片方の軽機関銃は真っ二つに折れ、焼け焦げた鉄のかけらと化していた。

「おい、みんな、逃げる前に橋を吹き飛ばそう」

ジベルグは軍帽をなくしてしまい、頭のてっぺんに残ったわずかな毛が、恐怖で逆立ったみたいにぴんと立っていた。顔は血の気が引いて、経帷子みたいに真っ白だ。

残っていたのは十名ほど。頭上を飛んで行く砲弾の大音響と今の状況に、みんなただ唖然としていた。そのなかにはガブリエルとラウール・ランドラード、それに靴ひもをくれと言っていた、太った兵士もいた。

「爆薬は何が？」とランドラードが大声でたずねた。

「メリニットがあるぞ」と太った兵士が、騒音に負けないよう声を張りあげて答えた。

「あの下に」

四人の男たちが、橋から遠くにある軽機関銃へ駆け寄った。ランドラードはトラックのほうへむかい、ガブリエルと太った兵士もあとに続いた。ランドラードはトラックの荷台に飛び乗り、急いでシートを持ちあげると、手あたりしだいに荷物を放り出した。そして爆薬の筒を、戦利品のように掲げた。彼は満面に勝利の笑みを浮かべていた。まるで札当て賭博で、部隊全員からあり金すべてをまきあげたみたいに。

ランドラードが荷台のガードごしに手渡す爆薬の筒を、ガブリエルは順番に受け取ってトラックの下にしまった。爆薬は十キロほどになった。橋を吹き飛ばすには充分だ。

「ちくしょう」とランドラードが叫んだ。「問題はどうやって、こいつを爆発させるかだ

「……」

彼はすわりこみ、トラックのタイヤによりかかった。太った兵士が車体の下から這い出てくる。ガブリエルは膝のあいだに爆薬の筒を一本、挟んでいた。

「しかたない」とランドラードは言った。「電気仕掛けが無理なら、導火線を切り裂こう。いいか？　爆薬を全部縛れるものを探してくれ」

そう言うが早いか、ランドラードはトラックの荷台にまた飛び乗った。ガブリエルは中腰になって背中を丸め、野営地へ走っていった。数分後、彼は帆布のベルトを六本持って戻ってきた。ランドラードはそれを使って、メリニットの筒を数本ずつ束ねた。

ガブリエルはランドラードの肩ごしに、あたりを眺めた。ちゃちな橋、目の前や背後で炸裂する爆弾の閃光。耳をつんざく轟音が鳴り響き、周囲に広がる森はあちこちで木々がなぎ倒されていく。彼はランドラードに目をやった。

よくわからない男だ。

こんなとき真っ先にずらかる兵士は誰かと問われたら、それはラウール・ランドラードだと迷わずに答えただろう。そのランドラードが今、ここで、力いっぱい帆布のベルトを締めあげ、憎々しげに橋を見つめながら、ひとりごとみたいにつぶやいている。

「あのくそったれな橋を、下から吹き飛ばしてやる。さあ、急ごう……」

ランドラードとガブリエルは爆薬の束を抱えて、いっしょに立ちあがった。太った兵士もふうふう言ってよろめきながら、残り二つの束を運んだ。靴が大きすぎて、うまく走れない。三人は激しく飛び交う砲弾の下をジグザグに進み、川に近づいた。橋台に達すると、ランドラードは指示を出した。

「大事なところはおれが仕掛けるから、おまえらは残りを左右にふり分けてくれ。あとはそれをつないで、ドカンだ」

フランス軍の砲弾が、だんだんと川の近くに落ち始めた。敵が迫っている証拠だ。

思いがけず三人がやって来たのを見て、軽機関銃のまわりにほんの少しだけ残っていた兵士たちが安堵の声をあげた。橋がなくなれば、警備の必要もなくなる。彼らは尻に帆を掛けて逃げ出すような連中ではなかったが、この三人が橋にきっぱり引導を渡してくれれば、安心してこの場を離れることができる。それはもちろん大歓迎だ。

ガブリエルは十キロ分の爆薬を持って右側にまわり、それをコンクリートのうえに持ちあげた。反対側を見ると、太った兵士も同じように仕掛けている。爆薬は左右対称に並んだ。太った兵士が親指をうえに立てたとき、砲弾が十五メートル先の水面に落ちて爆発した。兵士は飛んできた破片を喰らい、川のなかに倒れた。ガブリエルは唖然としていた。ランドラードが導火線を引っぱりながら、こちらにやって来る。

「おい、見たか?」とガブリエルは、戦友が死んだ場所を指さしながら言った。

ランドラードは顔をあげ、腹這いになって浮かんでいる兵士を見た。

「馬鹿野郎。新しい靴ひもをもらったばかりなのに」

彼はそう言うと、腕を伸ばして導火線を結び、先端を斜めに削り始めた。

「さあ、あんたはもう行け。おれはこれに点火する。そうしたらおさらばだ」

それでもガブリエルはじっとしたまま、戦友の死体がゆらゆら揺れながら流されていくのを茫然と眺めていた。

「ほら、さっさと行け」

ガブリエルは野営地めがけて走った。そこではジベルグ大尉が待っていた。

「よくやったぞ、おまえら」

ほとんどの隊員は、すでに森に逃げこんでいた。ランドラードが猛スピードでこちらに走ってくる。まるでいま点火したばかりの爆薬に追いかけられているかのように。彼はガブリエルたちの脇に、息を切らせて倒れこんだ。

そしてくるりとふり返り、目を細めて橋のようすをうかがった。

「ちくしょう、導火線に火をつけたのに、どうなってるんだ?」

ランドラードの怒りはもっともだ。爆薬が湿っていたのだろうか? それとも導火線がちゃんとつながっていなかったのか？　二十秒、三十秒、一分。命がけでやったのに、どうやら無駄骨に終わったようだ。なにも起こらないのだから。

彼らは落胆のあまり、胸が締めつけられるようだった。それに呼応して、不敗を誇るかのように、敵軍はトレギエール川の対岸めがけて発煙弾を次々に撃ちこんできた。作戦は失敗だった。白い煙がたちこめるなかに、ゴムボートを漕ぎ出す人影が見えた。地鳴りが始まった。ドイツ軍の戦車部隊が近づいている証拠だ。

「逃げなくては」ランドラードはそう叫んで立ちあがった。

ジベルグ大尉も同じ意見らしく、ガブリエルの肩に手を置いた。さあ、行こう、最善をつくしたんだ……

そのとき、ガブリエルの心に何が起きたのか、それを説明するのは難しい。そもそも勇猛果敢というより、優柔不断なタイプだ。やるべきことがあってここにいるのに、今までしてこなかった。

彼は危険を顧みず、橋にむかって走り出し、軽機関銃のうしろにまわった。

いざ、到着したところで、ガブリエルは立ちすくんだ。どうすればいいんだ？　撃っているのを見たことはあるが、遠くからだった。銃身のうえに突き出ている長方形の弾倉に手をあてる。薄れ始めた煙幕のなかに、ゴムボートの輪郭がくっきりと浮かび始めた。ガブリエルはグリップを握りしめて銃身を敵にむけ、弾の反動に耐えられるよう全身の筋肉をこわばらせて歯を食いしばった。軽機関銃は一分間に四百五十発の弾を連射できる。

彼は引き金を引いた。弾が一発出た。たった一発だけ、縁日の射的みたいにしみったれた弾が。

ガブリエルの目の前で、事態が目まぐるしく進展した。どうやったら弾倉の中身をすべてぶちまけられるのかと彼が悪戦苦闘しているあいだに、どっしりとした軍用車が地面を鈍く震わせて橋に近づいてくる。

「おい、馬鹿野郎、なにやってるんだ？」

ラウール・ランドラードがそこにいた。にやにや笑いながら、すぐ脇に立っている。

ガブリエルは不意打ちを喰らってびっくりし、グリップを握っていた手に思わず力をこめた。そのとたん、軽機関銃が続けざまに火を噴き始めた。二人は銃身を見つめた。それがなにか意外な言葉でも発したかのように。

「やったぜ、こんちくしょう」とラウールは嬉しそうに言った。

ようやくガブリエルは合点がいった。そうか、連射をするには二つある引き金の後ろ側を操作せねばならないんだ。彼は橋を狙った。ラウールは立ちあがって、予備の弾倉が入った箱を引き寄せた。そして連射のあいだに、弾倉の交換をした。ガブリエルはうめき声をあげながら、あたりに銃弾を浴びせている。

狙いが正確だったとは、正直、お世辞にも言いがたい。木の幹や羊歯(シダ)の茂みに撃ちこまれた弾もあったし、わずかながら水中に消えた弾もあった。けれども大部分は、的から数十メートルも離れた地面にあたった。

弾がそれているのはガブリエルもわかっていたので、銃身のむきをあれこれ変えてみたけれど、高すぎたり低すぎたりでどうしても狙いどおりにいかない。

「あはは、ほら」ラウールは面白がって、大口あけて笑った。「あの馬鹿どもをぶちのめしてやれ」

どうやらこの世のどこかには、洒落のわかる陽気な神様がいて、ガブリエルのふるまいとラウールの笑い声を面白がったらしい。というのもドイツ軍の戦車がちょうどトレギエール川の橋を渡り始めたとき、ガブリエルが撃った銃弾が仕掛けてあった爆薬にあたり、爆発したのだから。

橋は戦車もろとも川に崩れ落ちた。

ガブリエルとラウールは呆気にとられた。

橋が落ちたせいで、川のむこう岸は大混乱だった。なにやらドイツ語で命令する声が響き、戦車隊の車列は固まりついた。ガブリエルはうっとりと笑顔を浮かべ、体を震わせている。ラウールはそんな彼を肘でつついた。

「さあ、ぐずぐずしてられないぞ……」

二人はすばやく立ちあがると、森にむかって歓声をあげながら走り出した。

13

ルイーズは学校から戻ると、昔みたいにぐったりと疲れきっていた。あのころはいつも不安げにお腹をさすったり、月経周期を計算したりしていたけれど、結局それきりだった。彼女は起きあがる気力もなく、午後のうちにかかりつけのピプロー先生を呼んで、診てもらった。律義者のピプロー先生は吸い玉で瀉血(しゃけつ)をし、仕事を休むようにと言った。

そんなふうにして土曜日はすぎた。そして日曜日も。気が抜けたみたいに、体が重くてたまらない。二度の空襲警報でも、彼女は平然としていた。〝たぶん、わたしは死にたいんだ〟と思ったけれど、それを本気で信じているわけではなかった。警報がパリじゅうに鳴り響いても、彼女は年じゅう着ているよれよれのセーターのままベッドに寝ころがっていた。

月曜日は授業があったけれど、あまりに疲れていた。ピプロー先生のところに行くか、来てもらうかしたほうがよさそうだ。けれども服を着て通りをのぼり、電話ボックスまで行く力も残っていなかった。

朝、ぬるいコーヒーをちびちび飲みながら、窓から家の庭を眺めていると、門扉のベルが鳴った。ルイーズはためらわずドアをあけた。思ったとおり、門の前にはジュールさんが、両手をポケットに入れて立っていた。

今回は堅苦しいかっこう――〝これはどうも、おかげでうまくいきましたよ〟とでもいうような――ではなく、料理をするときのズボンとボアシューズ姿だった。

ルイーズは玄関から動かず、二人のあいだは、十メートルほどあった。

彼女はカフェオレのカップを両手で持って、ドアの枠に寄りかかっていた。ジュールさんはなにか言いかけ、はっと思いなおしてまた口を閉じた。ショートカットの髪に重々しい顔、悲しげな目をした若い女。彼女は胸苦しいまでに美しかった。

「警報のことで、来てみたんだが……」とジュールさんはようやく言った。

同じことを何度も繰り返して、うんざりしているみたいに、怒りっぽい口調だった。ルイーズはうなずいて、コーヒーをひとくち飲んだ。離れているせいで、ジュールさんは大声を出さねばならなかった。息を切らしている者には楽でない。

「ルイーズ、どこで何をしようと勝手だが、空襲警報が鳴ったらみんなと同じように、防空壕に隠れなくては」

字面だけ見れば、押しつけがましい文句だろう。ジュールさんはそれをフランス砲兵隊の活躍を讃えるときみたいに、きっぱりとした口調で言い始めたものの、言葉は途中で勢いを失い、最後はもごもごと懇願するように終わった。

こんなに疲れきっていなかったら、ルイーズはくすっと笑みを漏らしただろう。あらまあ、空襲警報のこととなると。地区の民間防空責任者に指名されなかったことは、ジュールさんにとって人生の一大事だった。彼はレストランのほかにも、すぐ近くに小さな建物を持っていて、その地下室を近所の人々に防空壕として使わせていた。その代わり、隣組の組長は〝当然のことながら〟任せてもらえるものと思っていた。ところがすったもんだの末に役所から指名されたのは、フロベルヴィル氏だった。「へっ、予備役軍人だってよ」とジュールさんは嘲るように言った。それ以来、両者のあいだでは暗闘が続けられていた。ルイーズがいないせいで、ジュールさんの陣営が形勢不利になったにせよ、それが訪問の理由ではないと彼女にはわかっていた。

ルイーズは四段ある階段をようやくおりて、庭を横ぎった。

ジュールさんは咳払いをした。

「きみがいないと、レストランのほうも調子が出なくて……」

彼は微笑もうとした。

「きみが戻ってくるのを、みんな待っているんだ。きみのようすをおれにたずねて……」

「でも、新聞を読んでるでしょ？」

「新聞なんか、くそくらえだ。ここらの者はみんな、きみのことが好きなんだよ」

そう言ってジュールさんは、悪戯を見咎められた子供みたいに顔を伏せた。ルイーズの目に涙がこみあげた。

「それから、警報があったら防空壕に避難しなければ、ルイーズ……耄碌じいのフロベルヴィルだって、きみのことを心配している」

ルイーズが見せた曖昧な身ぶりのなかに、ジュールさんはなんとか同意のしるしを読み取ろうとした。

「わかってくれればいいんだ……」

ルイーズはカフェオレのカップの中身を飲み終えた。〝芸術家っぽい〟な、とジュールさんは思った。絵のモデルをしているような若い女たちを、彼はそう呼んでいた。ぼさぼさの髪、世間を見下したような表情。自由奔放で官能的で、野性的な魅力にあふれている。そんな女がこの界隈でも、ひとり二人通りで煙草を吹かしていた。ルイーズもなんだかそんな感じだった。無表情な美しい顔に肉づきのいい唇、そしてあの目……

「でも、無理にと言っているわけじゃないんだ……元気なのか、ルイーズ？」

「どうして？　元気そうに見えない？」

ジュールさんはポケットを軽くたたいた。

「いや、まあ……」

ルイーズは家に戻った。いったい何をしていたんだろう？　いつのまにか時がすぎている。あとになると、どうしても思い出せない。残っているのは、ぼんやりしたイメージだけ。ほかの人々にとってはどうということもないが、ルイーズにとっては恐ろしく残酷なイメージだ。午後のなかば、ふと気づくともう何時間も、庭に面した窓に肘をついていた。母親のジャンヌも夫が死んだあと、同じ場所にじっとすわりこんで動こうとしなかった。

わたしもやがて、気がおかしくなってしまうのだろうか？

母さんみたいに死んでいくのだろうか？

ルイーズは怖くなった。

家の雰囲気が重くのしかかってくる。彼女はお湯を沸かして顔を洗い、服を着替えて外に出た。〈ラ・プティット・ボエーム〉の前を、ふりむかずに通りすぎる。母親との奇妙な類似点に気づいて、激しく動揺していた。

どこへ行こう？　あてはなかった。

ルイーズは大通りまで歩いてバス停で立ちどまり、バスを待った。ごみ箱に新聞が捨ててあるのを見て、彼女は手を伸ばした。隣の女が顔をそむけた。ごみ箱を漁るなんて、ホームレスのすることだと言わんばかりに。ルイーズはプライドをかなぐり捨てたかのように新聞を拾い、しわを伸ばした。戦況に不安はなさそうだ。敵軍の被害は甚大で、撃墜された戦闘機は数百機にのぼると新聞は伝えていた。

新聞の第二面には、虚ろな目で押し合いへし合いしている人々の写真があった。〝ベルギーからの難民が北駅に押し寄せ、避難の一部始終を語った〟とある。人々の最前列には子供がひとり写っていたけれど、男の子か女の子かははっきりわからなかった。

小さな囲み記事がルイーズの目を引いた。

パリの教師たちが難民の受け入れに

全国連合教員組合はベルギーおよび国境地域からやって来た難民の受け入れに協力するため、今すぐ関係機関に申し出るよう組合員に呼びかけている。難民の受け入れ手続きは、シャトー＝ドー通り三番（第十区）に設置された窓口で行なわれている。

ルイーズは組合員ではなかった。だからついさっき顔をそむけた女が、もしも隣の女と話し始めなければ、このあとの事態はまったく変わっていたかもしれない。

「ちゃんと動いてるのかしらね？」

「さあ、どうなんでしょう……」と隣の女はためらいがちに答えた。「65番線は廃止されたそうですが……」

「42番線もですよ」と誰かが言った。「難民を運ぶためだそうですが」

「難民が来るのはしかたないけれど、そのせいでわたしたちのバスが減らされるのは納得いかないわね。ただでさえ、物資統制が厳しくなっているのよ。今日は肉がない、明日は砂糖がないって……わたしたちが食べる分だって充分じゃないっていうのに、どうやって彼らを食べさせるつもりかしらね」

ルイーズはまた新聞を読み始めた。到着したバスに乗ってからも、まだ新聞に没頭していた。〝敵機が屋根のすぐうえにあらわれ、爆弾を大量に落としていき、避難のために集められた子供たちはずたずたにされた〟

彼女は新聞をたたみ、町を眺めた。パリの住民たちがいる。仕事に行く者、仕事から帰ってくる者、買い物をする者。軍用トラックも走っている。三十人ほどのグループになってボーイスカウト隊員に連れられていく難民たちや、銃を肩にかけた数人の警察官も……

場所はすぐにわかった。労働組合会館の前に、人がひしめいている。ルイーズはなかに入った。

そこはがやがやとして、活気に満ちていた。ボール箱を持ってやって来る者、出ていく者。みんな呼びかけ合っている。

ルイーズは邪魔にならないよう気づかっているかのように、注意深く前に進んだ。大きなガラス屋根がついたホールの入り口から、疲れきった百人ほどの人たちが見えた。共同寝室みたいに並べた木のベンチに、みんな腰かけたり寝そべったりしている。家族だろうか。あちこちにテーブルも置いてあった。ざわめきが絶え間なく続く。人ごみのあいだを、コート姿の女がひとり、写真を手に歩きまわっていた。「マリエット、五歳……迷子を捜しています……」ルイーズに聞こえたのは、そんな声だけだった。女は憔悴しきった顔をしていた。どうして五歳の娘とはぐれてしまったんだろう、とルイーズは思った。

「北駅でね」と言う声がした。

ふりむくと、すぐ脇に赤十字の看護師がいた。六十歳くらいだろうか、彼女も広いホールを眺めている。

「あんまりたくさん人が押し寄せたので、地下室に連れていき、トラックが迎えに来た。想像を絶する混雑のなかで……つかんでいた子供の手が離れてしまった。親は右に一歩歩き、子供は左に一歩歩く。ふり返るともう、子供はそこにいない。あとはいくら叫ぼうが、子供の行方は誰にもわからない」

ルイーズは女が人々のあいだをすり抜けながら、写真を掲げて茨(いばら)の道を歩むのを見つめた。目に涙がこみあげてくる。

「あなたは……」と看護師がたずねた。

「教師です。それで……」

「だったら何が不足しているのか、ざっとみんなに聞いてまわるといいわ。本部はあそこよ……」

看護師はひらいた二重ドアを指さした。ルイーズが返事をしようとしたときはもう、相手は立ち去ったあとだった。

トランクがテーブル代わりで、ベンチがベッド代わり。マットレスは丸めた毛布だ。配られたパンやビスケットを、へとへとになった男や女たちが食べている。その膝では、疲れた子供がまどろみ、あたりには赤ん坊の泣き声が響いていた。

ルイーズは取り乱した群衆に埋もれて、何をどうしたらいいのかわからなかった。通路には箒(ほうき)の柄をつなげて、洗濯物が干してある。下着や産着(うぶぎ)が多かった。その一メートルほど先では、若い女が床にすわりこみ、膝に顔を伏せて泣いていた。すすり泣くような乳飲み子の声が聞こえた。ルイーズはその種の音に耳ざとかった。

「お手伝いしましょうか？」

若い女は疲れにやつれた顔で、ルイーズを見あげた。スカートに埋もれて眠っている赤ん坊のお尻には、ショールが巻いてあった。

「何歳ですか？」

「四カ月です」

女はしわがれた、重々しい声をしていた。

「ご主人は？」

「わたしたちを列車に乗せ、自分は残りました。すべて放り出しては行けないからって……ほら、牛もいるので」

「わたしになにか……」

「産着が足りません」

女は右にある急ごしらえの物干し場を見た。

「それにどういうわけか、ここだとなかなか乾かなくて」

ルイーズはほっとした。産着の調達ならわたしにもできる。彼女は役に立てそうな気がしてきた。

彼女は若い母親の手をしっかりと握り、本部の受付へむかった。けれども子供の衣類やなにかは、いちばん不足している品だった。

「三日前から切れているのよ」と、さっき立ち話をした看護師が言った。「補給するって、毎日言われているけれど……」

ルイーズはドアに目をやった。

「見つけてきてくれたら、みんな助かるわ」と看護師は続けた。

ルイーズはさっと若い女をふり返った。

「必要なものを探してくるわね。すぐに戻るから」

〝待っててね〟と付けくわえようと思ったが、そんなことを言っても意味がない。

彼女は外へ出た。大丈夫、気力がよみがえってきた。今のわたしには、やらねばならないことがある。

ペール小路に着いたときは、すでに午後六時だった。ルイーズは母親の寝室のドアをあけた。

母親のベルモン夫人が死んでから、そこに足を踏み入れたことはなかった。葬儀屋が遺体を運び去ると、ルイーズはシーツや毛布を引きはがし、ナイトテーブルのうえにあったものを一掃した。それから戸棚をあけ、数分後にはもうなにも残っていなかった。ワンピース一着、肌着一枚、ストッキング一足。ベルモン夫人の痕跡は、彼女が埋葬される前からすっかり消え失せていた。翌日、ルイーズが〈ラ・プティット・ボエーム〉へ行くため外に出ると、下着を詰めた四つの袋は夜のうちになくなっていた。

部屋はひんやりとして、こもった嫌な臭いがした。ルイーズは窓をあけた。

戸棚には母親がていねいにたたんで重ねたリネンのシーツが、いっぱいに詰まっていた。一度も出したことのないテーブルクロスやナプキンもある。ルイーズが真っ先に思ったのは、このシーツのことだった。これを切れば、しっかりとしたおむつが何十枚も作れる。

でも、うっかりしていたわ……シーツは思ったよりぶ厚かった。ルイーズは五、六枚触って、厚さをたしかめた。大丈夫。さらに一、二枚、持っていけそうだ。ふと見ると、ベルモン夫人が家族の思い出の品や絵葉書、手紙などを挟んでいた模造革製のファイルがあった。ルイーズはもうずいぶん長いこと、このブックカバーを目にしていなかった。なかをひらくと、父親の写真や両親の結婚写真、前の大戦中のものらしい手紙が出てきた。彼女はそれらをマットレスのうえに置き、シーツを半分抱えて下におりた。ジュートのバッグを持ってまた二階にあがり、残りすべてをなかに詰めた。少し迷ってから写真や手紙もバッグに入れ、外に出る。小路の角で奇跡的にタクシーが見つかり、彼女は労働組合会館にむかった。

夕闇が迫っていた。ひでえ時代ですよ、ガソリンも満足に手に入らなくて、と運転手はずっと愚痴っていた。ルイーズはうんざりしてファイルをあけ、中身をぼんやりとめくった。

「難民が山ほど押し寄せているんですからね」と運転手は言った。「信じられませんよ。いったいどこに収容するつもりなのか」

たしかに、スーツケースや包みを手にした難民が町にあふれていた。ルイーズは手もとの黄ばんだ写真や絵葉書に目を落とした。海水浴場や村の広場が写った絵葉書には、父親の兄で一九一七年に死んだルネ伯父さんの署名があった。大文字が渦を巻くようにうねった、アラベスク風の見事な飾り文字だった。一九一四年から一九一六年まで、両親が交わした手紙もあった。

〝愛するジャンヌ〟と父親は書いていた。〝ここは恐ろしく寒いんだ。ワインも凍るほどさ〟

あるいは、〝仲間のヴィクトールが足を負傷したけれど、医者は大したことないと言っている。やつもほっとしていたよ〟とか。彼は〝きみのアドリアン〟と署名していた。

ベルモン夫人の手紙は〝親愛なるアドリアン〟から始まり、日々の生活についてつづられていた。〝ルイーズはとても勉強熱心です、物価はあがり続けています、レドランジェさんが双子を産みました〟のような。彼女は〝愛をこめて、ジャンヌ〟と署名していた。

たとえ自分の親であっても、ひとの私生活をのぞき見するようで、初めは少し良心がとがめたが、そんな気持ちは長続きしなかった。むしろ驚きのほうが大きかった。窓に肘をついて日がな一日空を見つめている母親の姿が脳裏に浮かんだ。ベルモン夫人は夫の死後、ふさぎの虫にすっかりとり憑かれてしまった。そんな失われた愛の軌跡が描かれているかと思いきや、そこにあったのは、なにも語っていないに等しい平板な手紙だった。戦争に行っている兵士が書きそうなこと、その妻が答えそうなことが記されているにすぎない。

ルイーズはもの思いにふけりながら、走り去るパリの景色をタクシーの窓から眺めていた。びっくりだわ。愛情はまるで感じられず、やさしい言葉が並んでいるだけ。こんなつまらない手紙から浮かびあがる夫婦像と、夫の死後にベルモン夫人をとらえた激しい失意とは、どうにも結びつかなかった。

ファイルを閉じたちょうどそのとき、車の床にカードが一枚滑り落ちた。

ルイーズははっと息を呑んだ。

反対むきからでも、書かれた名前は瞬時に読み取れた。ホテル・アラゴン、シャンパーニュ＝プルミエール通り。

労働組合会館のホールは、すでに人気がなかった。

夕方になって、難民たちはリモージュ近くの収容センターに送られたらしいが、正確なところは誰にもわからなかった。

ルイーズは黙ってシーツを床に置き、外に出てタクシーを呼びとめた。ホテルのカードは、まだ手に持ったままだった。さっきそれを見つけたときから、ずっと脳裏を離れなかった。

車はモンパルナス大通りに近づいた。

「ここで停めてちょうだい」とルイーズは言った。

最後は徒歩で行くことにしよう。

彼女は数週間前にたどった道を、逆方向に進んだ。あのときは素っ裸で血だらけで、すっかり逆上していた。車のクラクションが鳴り響き、通行人たちが呆気にとられたように見つめていた。

ホテルのフロントには誰もいなかった。

ルイーズはカウンターに近寄った。客が自由に持っていくように、ホテルのカードが置いてある。彼女が手にしているカードはスペイン風のアラベスク模様だが、もっと現代的なデザインに変わっていた。

これはいつごろのものだろう?

ホテルの女主人が入ってきて、ルイーズはびくっとした。老女はあいかわらず痩せて、よろよろした足つきだった。むっつりとした厳格そうな顔。肩にかけたスカーフ。その下に、螺鈿(らでん)のボタンがついた黒いワンピースがのぞいている。かつらはほんの少し横にずれていた。

老女は口をひらいた。ルイーズは喉がからからで、唾を飲みこむのもやっとだった。老女の声が、こう言った。

「こんばんは、マドモワゼル・ベルモン……」

老女は嫌な目つきをしていた。全身から恨みがましさがにじみ出ている。

老女はフロントに隣接する小さな居間をそっけない手つきで指さし、こうつけ加えた。

「じっくり話すなら、むこうのほうがいいでしょう……」

14

橋が崩れ落ちかけるや、ガブリエルとランドラードは走り出していた。彼らの背後に撃ちこまれる銃弾は激しさを増した。二人は走るのが遅い何人かの仲間に追いつき、炎上しているトラックの前を通りすぎた。周囲の木々は梢がそぎ取られ、人の背丈くらいのところまでずたずたになっていた。林道には見渡すかぎり、大きな穴があいている。

彼らは第五十五師団の駐屯地に着いた。もともとその援軍にやって来て、トレギエール川の橋に派遣されたのだ。

そこにはもう、ほとんど人がいなかった。

兵員の不足を罵っていた中佐も、司令部も、数時間前までそこで野営していた部隊も、跡形もなく消え去っている。残っているのは崩れたテントや大きく裂かれたトランク、打ち捨てられた装具、舞い散る書類、泥にまみれた軽機関銃の残骸、そんなものくらいだ。大砲を積んだトラックは燃えあがり、煙で喉がひりひりした。よほどあわてて逃げ出したのだろう、なんとも殺伐とした光景だった。

ガブリエルは通信機が設置してあった場所へ走った。しかし二台の無線通信機は、粉々に壊されていた。もう連絡はとれない。おれたちは孤立してしまった。ガブリエルは汗ばんだ額を拭った。

皆がいっせいにふり返った。五百メートルむこうに、アルデンヌの森を走破したドイツ軍の戦車部隊が、装軌装甲車とともに姿を見せた。

森のなかから出現した縦隊は、のっそりしているが獰猛な怪物のようだった。手近な獲物を貪ろうと、鼻面を突き出し身がまえている。

それが合図となり、全員が塹壕に飛びこんだ。反対側の内壁を大急ぎでよじ登り、下草のなかへ走っていく。けれども数百メートル進んだところで、小道のむこうから別のドイツ軍戦車部隊があらわれて道をふさいだ。敵はいたるところから、同時に迫ってきた。

ガブリエルたちは背中を丸めて引き返し、離れた茂みのなかにうずくまった。じっと身を潜めていると、戦車の縦列が次々に通りすぎていった。フランス軍砲兵隊の攻撃など、まるで無視している。敵の位置を知らせる飛行機がないので、フランス軍は左に寄りすぎたり遠すぎたりと、でたらめに弾を飛ばしていた。この三十分で二発だけ、運よく的にあたっただけだ。けれどもドイツ軍はそんなもの痛くも痒くもないかのように、吹き飛ばされて煙をあげる三台の戦車を迂回して、ずんずんと先へ進んでいった。

ガブリエルは戦車を数え始めたが、すぐに追いつかなくなった。二百台以上はあるだろうか。さらには装甲車やオートバイ部隊も加わった一大部隊が、国に侵攻してきた。そして今、打ちのめされ、疲れ果て、意気阻喪（そそう）し、孤立したひと握りのフランス兵たちの目前を通りすぎていく。

「裏切られたんだ……」とつぶやく声がした。

ガブリエルはその兵士を見つめた。誰が誰を裏切ったのかはわからないが、その言葉はなぜか腑に落ちた。

ラウール・ランドラードは煙草に火をつけ、手で煙を払いながら、小声で歌うように口ずさんだ。

「〝われらは勝利する、なんとなれば、われらは最強だから〟（開戦直後の一九三九年九月十日、当時の財務大臣ポール・レノーがラジオで語った言葉）ってか」

フランス軍砲兵隊は壊滅したのか、捕虜になったのか、誰にもわからなかった。

突然、フランス軍の発砲がやんだ。次々にやって来るドイツ軍の背後には、破壊された森や累々たる屍（しかばね）のように穿（うが）たれた轍（わだち）、トラックのタイヤほどの深さがある窪みが広がっている。

男たちは体を起こし、この荒れ果て見捨てられた景色を見まわして、そこにみずからの姿を重ねた。

どうしたらいいのか、誰にもわからなかった。

戦車や装甲車の跡から見て、ドイツ軍が西にむかったのは明らかだ。下士官はここに、ガブリエルしかいない。

「西へ進路を取ろう……」彼は思いきって提案した。

ランドラードが真っ先に立ちあがり、腰を反らせて気をつけの姿勢をした。冗談めかした勇ましい敬礼をしながら、くわえ煙草で答える。

「了解、軍曹殿」

彼らは難をまぬがれた水筒二つ分の水を分け合いながら、黙々と一時間ほど歩いた。昨日までは思いもよらなかった事態に、ノックアウトされたボクサーさながら打ちひしがれて。ランドラードは一行のうしろについて、こんな事態を楽しんでいるかのようにのんびり煙草を吹かしていた。

木々のあいだから射す光から察するに、そろそろ森のはずれに達したようだ。一行は足を速めた。ここがどこなのか、誰にもわからなかった。そんなこと、どうでもいい。もう頭もろくに働かなくなっていた。みんなうしろをふり返っては、不安げな顔をした。追いかけられているような気がしてしかたない。敵はおれたちのあとをたどっている。前に進まねば、逃げなくては。西へさらに数キロ行くと、戦闘は激化していた。砲弾がオレンジ色の光で空を染めている。

取り乱した兵士たちが、ほかにもあちこちから集まっていた。歩兵が三人、砲兵がひとり、補給係がひとり、列車で運ばれてきた兵士が二人……彼らがちょうどこの場所で顔を合わせたのは、不思議な偶然だった。

「どこから来たんですか?」金色の口ひげを生やした、背の高い若い兵士が、ガブリエルの近くに歩み寄ってたずねた。

「トレギエール川の橋からだ」

若い兵士は疑わしそうに口を尖らせた。ガブリエルはそこで危うく命を落としそうになったというのに、誰もそんなことに興味ないらしい。

「きみはどこから?」

けれども、若い兵士は聞いていなかった。彼はさっきから気になっていることを、ずっと考えていた。そしてびっくりしたと言わんばかりに、一瞬歩を緩めた。

「フランス軍の軍服を着たドイツ兵がいるらしいですね。知ってますか?」

なんの話だ、とガブリエルは目でたずねた。

「フランス軍の将校に化けたドイツ兵が、撤退命令を出したっていうんです」

若い兵士はまた足早に歩き出し、感情の昂ぶりが抑えきれないかのように声を震わせた。

ずいぶん突飛な話だな、とガブリエルは思った。それが顔に出たのだろう、若い兵士は激しい口調でこう続けた。

「嘘じゃありません。スパイはわれわれと同じようにフランス語を話すんです。彼らは撤退命令を出し、みんなそれを信じてしまった。参謀本部の命令書も持ってます。もちろん、偽物ですが」

ガブリエルは、アルデンヌの森から姿をあらわした一隊のことを思い出した……

「きみは命令書を見たのか?」と彼はたずねた。

「ぼくは見てませんが、うちの隊の大尉は見たそうです」

その大尉はどこに行ったのか、知っている者は誰もいなかった。

森のはずれまで来ると、狭い街道に出た。どこからともなく難民たちがあらわれ、荷車を押しながら足早に歩いていく。ときおり自動車や自転車が、彼らを追い抜いた。なかには、「急げ、ぐずぐずするな」と声をかけていく者もいた。

難民たちの列が進むスピードには、三とおりあった。自動車はすばやく走り去り、自転車はゆっくりと通りすぎていく。徒歩で逃げる者たちはまるで葬列のように、のろのろと、ただ機械的に歩いていた。

　ガブリエルは街道を歩き始めようとして、道端にたたずむ三人の軍人に目をとめた。横転したサイドカーのタイヤに地図を広げ、そのまわりを取り囲んでいる。サイドカーには第六十六歩兵連隊のマークがついているが、周囲に連隊の兵士はいなかった。二人の将校が、地図のうえに身を乗り出した男の両脇につき添っているらしい。近づいて肩章をたしかめると、三人目の男は大将だった。まるで絵に描かれているかのように、三人は微動だにしなかった。蠟燭（ろうそく）みたいに、ただじっとつっ立っている。大将の横顔を見て、ガブリエルはどきりとした。そこには茫然自失の表情が浮かんでいた。大将たる人間には思いもよらなかった光景を前にして、唖然としている表情が。ガブリエルは周囲を眺めて、難なく合点がいった。手がかりのない問題の解決策を探して凍りついた大将の姿と、農民や荷車、牛のあとについて逃げ出そうとしている、ボロをまとった兵士たちの姿は、表裏一体なのだ……

　背後から聞こえる物音から察するに、戦闘は西へと遠ざかったらしい。地図を見つめる大将の情けない場面にかかずらって、遅れてしまった。仲間とはぐれないよう、急がないと。けれども仲間は街道で散り散りになって、どこかに消えてしまった。

そこに突然ランドラードが、びっくり箱から飛び出した悪魔みたいにあらわれた。こんな状況だというのに、にやにや笑っている。

「何やってるんだ、こっちへ来い」

ランドラードはガブリエルの袖をつかみ、車のところまで引っぱっていった。溝の脇に停められた薄いベージュ色のルノー・ノヴァカトルで、ボンネットがあいている。

「もうひとり、連れてきましたよ」とランドラードは、ガブリエルを指さしながら勝ち誇ったように言った。

車の持ち主は褐色の髪をした、肩幅の広い男だった。脇には妻らしい、若い女がすわっている。男はガブリエルに手を差し出しながら言った。

「フィリペです」

若い女は小柄で、褐色の髪をし、控えめそうだった。なかなかの美人だ。それでラウールは、手助けすることにしたのだろうか？　男はにこやかに笑って、助力の礼を言った。

「エンストを起こしたんだ」とランドラードはガブリエルに言った。「押してやろう」

それから彼は返答を待たずに、こうつけ加えた。

「おれがハンドルを握るから、おまえは脇から押せ。彼らはうしろからだ。さあ、作業開始！」

ランドラードはガブリエルのほうに身を乗り出し、「金持ち外国人さ」と嬉しそうにささやくと、車のドアをあけて運転席についた。車にはボール箱やスーツケースがいっぱいに積んであった。

「そらそら、気張っていこう」ランドラードは大声で言った。

ガブリエルは助手席の側から車をつかみ、ふり返った。若い夫婦は車の後部に手のひらをあて、顔をしかめながらうんうんと押している。車はゆっくりと道端から動き始めた。

その脇を、一台の車がすばやく通りすぎた。なかには、さっき地図を前に途方に暮れていた大将が乗っていた。

少し先へ行くと、道は緩やかな下り坂になった。車の動きがこころもち速くなり、ノッキングの音がした。ガブリエルはいっそう力をこめて踏ん張った。すると突然、鳴咽をあげるような振動とともにエンジンが始動した。

「飛び乗れ」とランドラードが叫んだ。前のドアがあいている。ガブリエルはわけもわからずステップに足をかけ、ランドラードの隣に腰かけた。ランドラードはいきなりスピードをあげた。

「なんのつもりだ」とガブリエルは彼にむかって叫んだ。

ランドラードはクラクションを鳴らして、前を行く荷車をどかせた。ガブリエルはうしろを見た。若い夫婦はすでに遥か遠くから、自分たちの車が走り去っていくのを眺めている。夫のほうは腕をふりあげていた。ガブリエルは胸が痛み、むくむくと怒りがこみあげた。そしてランドラードの肘をつかみ、車を止めさせようとした。答えは握り拳だった。

ガブリエルは口の脇に一発喰らい、窓の端にしこたま頭をぶつけてあごを押さえた。意識が朦朧としている。車を降りたかったが、体が動かない。どのみち、もう遅かった。難民の列はまばらになり、車のスピードは時速五十キロにもなっているだろう。

ランドラードは口笛を吹きだした。

ガブリエルは血止めになるものはないかと、あたりを見まわした。あごから流れる血は、首筋まで達していた。

15

「ムーズ川前線におけるドイツ軍の猛攻を前にし、フランス軍は雄々しく果敢な抵抗を示したと、ここに誇りをもって断言いたしましょう。その抵抗は、勝利を収めました。フランス軍、英仏連合軍の反撃はいたるところで、ドイツ軍の戦列に混乱と混迷をもたらしたのです」

デジレは何度か記者会見をしてみて、疑念を抱いている者がいるとすぐに気づいた。どうも怪しい、そう簡単に騙されないぞと身がまえている連中だ。だから弱点を突かれそうな箇所にさしかかると、彼らのほうをむき、ぶ厚い眼鏡ごしに、愛国心にあふれた目でじっと見つめるようにした。

「ドイツ軍は執拗に攻撃してきます。しかしフランス軍参謀本部が配した防御の壁は、押し寄せる侵略者を頑としてはねのけるでしょう。敵はいかなるところからも、われわれの主要な防衛線を破ることはできないのです」

小さなざわめきが起きた。デジレ・ミゴーの有無を言わさぬ断言を、誰もが歓迎した。

「おうかがいしたいのですが、ミゴーさん……」

デジレは声のもとを捜す身ぶりをした。ああ、そこ、右側ですね。それで？

「ドイツ軍はベルギー経由で攻撃してくると思われていました。しかし今、ムーズ川方面からの攻撃も始まっていますが……」

デジレは重々しくうなずいた。

「たしかに。わが軍は西部戦線に分散されることで混乱をきたす、というのがドイツ軍の戦略でしょう。しかしながら、われらが参謀本部の明晰な洞察力を知る者にとっては、稚拙きわまりない作戦です」

この表現に、あちこちでぷっと小さく吹き出す声がしたが、みんなあわてて口を押さえた。

質問した記者が言葉を続けようとしたけれど、デジレは人さし指をぴんと立て、意気ごむ相手を遮った。

「ご懸念のほどは当然でしょう。けれどもそうした疑問が、フランス国民のあいだに疑念を、さらには不信感をもたらしかねないものだとしたら話は別です。大事な戦いが行なわれようとしているとき、疑いや不信は国に背く、反愛国的な感情なのです」

新聞記者は質問を呑みこんだ。

デジレはいつも記者会見の最後を、短い総括で締めくくった。そこで使われるひとつひとつの言葉が、フランス軍に対する信頼感を高めるため、ひいては情報省の声明(コミュニケ)に対する信頼感を高めるために選ばれた。

「フォッシュやケレルマンの後継者たるわれわれの指導者たちは、気力と才能にあふれています。フランス軍の戦闘機はどこにも負けません。フランス軍の戦車は敵の戦車隊をはるかにしのぎ、歩兵隊は比類なき勇敢さを備えています。否定しがたいこれらひとつひとつの要素が、輝かしい確信を生み出すのです。戦いはフランスの勝利まで続くだろうという確信を」

残念ながら現実は、フランス軍の期待に反する方向へとむかっていた。だからこそデジレは、いっそう熱弁をふるうこととなった。

北部地方、西部地方の戦闘が激しさを増すのと歩を合わせ、前線から届く知らせが不穏になればなるほど、デジレは有無を言わさずきっぱりと断ずるようになった。

ある朝、デジレは次官にたずねた。どうでしょう、情報省の発表は、フランス国民の士気を高めるのにもっとも効果的な方法たりえていると思いますか?

次官は肘掛け椅子に腰かけたまま、たじろいだように体をうしろにずらした。そして人さし指をふって、先を促した。

「われわれの声明がいくら厳密でも、役所の発表だというだけで一般大衆は必ず疑ってかかります。あえて申しませんが……」

「いいから言いたまえ」

「つまり人々は、公式のメッセージよりも飲み屋の噂話のほうを信じがちだということです」

「つまりきみは記者会見を、飲み屋でやろうっていうのかね？」

デジレはそっけなく、神経質そうに笑った。それが次官には、すぐれた人物らしく見えるらしい。

「もちろん、違いますよ。ぼくが考えているのはラジオです」

「くだらん」と次官はすぐさま言った。「そこまで落ちぶれることはない。ラジオ＝シュトゥットガルトのまねをしようっていうのか。裏切り者フェルドネのまねを」

ポール・フェルドネのことは、みんな〝裏切り者のフェルドネ〟としか呼ばなかった。彼はドイツ軍に雇われ、ラジオ＝シュトゥットガルトでフランスむけ謀略放送に従事して、三月に第三回パリ軍事法廷で死刑を宣告されていた。彼がフランス国民の戦意喪失をはかって――さらには武器を捨てさせようと――流した偽情報は、典型的な反逆行為と見なされた。彼は祖国を裏切るでたらめを並べ立てていたが、スローガンのなかには的を射たものもあった。いわく、〝イギリスは機械を供出し、フランスは乳房を供出する〟。いわく、〝大砲は決して将軍たちの部屋まで届かない〟。いわく、〝きみたちが動員されているあいだに、工場勤務の特別配属兵はきみたちの女房と寝ている〟などなど……こいつはなかなか効果的だ、とデジレは思った。この手をまねできないものか、ひとつじっくり検討してみなければ。

「そこで毎日、ゴールデンタイムに、正体を隠した役人が公式には言えない本音を明かす時事放談コーナーを設けたら、どんなにインパクトがあるだろうかと思ったわけです」

デジレの説明によれば、ひとは非公式の発言ほど信じがちなのだという。当局の一員が匿名で語ることなら、フランス国民にもたやすく受け入れられるだろう。

「フランス人はラジオが大好きです。ラジオ受信機を友達のように、ほとんど恋人のように思っています。スピーカーは自分に、自分ひとりに話しかけている。フランス人はそう感じています。だから国の打ち明け話を聞くのに、ラジオほどぴったりのものはないんです」

次官は疑わしげな表情をした。本当は大興奮しているのを隠す、彼なりのやり方だった。

「ラジオ＝シュトゥットガルトに思い知らせてやりましょう」とデジレは続けた。「われわれだって敵の手口は心得ている。とてもよく心得ているってね」

かくしてフランス全土に放送されているラジオ＝パリの電波に乗って、〈デュポン氏の時事解説〉が始まった。番組の冒頭はいつも同じで、数々の機密情報に通じたフランス政府の覆面高官が、聴取者のおたよりによって寄せられた質問に答えます、という言葉だった。

「これには二重の利点があります」とデジレは断言した。「まず第一に聴取者は、自分たちの疑問に関心が集まっていると感じるでしょう。さらに自分たちは戦略的な情報を共有するに足る人間と認められたように感じるのです」

「こんばんは、みなさん。トゥーロンにお住まいのS氏（デジレは具体的な地名を入れることにこだわった。彼が言うには、そうすることによって、〝質問内容が地理的な真実味のなかに根づく〟のだそうだ。上司はこの表現にいたく感心した）の質問です。〝どうしてドイツ軍は一年近くもじっと待機していたのに、いきなり攻勢をかけ始めたのでしょうか？〟（デジレはそこで質問の意義と回答の重要性を強調するかのような、短いジングルを入れた）お答えしましょう。ドイツ軍はほかにどうしようもなかったのです。ドイツは経済的に破綻し、人心は荒廃しています。そこではなにもかもが不足し、棚がからっぽになった店の前に長い行列ができています。だからこそヒトラーは攻撃を開始して人々の目先をそらし、国家社会主義からドイツ国民の心が離反するのを食い止めねばならなかったのです。ドイツの現状を、しっかり見定めねばなりません。それは出血多量でなにもなすすべを持たない、瀕死の国家です。ドイツ軍の攻勢はドイツ国民に再び展望と希望を与えんとする、ナチス政権の必死の悪あがきにすぎません。要は、時間稼ぎということです」

デジレの目論見は図にあたった。番組が開始されるや、ラジオ＝パリにはデュポン氏に対するありとあらゆる質問の葉書が殺到し、〈時事解説〉は大成功をおさめた。次官はそれを自分の手柄として、喜んで上層部に報告した。

「こんばんは、みなさん。コロンブにお住まいのB夫人から、わたしが〝ドイツの慢性的欠乏状態〟と呼ぶものを、詳しく説明して欲しいとのおたよりをいただきました。――ジングル――ドイツの欠乏状態を示す例は、枚挙に遑がありません。たとえば、石炭や木炭の不足は切実です。母親たちが子供を墓地に連れていく姿が各地で見うけられますが、これはなんと死体焼却炉で手を暖めさせるためなのです。動物の毛皮はもっぱら軍にまわされるので、女たちは寒さをしのぐため、魚の皮をまとっています。台所にはもう、ジャガイモもバターもありません。ジャガイモは兵士の食料になり、バターは武器の油に使われているからです。どの家庭でも一年以上、一粒の米、一滴のミルクも目にしていません。週に一回、パンのかけらを食べられるだけ。もちろん、こうした欠乏状態によって深刻な打撃を受けるのは、もっとも弱い立場の人々です。栄養失調の若い母親が産んだ赤ん坊は発育が悪く、ドイツの幼児の実に六十パーセント以上が、くる病にかかっています。国のいたるところで結核が蔓延しているのも、物資統制のせいだと言えるでしょう。石鹸が不足しているため、何百万人ものドイツの小学生が垢だらけの体で、毎日学校に通っているのです」

デジレは聴取者が安心するようなフランス国内のニュースも、いくつか番組のなかに散りばめた。

「フランスはコーヒーが不足としているというのは、まったくの間違いです」彼はある晩の放送で、そう説明し始めた。「コーヒーは不足していません。なぜなら、ちゃんとそこにあるからです。けれどもフランス人はコーヒー好きなので、今までも充分だったためしがありません。だからいつでも、欲しいだけのコーヒーが見つからず、不足しているような印象を（それはもちろん間違った印象なのですが）抱いてしまうのです」

デジレの三段論法は情報省内の半分から賞賛を博し、残りの半分には無言のライバル心と嫉妬心を掻き立てた。ドイツ軍のすぐれた情報戦略は、久しい以前から政府にとって脅威だった。そこにフランスが加えた強烈な反撃は、上層部の評判も上々だった。そのぶん裏では、みんながからかっていたけれど。

ヴァランボンは隠れたアンチ＝デジレ派のリーダーを自認していた。彼はともかく長い男だった。手脚も長ければ、話も長い。おまけに長々と考えこむが、それが彼には役立った。なにか思いつくと、もう決してあきらめない。驚くべき信念と、ほとんど動物的なしつこさで追及し続ける。彼は現地民労働力課秘書官のトン氏に、こっそりデジレを探らせたけれど、結局うまくいかなかった。情報省に来るまで誰もミゴーの噂を聞いたことがないというのも、ヴァランボンには意外だった。

次官は目をむいた。

「そうは言っても、フランス極東学院のセデス院長の推薦状は無視できまい」

ヴァランボンは別の方向から攻めることにして、情報省内の部署をひとまわりした。誰も会ったことのないセデス院長を除けば、デジレ・ミゴーと以前になんらかのかかわりを持ったことがある者は、誰ひとりいなかった。

「ちょっといいかな……」

デジレはふり返り、ずり落ちた眼鏡をさっとあげた。

「情報省へ来る前は、ハノイにいたそうだが、その前はどこに？」

「トルコです。おもにイズミールに」

「それなら……ポルトファンと知り合いでは？」

デジレはいぶかしげに目を細め、考えこんだ……

「ポルトファンだよ」とヴァランボンは繰り返した。「トルコではけっこう重要人物のはずだが」

「聞いたことありませんね……どこの部署のかたでしょうか？」

ヴァランボンは苛立ったような身ぶりをした。いや、いいんだ。彼は踵を返し、すたすたと廊下を引き返していった。罠にはかからなかった。けれども彼は失敗を喫するたび、そこから新たな闘志を湧きあがらせた。まだまだ追及はあきらめないぞ。

いっぽうデジレも、またぞろいつもの道を進むこととなった。正体がばれる前の風むきは、よく心得ている。これまでずっと、経験してきたことだ。そろそろ戦略的撤退を考える時期らしい。

彼は生まれて初めて、今の役割を手放すのが惜しいと思った。この戦争を相手にひと商売できるのが楽しかった。残念だがしかたない。

16

ホテルの女主人は、両手を膝のうえで重ね合わせた。恨みがましいむっつりとした顔で、気難しそうに口を結んでいる。灰色の目が、凶兆を告げる鳥のようにルイーズを見つめた。これから何を聞かされるのかと思うと、彼女は恐ろしかった。話がどこから始まるのかもわからない。二人の女はじっと黙っていた。若い女はうつむいて絨毯(じゅうたん)の柄を見つめ、女主人は挑みかかるような表情で、捕らえた獲物を睨みつけた……

ルイーズはこわばった手を緩め、バッグのベルトから指をほどくと、声が震えないよう気をつけながら言った。

「マダム……」

「トロンベールです。アドリエンヌ・トロンベール」

ぴしゃりと平手打ちを喰らわせるような口調だった。話がどう始まるかは、どのみちさして重要ではない。女主人は狙っていたきっかけをつかむと、いっきに攻めこんだ。

「じゃああなたは、ひとの家に来て自殺なんかしていいとお思いですか？」

そんなこと訊かれても答えようがない。ルイーズの脳裏にホテルの部屋と、老人の死体が浮かんだ……これまでそうした角度から、この出来事を考えたことがなかった。申しわけないことをしたわ、と彼女は思った。

「だってそうじゃない」と女主人は続けた。「ドクターは招かざる客だわ。愛人もよ。あんなこと、ほかでしてくれればいいのに。母親だけでは足りなくて、娘まで欲しがったってこと？」

ルイーズは胃のあたりに一撃を喰らったみたいに、吐き気がこみあげた。

女主人は唇をつまんだ。どうしても我慢できなかった。初めからずっと言いたかったひとこと。何日ものあいだ、頭のなかで繰り返した。こんなにぴったりの言葉はない、恨みをぶつけるのに最高の表現だと、フロントで仕事をしながらずっと思っていた。けれどもいざ、声に出してみると、違って聞こえた。

今度は女主人のほうが、絨毯を見つめる番だった。根は悪い人間ではなかったから、早くも後悔していた。ただ腹立ちまぎれに言ってしまっただけなのだ。

「つまり、あんなことされたら……」

彼女はもうルイーズの顔をまともに見られず、結婚指輪をせかせかとまわした。

「わかるでしょ……警察沙汰にもなって」

彼女は顔をあげた。

「これまでずっとなんの問題もなくやってきたわ。うちはきちんとしたホテルなのよ。決して……」

そこで言葉がとぎれた。言いたいことは予想がつく。〝連れこみ宿〟じゃない、売春婦が出入りするようなホテルじゃないっていうのね。

「なのに……事故のあと、お客さんたちが出ていくって言い始めて。ここにはもういたくないって。何年もずっといた常客たちまでも……」

女主人は事件のあと始末で、疲れ果てていた。ホテルの建物にも、経営にも、お客や商売の数字にも、多大な影響があった。

「当然のことながら、メイドは誰もあの部屋の掃除を引き受けようとはしなかったわ。わかる？　だから、わたしが……」

けれどもルイーズは、心ここにあらずだった。〝母親と娘〟という言葉がもたらした衝撃で、頭が朦朧（もうろう）としていた。わたしのことを言っているのは理解できる。たしかに、売春婦みたいなまねをしてしまったのだから。でも、母親は……

「あたり一面、血の海だった。階段のところまで。おまけに臭いがひどくて……この歳でそれを片づけるなんて、並大抵のことじゃないわ」

「弁償します……」

貯金ならいくらかある。そう考えて、お金を持ってくるべきだった……悪い申し出じゃなかったらしいと、すぐにわかった。

「ご親切に。でもそれは、あちらできちんとしてくれました。つまり、ドクターのご家族のほうで。あちらから公証人だかなんだか、そういう人がいらして、言い値で損害賠償をすませました」

少し気分がよくなった。お金の話もしたし、お客が減った苦労もぶつけた。一カ月近く前から胸にわだかまっていた言葉もぶちまけた。思っていたほどすっきりはしなかったけれど。女主人はほっとため息をついた。

そして彼女は初めて、じっくりとルイーズを眺めた。山ほど迷惑をこうむった疫病神としてではなく、目の前の肘掛け椅子に当惑したようにすわっている生身の若い女として。

「あなたは本当に、お母さんにそっくりだわ……彼女、元気なの？」

「亡くなりました」

「まあ、そう……」

ルイーズは頭のなかで、すばやく年数を計算した。ドクターがわたしの父親だっていう可能性はあるだろうか？

「母が初めてここに来たのは……いつでしたか？」

女主人は唇をつぼめた。

「ええと……一九〇五年かしら。そう、一九〇五年の初めだわ」

ルイーズは一九〇九年生まれだ。

恐ろしい考えが胸をふさぎ、息苦しいほどだった。実の父親の前で裸になったのかと思うと……いや、ありえないわ。

「わたしの母親だっていうのは、たしかですか？」

「ああ、それは疑問の余地がないわ。あなたのお母さん、ジャンヌでしょう？」

ルイーズは喉がからからだった。母がしょっちゅうホテルに来ていたなんて、とても想像がつかない。客を取っていたのだろうか？　十七歳で？　まるで自分が責められたかのように、ルイーズは攻勢に出た。

「母は未成年だったのに……」

女主人は突然嬉しげな表情をして、ぱちぱちと手を叩いた。

「わたしも死んだ夫に、そう言ったのよ。〝ルネ、うちはこんなふうに真っ昼間、カップルに部屋を貸すようなホテルじゃないのよ〟って。でも彼は、ほら、ドクターの幼馴染（おさななじみ）で、いっしょに小学校にも通った仲だから、これは例外（エクセプシオン）だって主調するの。だからわたしは言ってやったわ。結婚してるんだから、がんばるのは子作り（コンセプシオン）でしょって……」

　ルイーズは笑えなかった。

「それに」と女主人は続けた。「羽目をはずすようなことはなかったし。さもなければ、わたしだって受け入れなかったわ。二人が来るのは週に一、二回。二回が多かったかしらね。昼少し前に着いて、ドクターが部屋代を払ったわ。そして夕方近くに帰る。とても正確で、なにも言うことなし。あなたのお母さんはいつも少しうしろに控えていて、どぎまぎしているようだったわ」

　真実から目を背けてもしかたない。ルイーズは思いきってたずねた。

「二人はどれくらいの期間、来ていたんですか？」

「一年くらいね……ええ、一九〇六年の年末までよ。よく覚えているわ。夫の従兄弟（いとこ）が結婚したときだから。田舎から親戚がたくさんやって来て、空き部屋がなくなってしまって。もし今週も二人が来たら、よそに行ってもらわなきゃならないって思ってたけど、結局姿を見せなかったわ。そして突然、そのまま来なくなったの」

　二人はホテルを変えたのだろうか？　女主人はルイーズの疑問を察したらしい。

「もう会わなくなったのよ。ドクターがそう夫に言ったんですって。わたしが思うに、つらかったんじゃないかしら、ドクターにとっては」

ルイーズはほっとした。二人の関係は、わたしが生まれる三年前に終わっていたんだ。わたしはドクターの娘ではない。

「だから彼らがまた来たときも、驚かなかったわ。一九一二年のことよ」

ルイーズは蒼ざめた。母親はそのとき、すでに結婚五年目だ。

「紅茶でもいかが？　それともコーヒーがいいかしら。いいえ、ごめんなさい。紅茶しかなかったわ。コーヒーは手に入らないので……」

ルイーズは相手の言葉を遮った。

「一九一二年ですって？」

「ええ、そう。二人は前と同じようにやって来たわ。前よりも頻繁だったかも。ドクターはいつもどおり時間に正確で、毎回メイドにチップを置いていった。安心してちょうだい。あなたのお母さんは、決してふしだらそうには見えなかったから。なんて言うか、ロマンティックな感じだったわね……二人の関係は」

ルイーズは当時、三歳だったけれど、だからといって話は別だ。それはもう若気の至りではすまされない、立派な不倫じゃないの。

「それでは、紅茶をいただきます」

「フェルナンド！」

まるで獣の咆哮のような声だった。あるいは、孔雀か家禽(かきん)の鳴き声のような。エプロン姿の、がっちりした若い女が、むっつりした顔であらわれた。

「なにか？」

女主人は指示を与えると、「お願いね、フェルナンド」とつけ加えた。客の前ではいつもそうしているのだろう。

ルイーズは必死に気持ちを落ち着けようとした。

「お母さんから、なにも聞いていなかったの？」

ルイーズはためらった。どう答えるのがいいか、確率は二分の一。女主人は真実を打ち明けるかもしれないし、黙ってしまうかもしれない。これは賭けだ。ルイーズは意を決した。

「聞いていません。ただ、本当のことが知りたいんです……」

賭けは外れたようだ。女主人は顔をこわばらせ、爪を見つめている。

「母は死の床で、こう言いました。〝すべて話すわ。あなたにわかって欲しいの……〟って。でも、その間はなく母は亡くなりました」

この嘘のおかげでルイーズは失点を挽回し、女主人は口をひらいた。死にかけた女が心の秘密を娘に打ち明けようとする。この話は、女主人の胸にぽっかりあいた穴を埋めてくれた。彼女は不能の元憲兵と結婚し、愛人をつくる勇気も打ち明け話を聞いてくれる相手もなく、今まで誰にもそれを話したことがなかったから。

「まあ、お気の毒に」彼女は自分の身のうえを嘆きながら言った。

ルイーズは遠慮がちに目を伏せたけれど、頭はしっかり働いていた。

「二人は一九一二年にまたあらわれたって言いましたよね？」

「今度は二年間続いたわ。そのあと戦争が始まって、色恋どころじゃなくなって。たいへんな時代だった……」

紅茶が運ばれた。ぬるくて薄い紅茶だった。

「空襲警報があった日に、あなたはここに来たわよね。あのとき、あなたを見て思ったわ。あらまあ驚いた、ジャンヌちゃんにそっくりじゃないの。こんな偶然があるだろうかって（彼女が最初に来たときはまだ十代だったから、そんなふうに呼んでたのよ。〝ジャンヌちゃん〟って）。その二日後、今度はドクターがやって来たものだから、ますますいぶかしんだ。彼はすっかり老けちゃって……ほとんどわからないくらいだった。前はとってもハンサムだったのに。それを言ったら死んだ夫だって、いい男だったけれど、最後はどこもかしこもぶよぶよになってしまったわ。あごも、お腹も、太腿（ふともも）も……あら、なんの話だったかしら？　そうそう、ドクターがあらわれて、昔のように三一一号室を指定し、カウンターにお金を置いた。わたしはあんまり驚いたものだから、黙って鍵を渡してしまった。〝あとから客が来る〟とドクターが言ったので、ジャンヌのことだと思ったわ。ところが、あらわれたのはあなただった。まさか、ありえない。ジャンヌのはずないわ。二十五年前とぜんぜん変わっていないなんて。よく考えて、なるほどと合点がいった。母親のあとを、娘が継いだってわけねって」

女主人は小指を天井にむかって立て、カップごしにルイーズを見つめながらまずい紅茶を飲んだ。言いたかったことをもう一度言えて、ともかく気分はすっきりした。

ルイーズは戦争中の葉書を読み返した。今やすべてが、新たな陰影をおびていた。新たな、そして悲しい陰影を。ベルモン夫人はドクター・ティリオンとの情熱的な恋に生きた。夫のことは愛していたのだろうか？　おそらくアドリアンのほうも、妻を愛していなかったのだろう。二人の手紙を読んでみるがいい。どちらもつまらないことしか書いてない。

ルイーズは傷ついていた。自分がつまらない、形だけの結婚生活から生まれたのだと思うとやりきれなかった。それにこれまで母親が、そんなに激しい恋をする女だと想像したことがなかった。それはとても突飛なことに思えた。自分が知っている母親のジャンヌと、ホテルの女主人から聞かされたジャンヌとでは、まるでまったく違う別々の女のようだ。いつも鬱々としていた母のなかに隠されていた未知の世界に、ルイーズはようやく気づいた。けれども謎は、まだ残っている。今、知ったことからだけでは、どうしてドクターが二十五年もたってから、元愛人の娘の前で自殺したのかはわからない。それだけではなく……

ルイーズは凍りついて、深く息を吸った。もしかして……

彼女は葉書を置き、コートを羽織って家を出ると、決然と〈ラ・プティット・ボエーム〉に入った。けれどもジュールさんがグラスをみがいているカウンターにはむかわず、左にまわってドクターの指定席にすわった。

そこからガラス窓ごしに、ルイーズの家の正面が見えた。ジャンヌ・ベルモンの家と言ってもいい。

ジュールさんはふっと息をつき、濡れた布巾でカウンターをひと拭きした。午後四時。店内にはひとりの客もいない。あわてなくても大丈夫だ。

ルイーズはコートにくるまり、椅子に腰かけたままじっと動かなかった。ジュールさんは入り口まで行ってドアをあけ、まるで通りを眺めるのが急に面白くなったみたいに外を見やった。やっとまたドアを閉め、〝営業中〟の札をひっくり返して〝閉店〟に替え、足を引きずるようにしてルイーズの正面に腰かける。

「わかったよ……話さなくちゃいけないな。そうしたいんだろ？」

ルイーズは答えなかった。ジュールさんは周囲を見まわした。客のいない店内や、カウンターを……

「訊きたいことがあるなら……わかった、何が訊きたいんだ？」

できるものならルイーズは、ジュールさんにびんたを喰らわせたかった。

「初めからすべて知っていたんでしょ。なのにひとことも言わなかった……」

「すべてといっても……ひとつ、ふたつだけさ、ルイーズ」

「じゃあ、まずはそれを話してちょうだい」

ジュールさんは店内を横ぎり、カウンターからたずねた。

「なにか飲むか？」

ルイーズが答えなかったので、ジュールさんは彼女の正面にまたすわり、ワイングラスを指先で大事な品のようにつかんだ。

「ドクターがこの席に（と言って、ジュールさんは目でテーブルを示した）来たのは、いつごろだったかな。一九二一年か、二二年か。きみは十三歳だったんだぞ。言えると思うか？　〝ルイーズ、毎週土曜日に来るあの男の人は、昔お母さんの恋人だったんだ〟なんて。そんなこと、とても……」

ルイーズはじっと動かなかった。そして瞬きひとつせず、絶対に許さないぞというような冷たい目でジュールさんを見つめた。彼はワインをひとくち、ごくっと飲んだ。

「それから……時がすぎて、きみは大人になり、彼は毎週来続けた。けれども話すには、もう遅すぎた」

ジュールさんは熊が吼えるみたいにうなった。〝遅すぎた〟というひとことが、彼自身の生涯を要約しているかのように。

「きみのお母さんとドクターがつき合い始めたのは大昔で、彼女が十六、七歳のころにさかのぼるんだが……」

ジュールさんはそのころすでにこの界隈に住んでいて、家はオルドネール通りにあった。ジャンヌ・ベルモンと同じ学校に通っていたが、歳は二、三歳うえのはずだ。

「それはもう、美人だったよ、きみのお母さんは……きみみたいにね。ただ、もっとにこやかだったけれど。ドクター・ティリオンはコーランクール通りに診療所をかまえ、ここらの住民はみんな診てもらってた。お互い顔見知りみたいなものだったから、びっくり仰天したものさ。きみのお母さんは初等学校の免状を取ると、みんなの期待どおりに看護学校へは行かず、なんと住みこみの小間使いとしてドクターの家で働き始めたんだ。二人のあいだに何があったのかを知って、おれもようやく合点がいった。初めは、単にドクターが小間使いに手を出したんだと思っていた。よくある話だったからな。けれども、そうじゃなかった。二人は真剣に愛し合っていたんだ。ともかく、ジャンヌはそう言っていた。ドクターは彼女より二十五歳近くも年上なのにな。だからおれは、彼女に言ったんだ。〝いいかい、ジャンヌ。きみはドクターのことが好きで小間使いをしているが、あの男とかかわってたらお先まっ暗だぞ〟って。何を言っても無駄だった。ジャンヌはドクターを愛していた。少なくとも、彼女はそう思っていた。ロマンティックだったからな、きみのお母さんは。そうだろ。あれこれ小説を読んでいたっけ。よくないんだよ、そういうのは。頭がおかしくなっちまうのさ」

ジュールさんはやれやれと言いたげに首をふり、もうひとくちワインを飲んだ。ルイーズは母親の本棚をよく覚えていた。そこには、何度も読み返したらしい本が並んでいた。『ジェーン・エア』、『アンナ・カレーニナ』、ポール・ブールジェやピエール・ロチの作品……

「それだけ？」とルイーズはたずねた。

「どういう意味だ、〝それだけ〟って？　これ以上、何を知りたいんだ？　愛し合っている二人が結ばれた。けっこうなことじゃないか！」

ジュールさんはルイーズが彼をもっともよく知る人間だということを忘れ、怒ったように言った。ジュールさんがお客相手によく癇癪を起こしてみせる効果を、ルイーズは熟知していた。

「わたしが知りたいのは」と彼女は穏やかに言った。「どうして二人は二年後に別れたのか、その理由よ。そして五年後、どうしてまた会うようになったのか。この何年もの年月、どうしてドクターは毎週土曜日にやって来て、この席に腰かけたのか。あなたが話したのは、すでに知っていることばかりよ。知りたいのは、それ以外のこと」

ジュールさんはベレー帽のうえから頭を掻いた。

「どういうつもりで毎週ここへやって来るのかは、たずねたことがないんだ。だって、しかたないだろ……でも、まあ(彼らは窓のほうをむき、ベルモン家の正面を見つめた)、想像はつく。たぶんドクターは彼女に会いたかったんだろう。彼女があらわれるのを待っていたんだ。でもジャンヌは外に出ず、一日じゅう庭を眺めていた。反対側をむいて……」

その情景に、ルイーズは胸が締めつけられた。いわば二人は二十五年間ずっと、二百メートル離れたところで、同じことを考えながら別々の方向を見つめていた。それを想像するとルイーズはめまいがし、底なしの悲しみに包まれた。

ジュールさんは咳払いをし、なにも気づかなかったと言わんばかりにこう続けた。

「ドクターが店に来て、この席にすわるようになったのは、診療所が引っ越してずいぶんたったころだからな。彼のことなんか、もうまったく頭になかった。ドクターだってわかるまでに、しばらく時間がかかったくらいさ。でも、ほら、おれは、あんまり口うるさいほうじゃない。おれにとっちゃお客のひとりだから、気を利かせてそっとしておいたんだ」

ジュールさんはワインの残りをいっきに飲み干した。

「ここへなにしに来るんだろうって、思ってはいたさ。彼はいつもこの席にすわる。きみの家が、というかきみのお母さんの家、ジャンヌの家が見えるのはこの席だけだ……つまりドクターは、彼女のようすをうかがっていたんだろう」

「それを母に伝えようとは思わなかったの？　ドクターがここに来ているって……」

「もちろん思ったさ。おれだって、それくらいの頭はある」

今度は営業用ではなく、本気で怒っていた。けれども今の状況を思い出し、自分自身に腹を立てているかのようにすぐにむっつり顔になった。

「ジャンヌのところへ行き、土曜ごとにドクターが来るって教えたよ。そしたら彼女、〝それがわたしになんの関係があるの？〟って切り返した。馬鹿を見たのはおれのほうさ。

どうせまた余計なおせっかいをしてしまうんだろうがね……」

ルイーズは十三歳のとき、一年遅れで聖体拝領をした。母親が窓辺にすわったきり、ほとんど動かなくなってしまったのはその年だ。そしてドクターが店に来ていると、ジュールさんから聞かされたときでもある。彼女は窓辺に腰かけ、〈ラ・プティット・ボエーム〉に背をむけ続けた。

ドクターは家を見に来たのではなく、ジャンヌを待っていたのだ。

「ジャンヌが会いに来なければ、ドクターもあきらめるだろうと思ったが、そいつは大間違いだった。彼は土曜日ごとに、新聞を持ってやって来た。最初は見ていて悲しくなったが、そのうち慣れて、気にならなくなった。彼がきみと話しているのを見るまではね。なにかあるなとわかったけれど、きみが話そうとしないから……どうすることも……」

しばらく間があった。それからジュールさんは、初めから胸に引っかかっていたというようにたずねた。

「ドクターはきみに、何をたのんだんだ？　つまり……ホテルで何があったんだ？」

ジュールさんは別に詮索(せんさく)するつもりはなかった。ただ、ルイーズがどんなに苦しんだのかを理解したかっただけだ。だから彼女は話した。ドクターの申し出を受け入れたこと。お金やホテルの部屋のこと。発砲のこと。

「やれやれ」とジュールさんは言った。「ひどい目に遭ったな。もちろんドクターが会いたかったのはきみじゃなく、きみのお母さんだが、それにしても……」

ジュールさんはルイーズの手に自分の手を重ねた。

「きみにそんなことをするなんて、とんでもない……あの野郎、できればおれがとっ捕まえてやりたかったよ」

「二人が恋人同士だったころ、母はドクターのことをどんなふうに言ってたの？」

「そりゃ、女がただの男友達に言うようなことさ」

ルイーズは思わず微笑んだ。

「じゃあ、ジュールさんは母とつき合ったことがないの？」

「あるわけないさ。ジャンヌのほうに、その気がなかったからな……」

彼はポケットをぽんぽんと叩いた。

「まだ続きがあるんでしょ、ジュールさん。違う？」

「おいおい、どういうことだ。まだ続きがあるって？　もちろん、すべて話したさ。知っていることはすべて」

ルイーズはジュールさんにじり寄った。彼のことが好きだった。寛大で、さっぱりした心の持ち主だったから。嘘がつけないタイプだ。嘘をつこうとしても、どうしたらいいのかわからない。そんなジュールさんを苦しめたくなかった。ルイーズは彼の手を取り、温めるように自分の首筋にあてた。

ジュールさんはおろおろしていた。告げねばならない事実のせいか。ルイーズをもっと苦しめることになるからか。それとも、ひとの秘密を明かすのが心苦しいのか。彼は気が重かったが、大きな音で鼻を鳴らしただけだった。

ルイーズは目で促した。言いたいことが言えなくて、もじもじしている生徒を励ますときのように。

「ルイーズ……きみのお母さんは……ドクターの子をみごもったんだ」

17

「いいかげんにしろ、この野郎！」

ラウール・ランドラードは怒ったように急ブレーキをかけ、車道の真ん中で車を停めた。

ガブリエルがふり返ると、ポルトガル人夫婦はとっくに見えなくなっていた。

「ほら、停まったぞ」とランドラードは言った。「さあ、どうする？」

周囲には平坦で陰気な景色が広がっている。

「まだ力が残ってるっていうなら、あと二十キロ、てくてく歩けばいいさ」

ガブリエルはハンカチで頬を押さえながら、見渡すかぎりの農地を眺めた。脇道に入ったようだ。広々とした農場が、遥かかなたまで広がっている。ところどころこんもりと茂る森のせいで、景色はいっそうもの悲しく感じられた。

「やつらを見てみろ……」とランドラードは難民たちを指さして言った。荷車を押す者、自転車に乗った者。なかには徒歩の者もいる。「今はみんな、自分のことでいっぱいなんだ。それがわからなければ、遠くまで行けないぞ。標石に腰かけて、ドイツ軍を待つんだな」

ランドラードは車を出した。

「なに、大したことじゃないさ、軍曹」と言って彼は笑った。「くよくよしないで気楽にいこうや」

「車を奪ったんだぞ。乗せてくれってたのめばよかったのに」

ランドラードはからからと笑って、スーツケースや段ボール箱が積んである後部座席をあごで示した。ガブリエルは顔を赤らめ、平静を装ってバックミラーを動かし、腫(は)れの具合をたしかめた。

道は空(す)き始めた。もしかして、方向が間違っているんじゃないか。ガブリエルはグローブボックスにあった地図をたしかめ、東にむかうよう方向を指示した。

「どこに行くつもりなんだ？」とランドラードがたずねた。

「マイアンベールに引き返す」

「冗談だろ？　ドイツ軍はとうにあそこを越えているぞ」

ガブリエルは部隊が敗走したときのことを思い出した。情けないくらいわずかな装備で、完全武装したドイツ軍の縦隊を食い止めようなんて、今となっては馬鹿げた自殺行為に思える。どうせ、なんの役にも立たないのに。ドイツ軍の侵攻を、一時間かそこら遅らせたかもしれない。でも、それでどうなるっていうんだ。ガブリエルは、川面に浮かぶ太った兵士の死体を脳裏によみがえらせた。新しい靴ひもをもらって、喜んでいた兵士だ。それから、道路に目を凝らしているランドラードの横顔をこっそり盗み見た。嘘つきのペテン師だが、彼も戦おうとした……

ありえないようなことばかりだった。

フランス軍の防備はそんなにお粗末だったのか？

「敵はあっちからやって来ない、それはありえないって繰り返し言われてたのに」

「それで？」

ガブリエルの頭に、ひとつの言葉が浮かんだ。

「おれたちは脱走兵なのでは？」

脱走兵だなんて、考えただけでも恐ろしい。ガブリエルは自分がそのひとりだなんて、思いたくなかった。ランドラードはいつものようによく響く、耳障りな声で笑い飛ばさず、もの思わしげにあごを撫でた。

「軍の大部分は、同じ状況だろうさ」

「戦っている者も、きっといるはずだ。そうだろ？」

おれたちだってトレギエール川の橋で戦ったじゃないか、とガブリエルは言いたかったのだけれど、それは適切な例ではなかった。なぜなら彼らは今、盗んだ車で、本当なら戦っているはずの敵からできるだけ遠くへ逃げているところなのだから。そう思うと恥ずかしかった。ランドラードでさえ、自信なさそうだ。

「何が起きたんだろう？」

「裏切り者がいたんだ。そういうことさ。〝第五列〟や、共産主義者（コミュニスト）といった連中だ」

〝裏切るって、どうやって？〟とガブリエルはたずねたかったが、黙っていた。金色のロひげを生やした兵士が言っていたことを思い出した。フランス軍将校に変装したドイツ兵が、撤退命令を出したのかもしれない……だとすると、それっぽっちのことでフランスじゅうの軍隊が敗走させられたのだろうか？　ガブリエルはとても信じられなかった。彼が目にしたのは、フランス軍の惨状だった。ろくな装備も武器もない兵士たちと、彼らを率いる行きあたりばったりの将校たち。命令を出さねばならない参謀本部は、どこで何をしているのかさっぱりわからない。

「パリに戻ったほうがいいだろう。そこで参謀本部の指示を待とう」

ランドラードは曖昧な態度だった。

「参謀本部か。まあ、それもいいだろう。パリなら、おれにも好都合だ。それだったら、道が違うが」

　左側から聞こえていた戦闘の音が遠ざかった。ガブリエルは地図をたしかめた。

「ドイツ軍が西にむかっているなら、おれたちももう少し遠くまで行ってから、パリへむかう街道に入ったほうがよさそうだ」

　ランドラードはしばらく黙ったまま煙草に火をつけ、どんよりと曇った空、傾き始めた日の光、陰鬱な景色を眺めた。

「さぞかしうんざりしているだろうな……」

「誰が？」

「ここいらの連中さ……結局、ここらの住民にとって、戦争は気晴らしなんだ……」

　彼は本気でそう思っているらしい。

　最初の休憩で、ランドラードは車の点検を始めた。ガブリエルは車を降りて小便をしに行った。戻ってみるとスーツケースや段ボール箱があいていた……暗くてよくわからないが、ありとあらゆる品々が側溝のなかにまでぶちまけられている。衣類、毛布、雑多なガラクタの山。どこにでもあるようなものばかりだ。ガブリエルはこの二日間、もっとひどい光景を数えきれないほど目にしたが、こんなふうにひとの服が捨てられているのを見ると、胸が締めつけられた。

「目ぼしいものはなにもありゃしねえ」とランドラードは、空のスーツケースをゆすりながらぼやいた。

ガブリエルは勝手にやらせておいた。もう、くたくたで、立っていられないほどだった。彼は車のシートに腰かけた。ランドラードは運転席についた。

「さあ、もうねんねしな……軍曹なんていっても、か弱いおぼこ娘みたいなもんだ」

ランドラードは冗談めかして言った。まったく、元気なやつだ。

そうして何時間も走り続けた。ガブリエルは鈍いエンジン音に身をゆだねた。もっぱらひとりでハンドルを握るランドラードに、ガブリエルは心のどこかで感謝していた。おれは運転ができないからな。

「ちょい待ち！」

ガブリエルはハッとまどろみから覚めた。ランドラードは車をいったん止め、右側の狭いポプラ並木までバックさせた。

「なあ、おい、匂うだろ？」

ガブリエルは目を細めた。夜の闇に紛れた舗装道路の先にどんなお宝が待っているのか、彼にはわからなかった。しかしランドラードは、追剥ぎならではの鋭い直感で鉱脈を嗅ぎあてたのだろう。お高くとまって、もったいぶった屋敷。庭には大きな木々が植わり、錬鉄製の門扉ごしに見えるどっしりとした館まで、小道が続いている。車は今、両びらきになったその大きな門扉の前に停まっていた。あたりに人気はない。

「どうやら、大当たりを引いたようだぜ、相棒」

ランドラードは道具箱から、やっとこ、ペンチ、ハンマーを取り出した。ガブリエルには使えそうもないものばかりだ。ランドラードはものすごい音を立てて、鉄の扉を叩いたりねじったりし始めた。

「おい、感づかれるぞ」ガブリエルはそう言ってあたりをうかがったけれど、真っ暗な闇に包まれて三メートル先も見えない。

十五分ほどで、勝利の雄たけびとともに門扉がひらいた。

「一丁あがり！　さあ、始めよう」

ほどなく車のヘッドライトが建物の正面を照らし、タイヤの下で小砂利がきしんだ。玄関前の階段は、結婚式の写真を撮るのにぴったりだろう。窓はすべて、黒っぽい木の鎧戸で閉ざされていた。

ガブリエルは、スイカズラやバラのつるが二階まで伸びているのに気づいた。いっぽうランドラードはまた道具箱をあけ、ぶつぶつ文句をたれながらドアをこじあけ始めた。錠や扉、屋敷やその持ち主、わが意にそわないもの、腹に据えかねるものすべてを、ありとあらゆる言葉で罵倒している。

錠がようやく音をあげた。

玄関ホールは薄暗がりに沈んでいた。ランドラードは自分の家にいるみたいに、ためらわず廊下の奥へむかい、左のほうでなにやらごそごそ始めた。ぱっと部屋に明かりが灯った。彼はものの二分とかからずに、電気のブレイカーを見つけ出したらしい。

そこは家主の帰りを待って眠っている、大きな邸宅だった。白いシーツに覆われた肘掛け椅子やソファは謎めいた不気味な形をし、幅木に沿ってくるくると巻いた絨毯は、じっと動かない昆虫のようだ。ランドラードは一枚の絵の前に立った。でっぷりと腹の出た男の全身像で、頬にもじゃもじゃのひげが生えている。男は腰かけた女の肩に手を置いていた。気位が高そうだが、あきらめきったような表情の女だった。

「ちょいとばかり、ご先祖様をやっつけてやれ。こいつらは何代にもわたって農民や季節労働者をこき使って、こんな胸糞悪い家を建てたのさ」

ランドラードは絵の下に手をかけ、力まかせに引っぱった。頭上で額がぐらつく。彼は両手で絵を持ち、腕を伸ばした。まるで居間の長いテーブルに、テーブルクロスをかけようとしているかのようだ。それから椅子の背もたれに四、五回叩きつけて絵をずたずたにし、枠を砕いたあと、最後は縦材を食器棚の角に打ちつけた。ガブリエルは唖然とした。

「なんだって、こんな……」

「これでよしと」ランドラードはそう言って手をはたいた。「まだ終わりじゃないぞ。食い物を探そう。腹がぺこぺこだ」

彼は食料棚にあったラードや肉の缶詰、玉ねぎ、エシャロット、白ワインで、たちまち即席の料理をこさえた。ガブリエルはそのようすを見て、ラウール・ランドラードという男は自分よりよほど戦時下に適応していると思った（少なくとも、これまでとはまったく違う今回の戦争では）。おれひとりだったら、きっとひと晩じゅうもぐもぐとベーコンをかじっているだけだろう。ところがランドラードは、リモージュの食器やクリスタルガラスのグラスを使い、まさに宴会のような食事を用意した。

「燭台を探してこいよ。むこうにあったはずだから……」

そのとおりだった。ガブリエルが燭台を持って戻ってくると、ランドラードは古いワインの栓を抜き、カラフに移し替えたところだった。（「こうやって空気にあてなきゃいけないんだ。わかるだろ」）そして椅子に腰かけ、満面の笑みを浮かべて言った。

「軍曹、これであんたも王様気分、間違いなしさ」

蠟燭の光のせいか、ブルジョワ風の邸宅が醸し出す雰囲気のせいか、くたくたになるようなことばかりが何時間も続いたせいか、あるいは同じ経験を分かち合った相手に感じる、無意識の馬鹿げた連帯感のせいかもしれない。おそらくそのすべてゆえにだろう、ラウール・ランドラードはもう以前と同じ人間とは思えなかった。ガブリエルはいつになくがっつきながら、痛む唇を押さえつつ彼を見つめていた。そこにはガブリエルがよく知るいかさま賭博師や食料品密売者、粗暴で抜け目のない兵士の姿はなかった。ランドラードは大きなフォークで料理に食らいつき、子供みたいに笑った。

「〝不退転の覚悟で、われらが陣を守るべし〟」とランドラードは、腕を伸ばしてワイングラスをうっとり眺めながら言った。

ガブリエルは笑わなかったけれど、勧められる料理やワインは断らなかった。彼が立ちあがろうとすると、ランドラードは「まあ、そのまま……」と言ってコーヒーミルと布製のコーヒーフィルターを探しに行った。

「あんた、パリの出なのか？」とランドラードはたずねた。

「ドールで教職についていたんだ」

ランドラードは口を尖らせた。ドールという地名を聞いたことがないのだろう。

「フランシュ＝コンテ地方なんだが」

「ふうん……」

やっぱりぴんとこないらしい。

「ああ、おれはあちこち転々としているからな……」

ランドラードはウィンクをして、また表情を変えた。マイアンベール要塞にいたころ、肉屋やレストランの主人から金を巻きあげたあとトラックに戻ってきて、「あいつもこましてやったぜ」と言ったときのような顔だった。

もう遅かった。ランドラードは音を立ててげっぷをした。ガブリエルはあと片づけをしようと立ちあがった。

「つまらないこと気にするな」

ランドラードはそう言って、リモージュの食器を砂岩の大きな流しにぼんぼん投げこんだ。グラスや皿が悲しげな音を立てて砕けた。ガブリエルが止めようとしたときには、もう終わっていた。

「さて、腹ごしらえがすんだら探検だ。ついてこい」

二階には廊下に沿って寝室が五つ、六つ、それに浴室があった。ランドラードはそのドアを順番にあけていった。

「ここは老人の部屋だな」

恨みがましい口調だった。ランドラードは静かに数歩足を踏み入れたが、やけに苛立っ

「きみは?」

ているようだ。いつなんどき、あたりをめちゃくちゃにしかねない。彼はさっさと廊下に戻った。

「こいつぁ、いいや」とランドラードは言った。

ガブリエルは彼のうしろについて、若い娘の部屋に入った。どこもかしこもピンク色だった。天蓋つきのベッド、机、椅子、恋愛小説が並んだ本棚、複製画。ランドラードは色鮮やかなタンスの引き出しをあけ、下着を引っ張り出すと、撫でまわした。腕を伸ばしてブラジャーを掲げ、検分している。

「ちょうどおれ好みのサイズだぜ」

ガブリエルは廊下に戻り、来客用の寝室に入ると、服を着たままベッドに寝ころんだ。眠気がいっきに押し寄せた。

けれども長くは寝ていられなかった。

「ほらほら、こっちへ来い。明日は忙しいぞ」

ガブリエルはここがどこなのかも、いま何時ごろなのかも、もうわからなくなっていた。彼は重苦しい夢から抜け出るように、兵長のあとについてふらふらと廊下にむかった。次に入ったのは家主の寝室なのだろう、大きな戸棚が置いてある。

「さあ」とランドラードは言った。「ここならよさそうだぞ」

ガブリエルが不審げな目をしたのを見て、ランドラードはつけ加えた。

「おいおい、このまま軍服姿でうろつく気なのか？　ドイツ軍に捕まったらどうする……やつらが捕虜をどう扱うかは知らないが、食べ物をやるくらいなら撃ち殺しちまえって思うんじゃないか……」

たしかにそのとおりだ。けれどもガブリエルにとって、これは越えがたい一線だった。盗んだ車は、まだ乗り捨てることもできる。しかし平服に着替えたら、軍人の立場をきっぱりと捨て、脱走兵になりさがることになる。身を隠し、網の目をすり抜けて逃げまわった先には、どんな事態が待ち受けているかもわからない。けれどもランドラードは、意に介していないようだ。

「どうだ、似合うだろ？」

ランドラードは黒っぽいスーツを着ていた。袖丈が少し短いが、充分ごまかせそうだ。

ガブリエルは綿のズボンとチェックのシャツ、セーターを引っ張り出し、重苦しい気持ちで試着した。彼は鏡に映った自分の姿を眺めた。まるで別人のようだ。ランドラードはもうどこかへ行ってしまった。

引き返すと、ランドラードは部屋の入り口からベッドにむけて小便をしていた。

18

ヌイイにあるドクター・ティリオンの家は、静かな通りに面した大きな四角い建物のひとつだった。十九世紀以来、ブルジョワたちは富の証を示そうと、そんな建物を建てたのだ。ルイーズはその前を一度通りすぎながら、家に目をやった。玄関に続く階段、窓にかかったカーテン、屋根のうえに突き出した木々の梢。裏側に庭が広がっているのだろう。すばらしいお屋敷だ。蘭の温室、噴水のある池、彫像……彼女はそんなものを思い浮かべた。

いったん交差点まで行ってから、また引き返した。

この一角は人通りが少ないので、いずれ気づかれてしまうだろう。通りを行ったり来たりしている女がいれば、すぐ人目につく。だからルイーズは、錬鉄製の柵扉の前で立ちどまった。小さな鎖の先についた取っ手を引くと、休み時間を告げる学校の鐘のような甲高い音がした。

「死産だったがね」とジュールさんは言った。

ルイーズは唖然（あぜん）として、口をぽかんとあけていた。ジュールさんの話に、一瞬息がとまった。

ジュールさんは椅子に腰かけ、あごをさすった。告白とは、真珠の首飾りみたいなものだ。いったん糸が切れると、すべてが転がり出す。

「おれは言ったんだ。〝でもジャンヌ、きみが育てねばならないんだぞ。どんな暮らしが待っているか、想像してみたのか？　子供の暮らしはどうなる？〟って。彼女もそこはわかっていた。どうしようもないじゃないか。彼女は十九歳で、妻子ある男の子をみごもってしまった。母親は烈火のごとく怒り、ご近所になんて言えばいいのかって怒鳴りまくった……でもジャンヌは、堕（お）ろすのは嫌だと言った」

ジュールさんはつらい状況を思い出し、打ちひしがれたように声を潜めた。

「結局ジャンヌは、母親の妹であるセレスト叔母さんの家へ行くことになった」

ルイーズは痩せて背の低い、神経質そうな女のことを、おぼろげながら覚えていた。ミサに出かけるとき以外、いつも青いブラウスを着て、プレ＝サン＝ジェルヴェの労働者街で低い屋根の家に住んでいた。セレストは結婚もしなければ子もなさず、戦争の終わりごろ死んでいった。誰の記憶にも残らず、本人にとってしか価値のない人生の典型のようなものだった。

「それはいつのことなの?」

「一九〇七年の春だ」

小間使いの女が階段をおりて、鉄柵の扉までやって来た。

ジャンヌ・ベルモンも若い娘だったころ、オペレッタの衣装よろしくこんな半月形の白いエプロンをして、踵(かかと)のない黒い靴を履いていたのだろうか?

「どのようなご用ですか?」

ジャンヌもこんな金属的でもったいぶった、わざとらしい声で話したのだろうか?

「ティリオン夫人にお会いしたいのですが」

「どちら様で……」

ルイーズは名前を告げた。

「お伝えしてきます……」

主人の威光を笠に着た小間使いといったところか。ジャンヌもこんなゆっくりとした、投げやりそうな歩き方で、門から屋敷へと戻っていったのだろうか?

ルイーズは鉄柵の前で、使用人みたいに待っていた。日がさんさんと照っている。あまりの暑さに、帽子の下から汗がにじみ出た。

「奥様はお会いになれないそうです」

そう言って追い返すのが喜びだったわけではないが、小間使いはきっぱりとした態度を取るようにした。命令は命令だ。

「いつごろ出なおせばよろしいですか？」

「わかりません」

取りつく島もない答えだった。誰がとは言わないこのひとことには、召使いから始まりご主人様を経て神様へ（あるいは階級闘争が目ざす天国へ。それはこの世をどう見るかによる）といたる序列（ヒエラルキー）を際立たせていた。

ルイーズはおとなしく引きさがり、大通りに戻った。これ以上知らずにすんで、正直ほっとしていた。ジュールさんに聞かされたことだけでも、充分悲しかったから。そう、彼女はほっとしていた。ジュールさんとホテルの女主人が打ち明けた話で、もうたくさんだ。ほかにはなにも知りたくない。

路線バスの運行はめちゃくちゃだったけれど、地下鉄の駅は離れているので、ルイーズはバス停で待つことにした。

通りを走る車のなかには、屋根にまで箱やスーツケースを積んでいるものが何台もあった。まるでパリの住民の半分が、逃げ出そうとしているかのようだ。バスに乗ろうとやって来た人々は、待ちくたびれてどこかへ行ってしまったが、ルイーズはコートを腕にかけてその場にとどまった。このあと特に予定はないし、疲れてもいない。彼女は小間使い姿の母親を想像してみた。愛人の家族に仕えて身のまわりの世話をするなんて、ありえないわ。そうして欲しいと、ドクターがたのんだのだろうか？　十九歳の母が妊娠を知ったときのことを想像してみた。母は子供を亡くしていた。赤ちゃんができないと言って娘が泣き叫んでいるとき、彼女はどんな気持ちでいたのだろう？　ルイーズは母からかけられた慰めの言葉を思い出そうとしたけれど、記憶は混乱していた。母親の顔さえよみがえってこない。ルイーズが知っていた母は、話のなかに出てきた女とまるで別人のようだった。

バスがいっこうに来ないので、とうとうルイーズもあきらめ、歩き出そうとした。いや、ティリオン夫人が家から出てくるのを見て、彼女は立ちどまった。

二人は数メートル離れ、びっくりしたように顔と顔を見合わせた。

ティリオン夫人のほうがすばやかった。彼女は顔をあげると、急いでバス停の前を通りすぎた。しかし、もう手遅れだった。思いがけない遭遇は、すでに起きてしまった。ルイーズはなにも考えずに、ティリオン夫人のあとを追った。こうして二人はしばらくのあいだ、互いに相手のようすをうかがいながら歩いた。やがてティリオン夫人が耐えきれなくなり、ふり返って言った。

「夫は自殺したんですよ。それだけでは、まだ足りないんですか？」

なんて馬鹿げた反応をしてしまったんだろう。ティリオン夫人はすぐさまそう気づいて、また歩き始めた。しかし心はもう、うわの空だった。自己嫌悪に駆られているのが、乱れた足どりにもあらわれている。彼女のなかで、なにかが崩れ落ちようとしていた。もうこれ以上、持ちそうもない。

ルイーズは彼女のあとを、ただ歩き続けた。なぜそんなことをしているのか、このあといったいどうなるのか、自分でもわからなかった。ひと騒動もちあがるだろうか？　ティリオン夫人の家から三百メートルほどの、こんな道の真ん中で？

「どうしろっていうんです？」とティリオン夫人は、またふり返って言った。

いい質問だ。ルイーズだってわからない。

相手が黙っているものだから、ティリオン夫人は歩き始めたが、ほどなくまた立ちどまった。こんな馬鹿げた追いかけっこを、いつまでも続けているつもりはない。冗談じゃないわ、これ以上このわたしが我慢できるはずないでしょ。でもアパルトマンの管理人連中みたいに、歩道で言い合いなんかするわけにいかないし……

「いらっしゃい」とティリオン夫人は横柄な口調で言った。

二人は近くのティーサロンに入った。

ティリオン夫人はむっつりした、厳格そうな表情でルイーズに言った。それじゃあ、お話ししましょう。でも、手っ取り早く片づけてちょうだいね。

「紅茶を。ミルクを少しだけ入れて」

ティリオン夫人は小間使いに言うような口調で注文をした。ル・ポワットヴァン判事の部屋では、悲しみに打ちひしがれていた。しかし彼女の骨ばった気難しげな顔や、生き生きとした目のなかをいくら探っても、ルイーズが覚えているあのときの面影は、もうどこにも見つからなかった。

「同じものを」とルイーズは言った。

「いいでしょう」とティリオン夫人は言った。「結局のところ、これでよかったのかもしれないわ。わたしのほうからも、たずねたいことがあるし」

ルイーズは相手の質問を待たず、淡々と簡潔にすべてを話した。まるで自分とは関係のない三面記事を話題にしているかのような口調だった。彼女はホテルのこと、客室のことを語ったが、そこに浮かびあがるのはジャンヌ・ベルモンの姿だった。十七歳の少女は三十数年前、同じ男と逢引きをしに、ルイーズと同様あのホテルにやって来た。

ティリオン夫人はルイーズに勧めず、自分のカップに紅茶を注いだ。お互いのテリトリーを分ける境界線が、テーブルの真ん中に引かれていた。

「夫はジャンヌと出会ったとき、四十を超えていました」

ティリオン夫人もルイーズの質問を待たずに、自分の話を始めた。

「そんなこと、受け入れられるはずないでしょう?」

彼女は前で両手を組み、ティーカップをじっと見つめている。それはもはや判事の部屋で悲嘆に暮れていた未亡人でも、この話し合いに応じた横柄なブルジョワ女でもなく、夫の行状に傷つけられたひとりの女、ひとりの妻だった。

「二人の関係を受け入れていませんでしたが、理解はしていました。わたしたちの結婚生活は、とうの昔に形だけのものでしたから。実のところわたしたちは、初めから愛し合っていなかったんです。だから驚くにはあたりませんよ。たとえ彼が……」

ティリオン夫人は諦観したように肩をすくめた。

「夫はわたしの友人たちと、関係を持つようになりました。それに比べれば、小間使いを相手にしているほうがまだましだと思ってたわ。けれどもほどなく、わたしは気づきました。これは単に体だけの関係ではないのだと。それだったら、もう慣れっこだったけれど……熱愛の現場を目のあたりにさせられるのは、はるかにつらく屈辱的です。自分の家にいても、どこかで二人の現場に出くわさないかと、いつもびくびくしていました。娘がそんなところを見てしまわないかと心配でした。だからわたしは、ジャンヌを辞めさせることにしました。二人はホテルかどこかで会うかもしれないけれど、もうそんな話は聞きたくもなかったわ」

ティリオン夫人は目でウェイトレスを探し、膝のバッグをつかんだ。

「夫はここ最近、めっきり老けこんでいました。突然、老いがやって来たかのように。医者を引退してからも、歴史や文学、園芸に熱中していたのに、ある日いきなりよろよろと歩く老人になってしまった。身のまわりにもあまり気をつかわず、もの忘れをしたり、同じ話をくどくど繰り返したりで。自分からはひとことも言わなかったけれど、夫はそんな衰えに気づいていると、わたしにはわかっていました。彼は決着をつけたかった、誇りは失っていなかった。落ちぶれたところを見せまいと、死を選んだのです。あんなふうに死のうと思っていたなんて、想像もしていなかったけれど……あの事件があなたにとってどんなにつらいことだったか、とてもよくわかるわ。だからこそ、告訴はしなかったんです」

ティリオン夫人はカウンターを見やり、ウェイトレスを呼んだ。

「夫はあなたを苦しめるつもりじゃなかった、それはたしかです」

ティリオン夫人の口からそんな言葉が出るとは、予想外だった。愛してもいなかった男、自分を欺いた男を弁護するなんて。彼のせいで、予審判事の前に引っ張り出される羽目になったというのに。

ウェイトレスが伝票を持ってくると、ティリオン夫人はバッグから札入れを出した。ルイーズはそれを遮るように、ひとこと言葉を投げた。

「で、赤ん坊のことは?」

ティリオン夫人は手を途中で止めた。ここまで打ち明ければ、それで終わりだと思っていたのに、まだ充分ではなかったらしい。

「これを」と言って彼女はお札を差し出し、ウェイトレスをさがらせた。

ティリオン夫人はしばらく目を閉じていたが、やがて勇気を奮い起こして目をあけ、うつむいた。

「夫にとっては、予想外の出来事でした。医者のくせにね。ジャンヌはどうしても……ともかく彼女は産みたがりました。さすがにわたしも腹に据えかね、夫に決断を迫りました。ジャンヌとわたし、どちらを選ぶのかって」

怒ったようにそう言う口調には、固い決意が感じられた。それを前にしたら、ドクターも譲らざるを得なかっただろう。

話し合いの初めから、ティリオン夫人は〝ジャンヌ〟と言っていた。会話の相手がその娘ではなく、近所の知り合いででもあるかのように。

「ジャンヌには選択の余地がありませんでした。まだ未成年で、一人前になっていない身です。夫の心を揺さぶるために、この妊娠にしがみついたのです……」

ティリオン夫人の目つきが険しくなった。

「つまり彼女は、やれるだけのことをしたってことね。でも、うまくいかなかった」

ティリオン夫人は一歩もあとに引くまいとする、きっぱりとした態度で臨んだのだろう。それを思い出したかのように、首を横にふった。沈黙が続いた。

まさにこの瞬間、二人の思惑がさまざまに交錯した。

もしもルイーズが感情の昂ぶりを抑え、必死に平静を装わなかったなら、そして赤ん坊がどんなふうに死んだのかとたずねていたならば、事態はどうなっていたことか？　おそらくティリオン夫人は、ルイーズが信じるような答えをその場ででっちあげていたに違いない。死産の話はまわりでいくらでも耳にしていたはずだし、ましてや開業医の妻ともなればなおさらだ。それをもとにして月並みな話をまくしたて、難なく窮地を脱することができたろう。

けれども腹の探り合いで、辛くも勝ったのはルイーズだった。

ルイーズは重苦しい沈黙がいつまでも続くにまかせた。とうとうティリオン夫人が音(ね)をあげた。

「赤ん坊は生まれるとすぐに捨てられた。夫が手はずを整えて。わたしは診療所を売らせ、夫婦でここへ引っ越してきました。そのあとジャンヌがどうなったのか、なにも聞いていないし知ろうともしませんでした」

「捨てられたっていうのは……」

「養護施設によ」

「女の子、それとも男の子？」

「男の子だったはずだわ」

ティリオン夫人は立ちあがった。

「あなたには大変な経験だったでしょうけど、お金のためにしたことよね。わたしはなにも求めませんでした。ただ、家族を守りたかっただけで。あなたのせいで、つらい出来事を思い出さねばなりませんでした。できれば、もうお会いしたくありません」

ティリオン夫人は返答を待たずにティーサロンをあとにした。

ルイーズはしばらくそこにとどまった。紅茶には口をつけなかった。母親とドクターのあいだに生まれた男の子は、どこかで生きているかもしれない。

19

「フランスはようやく落ち着きを取り戻しました……」

当然しごくの結果じゃないか！　わずかなニュースの片々から、楽観的なメッセージを大々的にぶちあげる捨て身の作戦で、デジレ・ミゴーが情報省で賞賛の的になってこのかた、とうとう真に心躍らせる知らせで彼が報いられるときが来た。どうだとばかりに胸を張ってもいいところだろうに、それは彼のやり方ではなかった。誉め言葉だけで充分だ。デジレは人さし指で、眼鏡を鼻梁（びりょう）のうえまで押しあげた。

「……というのもペタン元帥が国家相、副首相として内閣に加わったのち、今度はウェイガン将軍が国防参謀部の長となり、作戦地域をすべて取り仕切る総司令官に任命されることになったからです。ヴェルダンの戦いの勝利者とフォッシュ元帥の愛弟子に、戦いの指揮は委ねられました。フランスは安堵のため息をついています。ペタン元帥のどっしりとした威厳と強靭な精神に、ウェイガン将軍の的確な判断力と持って生まれた軍配の才が結びつくことになったのです。そして今、誰ひとり疑う者はいないでしょう。一九一八年十一月、ドイツ軍に対して休戦協定の条件を突きつけた男が、数週間後にまたその役割を演じることを」

ヴァランボンは『ドン・ジュアン』に登場する騎士団長の彫像のように部屋の奥から身を乗り出し、デジレの活躍を日に二回、じっくりと観察し、どこからともなくあらわれて、前歴もさっぱりわからないこの男の秘密を見抜こうとした。

デジレ・ミゴーは前線地域各所におけるフランス軍の形勢を詳しく読みあげ、ドイツ軍の侵攻は〝いたるところで食い止められている〟と結論づけた。そのあと彼の名人芸に誰もがいま一度感嘆したのは、ひとりの新聞記者が質問の手をあげたときだった。記者はウェイガン将軍の任命ではなく、もはや話題にならなくなった前任者ガムラン将軍の排斥(はいせき)についてあえて質問した。

「輝かしい勝利の確信が、手から手へと受け渡された、要はそれだけのことです。ガムラン将軍はフランス軍を、ドイツの圧力を食い止める不落の壁としました。ウェイガン将軍にはこの壁を一歩一歩着々と前に進め、追いつめられた敵を完全に壊滅させる任務が課せられるでしょう。いずれ劣らぬ両雄は同じ意志を分かち合い、軍を率いる者に不可欠な三つの資質を持っています。すなわち指揮の才、先見の明、組織化の手腕を。〝軍隊は前進し続けねばならない。みずからに託された祖国の土をわずかなりとも見捨てることなく、命をかけて戦わねばならない〟――ガムラン将軍が発したこの厳命を、後任者もまた受け継ぐことでしょう。奇跡がいかになされるかを、ドイツに思い知らせようではありませんか」

ヴァランボンもみんなと同じように感心して聞いていたが、彼の場合、ひとの能力を認めることは、つねに妬みへと変じた。そこでヴァランボンはまず次官のもとへ押しかけ、お気に入りの若者について質問攻めにした。けれども戦況は芳しくない。悪いニュースが次々に伝わってくる時期とあって、人々に安心感を与える言葉をどうしても見つけねばならなかった。そんなこんなでデジレは必要不可欠な、それゆえ批判を許されない人材となっていた。

ペタンとウェイガンが任命された効果は、残念ながら一時的な好転しかもたらさなかった。フランス軍が領土を守る任務に身も心も捧げていることは、誰ひとり疑っていなかったにせよ、ドイツ軍の侵攻が続いているのは否定できなかった。彼らの包囲作戦は、着々と成果をあげつつある。

ドイツ軍はまずベルギーに侵攻し、フランス軍がそれを食い止めようと集まった隙にアルデンヌの森を抜け、軍事史に名を残す大攻勢のあと、英仏海峡を背にしてフランス軍と英仏連合軍をダンケルクへと追いつめたのだった。

こんな状況だからして、フランス人の士気を高めなければ……

〝連合軍はしっかり持ちこたえている〟と、ただ繰り返しても無駄だった。ドイツ軍がアミアン、アラスに攻めこむのを見れば、気勢があがらないのは誰の目にも明らかだ。歴史的惨敗と呼ばれる事態に偽りの輝きを与えるには、デジレ・ミゴーのような男の手腕に頼るほかなかった。それこそ彼がラジオ＝パリの〈デュポン氏の時事解説〉で、毎日せっせとやっていることだった。

「こんばんは、みなさん。ボルドー在住のＶ夫人からの質問です。〝フランス軍はドイツの侵攻を跳ねのけるため、あらかじめ見積もっていたよりいささか多くの敵と対峙しているようですが、これはいったいどうしてなんでしょう？〟――ジングル――フランス軍が直面している困難の真の原因は〝第五列〟、すなわちわれわれの地に隠れ住む工作員の存在です。彼らの任務は、フランス軍の行動を妨害することにあります。近ごろドイツ軍が北フランスに、五十人近くの若い女（そのほうが男よりも目立たないので）をパラシュートで投下したことをご存じでしょうか？　彼女たちの任務は鏡を使ったり、インディアンのように狼煙（のろし）をあげたりしてドイツ軍に合図を送り、フランス軍の位置を知らせることなのです。女スパイたちは捕まりましたが、悪だくみは行なわれたあとでした。農民として潜入していたスパイが、野原の牛を使ってドイツ軍に道案内をしていた証拠もあります。吠え声でモールス信号を送るよう裏切り者たちに調教された犬を見つけたとき、フランス軍将校の驚きはいかばかりだったことか。ほんの一週間前に撃墜されたドイツ軍機には、なんとバッタの卵がいっぱいに積んでありました。やつらはそれを、われわれが収穫した農作物のうえにまき散らそうとしていたのです。こうした〝第五列〟のなかには、共産主義者（コミュニスト）も含まれています。彼らはたとえば郵便局に入りこみ、集配作業を攪乱してフランス国民の意気を阻喪（そそう）させんとしています。工場でのサボタージュは数知れません。おわかりいただけたでしょうか、V夫人。〝第五列〟、これこそフランスの大きな敵なのです」

この〈時事解説〉が、フランス国民の士気を立てなおすのに有効なプロパガンダたりえていたかはわからないが、少なくともなにか手を打っている気持ちにはなれたし、みんなデジレの愛国心あふれる尽力に感謝していた。

ヴァランボンはデジレに関する資料の一言一句を検証して、毎日すごしていた。もっとも手に入った資料は、デジレが情報省へ来たとき次官に提出した簡単な履歴書だけだったけれど。

「見てください。ここにこう書かれています――〝一九三三年、フルリーヌ高校（オワーズ県）在学〟。妙だと思いませんか、この男が学んだというフランスの高校は、一九三七年に記録が焼けているんです」

「彼が火をつけたとでも？」

「まさか、そんな。しかし、事実を確かめようがない、そういうことです」

「真偽を確かめられないからといって、嘘だとはかぎるまい」

「それじゃあ、こっちはどうですか。〝科学アカデミー会員オルサン氏の個人秘書〟とありますよね。オルサン氏は去年亡くなっていて、家族はみんなアメリカで暮らしています。彼に関する書類がどこにあるのかもわからず……」

次官はこうした一連の要素では、充分に説得力のある話だとは思えなかった。結局、事実が確かめられないというだけではないか。

「結局、きみはどうしたいんだね？」

ヴァランボンは文字どおり、障害が多いほど燃えるタイプだった。強迫神経症にかかった者の多くがそうであるように、彼は調査に乗り出したもともとの理由を見失いぎみだった。

「突きとめてやりますよ……」と彼は答え、怪しいところだらけの書類が詰まったぶ厚いファイルを手に、もう一度きっちり調べなおそうと心に誓いながら戻っていった。

ヴァランボンのやつ、つまらないことを言いやがって。次官はそう思ったものの、もしかして、という気もし始めた。余計な心配はしたくないと、彼はデジレ・ミゴーを呼び出した。

「デジレ君、きみが秘書をしていたオルサン氏とは、どんな人だったんだね？」

「とても愛想のいいかたでしたが、残念ながら病身で、ぼくがお仕えしたのはたった四カ月でした」

「ふむ……それで、きみの仕事とは？」

「量子力学のメカニズムに関する資料を集めることです。不可換な規模の可測性制限について」

「つまり、きみはその……物理学にも詳しいと？」

次官はびっくり仰天していた。デジレはぶ厚い眼鏡のうしろで、神経質そうに目をぱちぱちさせた。

「詳しいというほどではありませんが、勉強してみるとなかなか面白いものですね。たとえばハイゼンベルクの相互法則が予見していたのは……」

「わかった、わかった。たしかに興味深いが、今はそんなことを論じている場合じゃない」

わかりました、とデジレは身ぶりで答え、次の声明(コミュニケ)の原稿を差し出した。〝ドイツ軍、フランドル地方で大敗。フランス部隊、ソンムで目覚ましい活躍を〟などなど、とある。履歴書に書いた学歴、職歴は、いくら念入りに準備したものとはいえ、いつまでも持ちこたえられないと、デジレにはわかっていた。いずれヴァランボンの執念が、実を結ぶ日が来るだろう。けれどもデジレは恐れていなかった。フランス軍が完敗を喫するときまで、この地位にとどまってやる。その期限はもう、さし迫っているけれど。

ドイツ軍は日々侵攻を続けた。受けて立つフランス軍、英仏連合軍兵士も、戦略上の拠点を守っているあいだは意気軒昂だった。けれども、遅かれ早かれドイツ軍と対峙し、海辺へ追いつめられるだろう。そうなれば皆殺しか敗走か、おそらくはその両方だ。フランス全土が侵略されるのを、もはや食い止める手段はない。数日でヒトラーがパリへとやって来て、デジレはこの戦争と決着をつけることになる。それまで、彼は仕事を続けた。

「こんばんは、みなさん。グルノーブル在住のRさんから、〝第三帝国の指導者たちの現状をどう捉えているか〟という質問が届きました。――ジングル――ラジオ＝シュトゥットガルトを信じるならヒトラーは有頂天ですが、われわれの諜報部は第三帝国にとって好ましくない情報を伝えています。そもそも、ヒトラーは重病です。彼は梅毒に冒されていますが、それは驚くにあたりません。必死に隠していますが、彼は同性愛者です。みずからの欲望を満たすため、何人もの若い男を連れこんでいるのです。しかもそのあと若者たちの行方は、杳として知れません。そもそもヒトラーは、睾丸がひとつしかない性不能者です。それが嵩じて、精神を病んでしまったのです。荒れて大暴れすることもあれば、何時間もじっと落ちこむこともあるそうです。ドイツ軍司令部の状況も、これに劣らずひどいものです。後ろ盾を失ったリッベントロップはナチの財宝を持って逃亡し、ゲッベルスはほどなく裏切り者と断ぜられるでしょう。健全な精神と明晰な頭脳を持った指導者を持たないドイツ軍は、たったひとつ、後先のことを考えずにできる道を選ばざるを得ませんでした。まっすぐ前に突き進むという道を。われらが軍の指導者たちは、それをよく心得ています。ドイツ軍が狂気の進軍を続けるに任せ、もはや抵抗できなくなったころあいを狙ってストップをかけようというのです。その日は遠くないでしょう」

20

戦闘の音が夜のあいだに近づいてきたが、ガブリエルはぐっすり眠った。家主の浴室はセラミック製で、冷たい水しか出なかったけれど、ようやくきちんと体を洗うことができて少しすっきりした。彼は服を着て、一階におりた。ランドラードは屋敷じゅうを荒らしまわったあとだった。

「あきれたもんだ。この家のやつら、金目のものはそっくり持って出ていったようだな、馬鹿野郎め」

ひとりは綿パン、もうひとりはサイズの合っていないスーツ。そんな姿を見合っていたら、ガブリエルはまた居心地が悪くなってきた。

「これでいよいよ脱走兵だな……」

「平服の兵士さ、軍曹殿」

ランドラードはボール紙のスーツケースを指さした。

「このなかに軍服が入っているから、いざとなったらまた着替えるさ。まだ戦う気力のあるフランス軍とどこかで出会い、少なくともひとり、有能な指揮官がいればな。あん畜生どもをぶちのめしてやるさ。それまでは……」

彼は家から出て、車に乗ると、エンジンをかけた。ほかにすべきことがあるだろうか？これからパリへむかうのかと思うと、ガブリエルは安堵した。ランドラードは好きにすればいい。おれは参謀本部に出頭して、指示を仰ごう。

ガブリエルは地図を確かめた。今いる正確な位置も、よそで何が起きているのかもわからない。ただむこう側の三、四十キロ先に、戦闘の赤い輝きが見えるだけだ。戦闘機の爆音も聞こえるが、侵略軍のものなのか、英仏連合軍のものなのかは判然としなかった。

庭から出ると、難民の群れと出会った。昨日よりずっと数が多い。車に乗る者、歩く者と移動手段はさまざまだが、みんなおおよそ南西方向へむかっている。二人も同じ列に加わった。戦闘の音がこだましてくるのは、ドイツ軍がかなり迫っている証拠だろうか？どこまで来ているのだろう？　もしかして、飛んで火に入る夏の虫ではないか？　難民の流れについていくのが無難だろうが、こんなふうによく考えもせず進んでいいものか。ガブリエルはだんだんと苛立ってきた。

「ちょいと訊いてこよう」とランドラードは言って、ブレーキをかけた。

だったら、もっと早く車を止めてもよかったのに。けれどもガブリエルは、すぐにぴんときた。女が二人、自転車を漕いでいる。

自転車が止まると、ランドラードはがっかりしたようだ。女は二人とも、あんまり美人でなかったから。ヴージエから来て、ランスにむかっているのだという。彼女たちの話は要領を得なかったが、いずれにせよ事態はよくなさそうだ。ドイツ軍は〝スダンで大殺戮を行ない〟、ラン、サン＝カンタン、あるいはノワイヨン方面にむかっているらしいが、たしかなことはわからない。やつらはなにもかも破壊し、〝女子供も含め、村々の住民を銃で皆殺しにしている〟という。たくさんの戦闘機が飛び交い、〝何千台もの戦車〟が押し寄せ、ルテルの側の空には何百というパラシュートが見えて……二人の女は隣の地方の出身だったので、地図を確かめて現在位置の見当がついた。ここはモナンヴィルのあたりらしい。

「よし」とランドラードは言った。「それじゃあ、出発だ」

三十分ほどすると、ランドラードは顔を曇らせた。先ほど聞いた話が心配になったからではなく、ガソリンが切れかけていたからだ。

「あんまり遠くまで行けそうもないな。この車、馬鹿みたいにガソリンを食いやがる。これじゃあ、食べ物にありつく前に立ち往生だ。もう、腹ぺこだぜ。馬一頭、平らげられそうだ」

車のスピードは、どんどん遅くなっていく。地図によると、あと十キロほどでパリにむかう国道に出られるはずだ。どうせ走れなくなるなら、わけのわからないところよりも人通りのある道のほうがいい。

とうとうガソリンが空になり、ランドラードはゆっくりブレーキをかけて車を止めた。

「ありゃ、ラクダじゃないか？」と彼は唖然としたように言った。

「正確に言えば、ひとこぶラクダだな」とガブリエルが答える。

大きな動物がもぐもぐと草をはみながら、二人の目の前を哀れっぽい足どりで横ぎっていく。ラクダはこちらをふりむきもせず、側溝をこえて遠ざかっていった。こいつは夢じゃないか。二人は顔を見合わせた。左には、木立に隠れて平野が続いている。ランドラードはエンジンを止め、二人は車を降りた。

生垣のむこうに広がる空き地に、大型馬車が三台捨てられていた。そのうちひとつは、荷台が鉄柵に囲まれている。さっきの獣は、きっとあそこから逃げ出したのだろう。もう一台の馬車の側面には、黄色い髪と赤い口をした陽気なピエロのポスターが張ってあった。

ランドラードはすぐさま嬉しげな声をあげた。

「おれはサーカスが大好きなんだ。あんたは？」

彼は答えを待たず、一台目の馬車のステップをよじ登り、ドアノブをまわした。ドアは難なくあいた。

「きっとなにか食い物があるぞ」とランドラードは言った。

ガブリエルもそっと用心深くあとに続いた。強烈な臭いがした。今まで嗅いだことのない、野生動物のような臭いだ。壁面にベッドが四つ、小さな鎖で固定してあり、そのうえにポスターや道具箱、食器が山積みになっている。着の身着のまま、あわてて逃げ出したらしい。いや、もしかして、略奪されたあとかも。戸棚の扉や大箱のふたがあいて、衣類が一面に散らばっている。サーカス団の馬車というより、ホームレスの隠れ家かと思うような雰囲気だ。引き出しのなかはからっぽだった。なにもかも、すっかり持ち去られたあとだ。引き返そうとしたとき、左側でガサッと動くものがあった。ランドラードは腕を伸ばし、タータンチェックの毛布を引きはがしてぷっと噴き出した。

「小人じゃないか。こんな近くで見るのは初めてだ」

それは大きな頭と小さな体をした男だった。ボールみたいに丸まって大口をあけ、今にも泣き出しそうに目を潤ませている。男は腕をふりあげ、手をぱたぱたさせて身を守ろうとした。

「放っておけよ……」とガブリエルは言って、ランドラードの袖を引っぱった。

けれどもランドラードは、面白いものを見つけたとばかりに夢中になっている。

「こいつ、いくつなんだろう？」

彼はびっくりしたようにガブリエルをふり返った。

「こいつらの歳って、わからないよな」

ランドラードは男の腋の下に手を入れ、持ちあげようとした。

「こいつを走らせたら、きっと愉快だぞ」

ガブリエルはさらに強くランドラードの腕を握った。けれどもランドラードは、びくともしなかった。男は恐怖に凍りつき、腕を胸に押しつけてなにか隠している。ランドラードはぐいっとその腕をつかんだ。

「くそっ」と彼は笑いながら言った。「こいつめ、やけに力が強いな」

ガブリエルは「よせよ、放っておけ」と繰り返してランドラードを引っぱったが、相手はどこ吹く風だった。彼は隠れ場所から男を引っ張り出そうとし、途中ではっと手を離した。

「おい、見たか？」

男が隠し持っていたのは、小さな猿だった。猿は怯えた顔で、木の葉のように震えていた。焼きたてのクロワッサンみたいに温かく、柔らかな毛並みと大きな耳をして、丸い目をぱちぱちとすばやくしばたたかせている。ランドラードはまだ呆気に取られていた。彼は猿を抱き寄せ、そのちっちゃな手に見とれた。

「痩せっぽちだが、これが普通なのかも」と彼は言った。「犬だって、いくら餌をやっても、肋骨がごつごつしているからな」

ランドラードは馬車のステップを降りた。猿は陽光を避けて体を丸め、まぶしそうにランドラードにしがみついた。ランドラードはシャツの下に猿を突っこんだ。すると猿はもう動かなくなった。

ガブリエルはまだ馬車のなかで、腕をぶらぶらさせていた。どうしたらいいだろう？ふり返ると、小人の男は手で顔を覆っていた。

「おれは……あんたが必要なら……」彼はそう言いかけたが、最後まで言葉が続かなかった。

ガブリエルはうろたえ、怯えたように、馬車の外へ飛び出した。

ランドラードの姿はない。

「ラウール！」

そう呼びかける自分の声に、ガブリエルは不安げな響きを感じた。

車に戻ってみたけれど、誰もいなかった。彼はきょろきょろとあたりを見まわした。この先は、ひとりで行かねばならないのだろうか。でも車は運転できないから、身動きが取れない。どのみち、もうガソリンがなかったんだ。ガブリエルは不安のあまり、息が苦しくなった。

「おい、軍曹」突然、ランドラードの嬉々とした声が聞こえた。

ランドラードはサーカスの自転車にまたがっていた。ハンドルとペダルしかついていない、簡素な二人乗り自転車だ。彼はペダルを逆踏みしながら急ブレーキをかけ、自転車を横倒しにした。まだ嬉しそうに笑っている。

「いやはや、こいつは思ったより難しいぞ」

ガブリエルは首を横にふった。だめだめ、問題外だ。

「大丈夫だって。車はあと十キロも持たない。そのあとはどうする？　歩くっていうのか？」

暑くなってきた。車のなかでは窓をあけ放していたので感じなかったが、こうして木陰のない場所に立っていると、照りつける陽光が肌を刺す。小猿にとってはちょうどいい天気でも、人間には……自転車を起こすランドラードのシャツを、猿はこぶのように膨らませていた。

「こんな日なたを歩いていきたいのか？」

「軍服はどうする？」

小猿は自分が答えるとでもいうように、怯えた顔をのぞかせた。

「ほら、面白えだろ」

「彼に猿を返してやれよ」とガブリエルは、馬車を指さしながら言った。けれどもランドラードは、もう自転車にまたがっていた。

「さあ、どうする？」

ガブリエルは左右を見まわし、あきらめて自分もまたがった。ランドラードは彼を前の席にすわらせた。クランクが短くて、ペダルを踏みにくかった。ランドラードはメリーゴーラウンドにでも乗っているみたいに、楽しげに笑っている。自転車は初め、ぐらついていたが、スピードが出始めるとなんとか安定したようだ。車を追い抜いて県道へ出るとさらに速度をあげ、まっすぐに走るようになった。

ランドラードは口笛を吹いて、すっかりバカンス気分だ。

「〝祖国に思いを馳せ、断固たる決意を胸に呼び覚ませ〟ってか」と彼は大笑いしながら叫んだ。

ガブリエルはあえてふり返らなかったけれど、ランドラードはペダルを踏んでいないと確信していた。回転するペダルに、ただ足を乗せているだけだ。そのとき突然、どういうわけか、猿が恐慌をきたした。

「あ痛っ！」とランドラードが叫び、自転車がぐらついた。「この野郎、噛みつきやがった」

彼は猿の首をつかみ、ごみ屑みたいに遠くへ投げた。ガブリエルがふり返ると、小さなシルエットが宙を飛び、側溝に落ちるのが見えた。彼はすぐに自転車を止め、横倒しにした。ランドラードは自分の手を見て、それを口にあてた。

「あの猿公（エテコウ）！」

ガブリエルは側溝へ走り、小猿を踏みつぶさないよう慎重にあたりを歩き始めた。けれども街道の脇は長らく手入れが滞っていて、草が伸び放題になっていた。茨（いばら）の枝も絡まっていて、なかなか近づけない。動くものはなにもない。彼は一歩踏み出し、努力の甲斐はないと悟って道をふり返った。ランドラードが自転車を押して、遠ざかっていく。もう、ずいぶん離れてしまった。ガブリエルは力なく側溝を見つめた。おれは今まさにこの瞬間、二百グラムの小猿のせいで泣きそうになっている。そう気づいたら、ますます悲しくなった。ランドラードが国道に通じる道の真ん中に立っているのが見えた。

それはまるで、突然舞台の幕があき、あらたな場面があらわれたかのようだった。これまでとは打って変わったありさまに、二人はその場に立ちすくんだ。

そこには何百人もの群衆がいた。老若男女入り乱れて、同じほうへと歩いていく。じっと考えこむような顔、打ちひしがれた顔、怯えた顔の列が、どこまでも続いていた。ガブリエルは茫然として自転車に手をかけ、二人で人ごみのなかへと走り出した。

「こりゃいい！」とランドラードは言って、スポーツの名演を見たかのように首を伸ばした。

たまたますぐ近くを、馬に引かれた荷馬車が通った。まわりを歩く家族のなかに、ブルネットの短い髪をした若い女がいた。顔には疲れがにじみ出ている。

「どこから来たんですか？」とランドラードはにこやかにたずねた。

「答えるんじゃありません。こっちへいらっしゃい」と母親が迷惑そうに、娘に言った。ランドラードは勝手にしろというように両手をあげたが、機嫌を損ねたふうでもなかった。

彼らは進み続けた。パンクした移動衛生班の車が、側溝に停まっていた。隊からはぐれた歩兵が二人、落胆したように標石に腰かけ、ひと息ついている。

何台もの車、牛に引かれた荷車、手押し車が押し寄せてくる。錯乱した老人たち。松葉杖をつきながら、誰より速く歩く男。ひとかたまりになった群衆。あらゆる年代の子供たちがいるのは、学校じゅうの生徒が集まって避難しているからだろうか。みんな、手を離すんじゃない、離れるんじゃないと、教師だか校長だかが絶えず甲高(かんだか)い声を張りあげている。恐怖に駆られているのは子供たちのほうか先生のほうか、わからないほどだ。スーツケースを脇にくくりつけた自転車。赤ん坊を抱きしめた女。なかには両手で二人の赤ん坊を抱いている女もいる。ぎゅう詰めの人波が、どこまでも続いた。罵り声があちこちであがった。助け合うのはいっときだけ、みんなすぐまたわが身のことに戻り、押し合いへし合いが始まった。農民の荷馬車が横転し、男が手を貸した。男は立ちあがると、狂乱したように「オデット、オデット」と叫んで、あたりをぐるぐる見まわした。男の声は絶望に満ちていた。

生まれも育ちもさまざまな人々が、今ここでみな悲嘆に暮れている。その気持ちがひしひしと伝わって、ガブリエルは胸を打たれた。ろくな武器も持たず、あきらめきったような兵士もいた。薄汚れた軍服を着て、足を引きずる彼らの姿は、群衆の惨めな境遇を際立たせた。まるで沈みかけた船のうえで、死を待つ者のようだ。ドイツ軍の攻撃により家を追われただけでなく、自分たちの軍隊まで次々に敗走し始めている。

群衆は突然、四本の街道がぶつかる十字路に出た。どこまでも続く長い行列をつくる虫けらのような人の群れが、重い足を引きずるようにしてただ黙々と歩きながら、狭い四つ辻に集まってはまた散っていく。あたりには家畜市さながら、雑多な叫び声が響いていた。

お互い、誰も目に入っていない。指揮を執る将校も、守ってくれる憲兵もいなかった。小柄な上等兵がひとり、身ぶり手ぶりで話していたが、なんの役にも立たなかった。彼が発する命令は、ぶんぶん唸るエンジン音や、荷車を引く牛の鳴き声にかき消されてしまった。荷車には家具やマットレス、それに子供までが山積みになっていた。ガブリエルはそんな群衆の人いきれに圧倒され、途方に暮れた。クラクションを鳴らすバイクのうしろからシトロエンが続き、人ごみのなかに道がひらいた。みんなさっとあとずさりする。ガブリエルが目をやると、閉まった窓ガラスのむこうに高級将校の軍服と階級章が見えた。

ようやく十字路を抜けた。難民の列は遥か彼方に続く道へと、ひだが延びるように広がっていく。

ランドラードは家畜市にいるような気軽さで、街道の誰彼となく声をかけていた。みんなドイツ軍から逃れてきた人々だった。ドイツ軍はフランス国内へ兵を進め、各地で恐怖をまき散らし、村々を破壊し、大量虐殺を続けているという。ランドラードは食べ物をくれないかと頼んで、あちこちから果物やパンのかけらを集めたが、空腹を満たすにはほど遠かった。もう体じゅう、くたくただった。喉も渇いていたけれど、水を手に入れるのはひと苦労だった。みんな自分の分しか持っておらず、こんなかんかん照りとあって、分けてくれる人はいなかった。長くて陰気な街道沿いには、村のひとつもなかった。

「運試しに、あっちにまわってみようか」とランドラードは、〝アナンクール〟と書かれた標示板を指さして言った。

ガブリエルはためらった。

「ほらほら、行こうぜ」ランドラードは言い張った。

二人は自転車にまたがり、しばらくよろよろ走っていたが、やがて順調にスピードが出始めた。

軍用トラックが一台だけ、追い越していった。うしろの荷台には、軍服姿の男が七、八人乗っていた。

二十分ほどかかって、アナンクールに着いた。低い家が建ち並ぶ村だった。どこもドアが閉ざされ、家主は逃げ出すときにしっかり釘付けしていた。商店にも南京錠がかかり、シャッターがおろされている。終末じみた景色のなかを、二人は進んでいった。ほかのみんなは大惨事で死に絶え、自分たちだけが唯一の生存者なのではないか。そんな気がしてくるほどだった。

「見あげたもんだぜ、フランス人は」とランドラードが言った。

その激しい口調に、ガブリエルはどきっとした。

「おれたちだって、逃げ出したじゃないか……」

ランドラードは、誰もいない通りの真ん中で立ちどまった。

「いや、そうじゃない。まったく違うぞ、おい。市民は逃げ出すが、軍人は退却するんだ。ニュアンスってやつだ」

二人は車道の真ん中を歩いた。彼らが通ると、カーテンが揺れた。女がひとり、外壁に沿って鼠みたいに走り、家に入ってドアをばたんと閉めた。自転車に乗った男が不意にあらわれ、すぐにまた姿を消した。難民の列は遠くを通っているが、この村でも住民の大部分は逃げ出したあとだった。

早くも数百メートル先に、村の出口が見えた。県道がアナンクールの村を通ったのはなにかの間違いで、急いで出ていこうとしているかのように。教会の鐘楼を目印にして通りを左に曲がり、別の通りを右に曲がって、小さな空き地に出た。そこが教会前の広場ということらしい。正面にあるパン屋はまだ無事だが、カフェのシャッターは歪んで、少し持ちあがっていた。

「おい、やめろ!」とガブリエルが叫んだときにはもう、ランドラードは屈んで店のなかに入ったあとだった。

ガブリエルはため息をつき、石の階段に腰かけた。疲れのあまり、胸苦しいほどだった。彼は教会の扉によりかかった。陽光が心地いい。彼はうとうととまどろみ始めた。

振動で目が覚めた。どれくらいのあいだ、眠っていたのだろう？　どっしりした車が近づいてくる。広場に目をやると、正面のシャッターが半開きになっていた。エンジン音がさらに近づいた。ガブリエルは立ちあがってカフェに駆けつけた。身を屈めて店に入ると、なかは薄暗がりに包まれていた。小さなカウンターにふたのあいた缶詰や段ボール箱が並び、ワインの強烈な匂いも漂っている。トラックが広場に入る音が聞こえた。彼は震えながら奥へむかった。

「なんだ、あんたか……」ランドラードはしゃがれた声で言った。

彼はすっかり酔っぱらい、とろんとした目で床に寝そべっていた。すぐ脇の、地下室におりるドアはあけっぱなしになっている。煙草の箱で膨らんだポケットから、葉巻が何本かはみ出していた。

ガブリエルは身を乗り出した。おい、起きろ。ここにいちゃだめだ。トラックが停まった。店主だろうか？

左側でがたがたと動きがあった。足場が崩れるような、金属的な物音もする。

絞り出すような声とともに、勢いよくシャッターがひらき、三人のフランス兵が駆けこんできた。兵士はガブリエルを突き飛ばし、ランドラードを立たせた。そして二人をぐいっと壁に押しつけ、喉を押さえた。

「盗人め。ほかのみんなが戦っているときに、おまえら、こんなことをしているのか。卑怯者！」

「ちょっと待ってくれ……」とガブリエルは言いかけた。

けれどもすぐさまこめかみを殴られ、しばらく目の前が真っ暗になった。

「このごろつきどもをトラックに乗せろ……」と将校が命じた。

兵士たちは言われるまでもないとばかりに二人を出口に放り出し、倒れこんだところを蹴りあげて、また無理やり立たせた。ランドラードはもうふらふらだった。ガブリエルは腕で頭をかばおうとした。

二人は歩道に引きずり出され、銃床で小突かれながらトラックの荷台に乗った。三名の兵士が彼らに銃を突きつけ、残りの兵士は軍靴でまた、しこたま蹴った。

「それくらいにしとけ」と将校が言った。「あとは任せる。さあ、出発だ」

車が走り出しても、兵士たちは荷台のガードに寄りかかって蹴り続けた。二人は体を丸め、両手でうなじを押さえた。

21

母は結婚前に子供をひとり産んでいた。驚いたことにルイーズは、ほどなくこの考えに慣れてしまった。娘が妊娠しただの、闇で堕ろしただのという話はいくらでもある。家族の誰かが死んだり、相続問題が持ちあがったりすると、よくない噂があちこちから湧いて出るものだ。ベルモン家もその例に漏れなかったからといって、いたしかたないだろう。ルイーズがどうしても納得できなかったのは、その子が捨てられたことだった。重苦しい不安感が、しこりのように胸を圧迫した。それは子供が欲しくてたまらない彼女自身の気持ちと、結びついているのだろう。母さんはよくそんなことができたものだ。ルイーズは頭のなかでそう繰り返した。しかし、すぐにわかった。彼女を悩ませているのは母親の顔ではなく、ティリオン未亡人の顔なのだと。三日たっても、ティリオン夫人の傲慢で辛辣そうな灰色の目は、まだルイーズの脳裏に居すわり続けた。なにか引っかかるものがある。彼女はその正体を突きとめられないまま、ティリオン夫人との会話を何度も思い返した。

「へえ？」ジュールさんは事実を知ってそう言った。「捨てられたって？」

そのときルイーズははっと気づいた。ティリオン夫人と違って、ジュールさんの口調がとても率直だったから。赤ん坊が捨てられた、とドクターの妻は断言した。けれどもこの言葉は、すべてを語っていない。ルイーズはそう確信していた。

彼女は市役所に走った。

町は不安で熱に浮かされたようだった。真っ昼間だというのに、デモに備えるみたいにシャッターをおろしている店もあった。通行人たちは防毒マスクの容器を手に、急ぎ足で歩いていた。新聞の売り子が、「北部地方でドイツ軍の猛攻」と声を張りあげている。小型トラックにスーツケースを積みこむ青果商人の姿もあった。

この時間なら、役所もあいているだろう。そう思っていたら、閉まっていた。

ルイーズはカフェに入って電話帳を見せてもらい、それから地下鉄にむかった。午後三時で、車両は混みあっていた。途中、駅と駅のあいだで突然列車が停まり、明かりが消えると、女の叫び声や、安心させようとする男の声が響いた。明かりがつくと、乗客たちは緊張に蒼ざめた顔で、まだちかちかしている電灯を見つめた。あちらこちらで、ささやき声がした。みんな、教会のなかみたいに声を潜めている。夏のパリの暑さが、早くも車両のなかに押し寄せてきたかのようだ。各自が互いに、少し距離を保とうとした。「義理の妹が、パリを出たくないって言うんですよ。うえの息子が試験だからって」と女が話している。相手の女は、「夫が言うには、週末まで待ったほうがいいだろうって。でも、もう木曜ですから……」と答えた。列車はまた走り始めたけれど、誰にも安堵感はなかった。駅から駅へ、不安が運ばれていくだけだ。

児童養護施設は地獄(アンフェール)通りの百番にあった。行政当局もどういうつもりなんだと、みんなあきれ返っていたけれど……

それは馬蹄形の建物だった。中庭、ずらりと並んだ同じ形の窓、どっしりとしたドア。まるで巨大な学校のようだ。倉庫係が二人、封をしたボール箱を防水シートで覆ったトラックに積みこんでいる。管理人の詰め所は閉まっていて、妙に閑散とした雰囲気が漂っていた。大聖堂のように天井が高いホールに入ると、階段から職員たちの陰気な足音が聞こえた。ルイーズはやたらに矢印の入ったお知らせや、高圧的な通達の張り紙に目をやった。看護師がひとり、修道女が数人、通りすぎていった。なかのひとりが、記録保管室は事務局専用の南翼にあると教えてくれた。

「まだ誰かいるかどうかは、わかりませんが……」

ルイーズが建物の正面にある大時計を見あげると、まだ夕方前の時間だった。修道女はこうつけ加えた。

「お役人はみんな、休暇を取ってしまったんですよ」（彼女はわけ知り顔で微笑んだ）「無断でパリを出ていったひとたちも、少なくありません」

ルイーズは足音を響かせ、広い階段をのぼった。途中、誰ともすれ違わなかった。四階は屋根裏で、窓はすべてあけ放してあるのに、息が詰まるような暑さだった。ノックをしても返事はなかった。ドアを押すと、すっとあいた。職員がびっくりしたように、ルイーズをふり返った。

「外部のかたは立ち入り禁止ですよ」

ルイーズは瞬時に状況を判断し、大嫌いな行動に出た。相手に取り入るため、にっこり笑いかけたのだ。職員の男は二十歳そこそこだろうか、まだ幼いぎこちなさが残ったまま、とうが立ってしまった少年という感じだ。母親を知らなくても、母親似なのはひと目でわかる。ルイーズに笑いかけられて、彼は頬を赤らめた。若者の弁護のために言うならば、紙と埃でいっぱいのうんざりするような部屋のなかで、ルイーズの生き生きとした微笑みは、悲しみの大洋に射すひと筋の光のようだった。

「よかったら二、三分、時間をさいて、力を貸していただけないかしら」

ルイーズはそう言って、返事を待たずににじり寄った。若者の汗が臭った。彼女はカウンターに片手を置いてじっと相手を見つめ、微笑みに懇願と感謝のニュアンスをこめた。

たいていみんな、これでいちころだった。若者は助けを求めるようにあたりを見まわしたが、なにも見つからなかった。

「一九〇七年七月に見つかった捨て子の記録を調べたいのだけれど」

「だめです。それは禁じられています」

そう答えると、若者はほっとして、話はもう終わりだというように、まくりあげていた木綿地の袖をおろし始めた。

「禁じられているっていうのは?」

「法律で決まっているんです。誰も見ることができません。誰もです。中央の役所に文書で申請することもできますが、認められたことはありません。例外はなしです」

ルイーズは蒼ざめた。彼女の慌てぶりを見て、記録係の若者は少し溜飲を下げた。いいぞ、さっきどぎまぎさせられたお返しだ。けれども彼はルイーズにドアを指さすべきところを、木のカウンターのうえにたわんだ袖口をぴんと引っぱりながら、体にかかった水を払い落とすインコみたいに頭をふった。「法律です、法律なんです」と繰り返しているかのように、口がゆっくり動いている。ルイーズは手を伸ばした。ふっくらと丸い爪をした女の指が、灰色の布地に容赦なく近寄ってくる。若者は心臓がどきどきした。

「誰にもわからないわ」とルイーズはやさしく言った。「同僚の人たちはほとんどみんな、もう仕事を放りだしてしまったんでしょ」

「そういう問題じゃありません。クビになってしまいます」

議論の余地はないぞ。若者はもう一度、深呼吸をした。そんなこと、誰にも求められる筋合いはないぞ。仕事もキャリアも昇進も、これからの将来、人生すべてが台なしになるかもしれないのに。

「それはそうよね」とルイーズはすぐさま応じた。

記録係はほっとした。若い女にわかってもらえて、嬉しいくらいだった。もう大丈夫だとなれば、心ゆくまで眺めることができる。あの顔、なんて魅力的なんだ。あの口、あの目、あの微笑み……というのもルイーズはまだ、微笑み続けていたから。若者も笑顔になった。ああ、彼女にキスできたら……ちょっと触れるだけでもいい。あの唇に指をあてるだけでも。あの唇だけで、この世界すべてに値する。彼は泣きそうになった。

「外部の人には禁じられていても」とルイーズは言った。「あなたなら……あなたならいいんじゃない？」

若者は呆気にとられ、あんぐりと口をあけた。そこから漏れるため息は、瀕死の喘ぎにも似ていた。

「あなたが記録簿を調べて、大声で読みあげればいいのよ。話すことは禁じられていないでしょ？」

若者の心のなかで何が起きているか、ルイーズは手に取るようにわかった。ドクターが頼みごとをもちかけてきたとき、彼女もほとんど同じことを感じていたから。理性では、そんなことできない、してはいけないとわかっている。けれども、規範を破りたい欲望がむくむくと頭をもたげてくるのだ。

「一九〇七年だけでいいの」とルイーズは秘密を打ち明けるような口調で言った。「七月の分だけ」

ルイーズは相手がいずれ降伏するのが、初めからわかっていた。けれども若者がうなだれて遠ざかるのを見て、彼女は勝利を恥じた。なんの栄誉にもならないわ。こんなことまでして、その記録を調べなければならないのだろうか？　若者の引きずるような足音が、書類棚のあいだを行き来するのを聞いて、ルイーズは身震いした。数分後、彼は大きなファイルを手に戻ってきた。表紙には、お役所の規則にのっとった堂々たる書体で〝一九〇七年〟と書かれている。記録係は潜水夫みたいにゆっくりとファイルをひらき、縦に区切ったページをめくった。彼はもう、ひとこともしゃべらなかった。自分がどうすべきか、何を話すべきかも理解していないかのように、ぶ厚い記録に黙々と目を通している。

ルイーズにたずねられ、彼は職業的な反応で思わず答えた。

「〝登録〟って書いてある欄は何？」

「そこにある登録番号が、さらに詳細なファイルの番号に対応しているんです」

彼ははっとひらめいたかのように、嬉しそうな顔になった。

「それはここにはありません」

完全な勝利だった。

「公共福祉棟に置いてあります」

若者は窓のむこうを指さした。勝利は誇りに変わった。

ルイーズは記録簿に目を凝らした。

「七月には、三件です」記録係はルイーズの視線を追いながら言った。

声に出して読みあげるのだった、と彼は思い出した。

「七月一日、アベラール、フランシーヌ」と彼はかすれ声で言った。

「捜しているのは男の子よ」

だったらひとりしかいない。

ルイーズが捜しているのは、こっちの子供だ。

「七月八日、ランドラード、ラウール。登録番号一七七〇六三」

そして若者は記録簿を閉じた。

新たな世界がルイーズの前にひらけた。彼女はラウールという名前を、心のなかで繰り返した。これまで一度も、いいと思ったことのない名前だったけれど、それが突然違った色を帯びた。三十三歳になっているはずの男。今、どうしているのだろう？　もう、死んでしまったかも……そう思うと、胸が痛んだ。そんなことが、あっていいはずない。彼女は孤独な少女時代を送った。兄弟も姉妹も従兄弟もいなかったのが残念だった。ほとんど同じ歳で、母親も同じ少年の存在は、ずっとルイーズに隠されてきた。もし彼が死んでいたら、もう決して知り合うことはできないのだ。

「公共福祉棟って言ったわね？」

「でも、閉まってますよ」

確かなことはわからなかったが、若者は一矢を報いようとした。ルイーズには返事など必要なかった。若者は当惑したようにうつむいた。

「鍵があります」と記録係は、ほとんど聞こえないくらいの声で言った。「でも、書類は外に持ち出せません。わかりますよね」

「よくわかってるわ。でも、あなたがそこへ行くことは、禁じられていないのでしょ？　誰かといっしょではいけないという規則だって、どこにも書かれていないのでは？」

哀れな若者は、がっくりと肩を落とした。

「部外者は誰も……」

「わたしは〝部外者〟じゃないわ……」とルイーズはさっと言い返し、若者の手を握った。「わたしたち二人は、もうお友達じゃないの。そうでしょ？」

人気のない役所の廊下は、どこまでも続いていた。記録係の若者は屠られる家畜のように重い足どりで、その廊下を歩いていった。鍵を二度まわすと、ドアがあいた。壁は一面、引き出しに覆われている。若者はルイーズをなかに入れた。ルイーズは決然とした足どりで進んでいった。そして〝Labi‐Lape〟と書かれた引き出しをあけた。〝ランドラード〟の書類はここにあるはずだ。記録係の若者が代わりに読みあげるという取り決めは、どうでもよくなっていた。若者は架空の群衆が乱入してくるのを防ごうとするかのように、ドアに寄りかかっている。ルイーズは薄っぺらなファイルを抜き出し、テーブルのうえでひらいた。

ファイルにはまず、〝窓口で受け付けた子供に関する調書〟から始まっていた。

一九〇七年、七月八日、午前十時、本公共福祉事務所窓口にて、男児一名を捨て子として受付。

通達に従い……

たしかにドクター・ティリオンは、みずから赤ん坊を預けに行ったようだ。その点、未亡人の言葉に嘘はなかった。

1　子供の姓名　ランドラード、ラウール
2　生年月日　一九〇七年七月八日
3　生まれた場所　パリ
4　付記　子供を連れてきた人物は医者だと自称していたが、名前を言うことは拒絶した。子供の出生届は役所に提出されておらず、洗礼もされていないとのことだった。こうした場合の措置として法律に基づき、わたしが子供の姓名を決めた。

ルイーズは壁のカレンダーに目をやった。七月七日は聖ラウールの日で、翌日は聖ランドラードの日だった。公共福祉事務所の職員は、手っ取り早く決めたらしい。いっぺんに二人の捨て子があった日は、いったいどうするのだろう。

調書には、〝子供は白いウールの乳児用肌着を着て、特に目立った特徴はなく、健康状態は良好のようだった〟とある。

ルイーズは書類の最後を読んだ。

一九〇四年六月二十七日の法律、

翌七月十五日の省通達、

一九〇四年九月三十日の県条例にのっとり、

上掲の調書から乳児 ランドラード、ラウール は 捨て子 と見なしうる条件を満たしているとする。

ファイルにはもう一通だけ、〝国家援助孤児の里親受け渡し調書〟と題された行政文書が残っていた。

ルイーズは緊張で体がぴりぴりするような気がした。

赤ん坊のラウールは児童養護施設に預けられたのではなく、一九〇七年九月十七日、里親のもとに貰われていったのだ。

セーヌ県知事令により、条項三十二番にのっとり……

ルイーズはページをめくった。

国の被後見子ランドラード、ラウールはティリオン家（ヌイイ、オーベルジョン大通り六十七番在住）に引き取られ……

ルイーズはいま読んだばかりの一節が信じられなかった。

彼女は二度、三度と読み返し、茫然としてファイルを閉じた。ドクター・ティリオンは母親にたのまれたふりをして子供を捨てたあと、みずから引き取っていたのだ。そして育てたのだろう。

ルイーズはなぜか涙が出てきた。なにからなにまで、嘘ばかりじゃないか。わが子を見捨てるなんてひどい母親だと、恨みを募らせていた。せっかく授かった赤ん坊を児童養護施設に捨ててしまうなんてありえない。けれどもジャンヌは恐ろしいたくらみの犠牲者だったのだと、いま突然わかった。彼女はわが子が遺棄されたと死ぬまで信じていたが、その実、実の父親によって育てられていたのだ。

実の父親と、その妻によって。

ルイーズはファイルを置き、記録係の若者があけたドアのほうへ歩いていった。彼女が泣いているのを見て、若者は動転した。

ルイーズは廊下に一歩出て、ふり返った。若者にお礼を言いたかった。彼はわたしのために、とても大きな犠牲を払ってくれた。どんなに感謝しても、感謝しきれないわ。ハンカチを取って涙を拭い、若者のほうへ引き返す。そしてつま先立ちをし、若者の乾いた唇に短いキスをすると、彼の人生から出ていった。

ジュールさんは布巾を投げ出し、さっとカウンターをまわると、ルイーズを腕に抱きしめた。彼にそんなすばやい身のこなしができようとは、誰にも予想がつかないほどだった。

「おいおい、どうしたんだ？」とジュールさんはたずねた。

彼は昔からルイーズには、やさしい猫撫で声で話しかけた。

ルイーズは腕を伸ばし、ジュールさんの大きくて無骨な顔を見つめた。

すると急に心が揺さぶられ、涙がこみあげてきた。

彼女は生まれて初めて、母親の立場にわが身を置いた。

生まれて初めて、母親のために悲しんだ。

22

人々は前からずっとデジレのことを、逆説的な男だと思っていた。情報省が入っているホテル・コンチネンタルの廊下を壁ぎわに沿って神経質そうにすたすた歩き、誰かに話しかけられると目を勢いよくしばたたかせる若者が、戦況に疎い人々を相手に毎日ゆったりと落ち着いた声で完璧な解説をし、見事な事情通ぶりを発揮するとは容易に想像がつかなかった。

けれども軍の状況が変化したことで、ホテル・コンチネンタルで興味の中心はほかに移っていた。そして情報省の支柱と衆目一致していたデジレ・ミゴーには、もはや誰も注意を払わなかった。ただひとり、ヴァランボンを除いては。彼はワイヤー・フォックステリアのように、しつこく手がかりを追った。それは誰の目にも留まらず、誰の耳にも入らなかった。彼はホテル・コンチネンタルのカッサンドラ（ギリシャ神話の登場人物。トロイアの滅亡を予言するが、信じてもらえない）だった。

皆の視線は国の北部にむいていた。そこではフランス軍、英仏連合軍部隊がドイツ軍の猛攻に押されて後退しつつあった。ドイツ軍はアルデンヌの森突破の成功と、その後の快進撃に勢いづき、今やむかうところ敵なしだった。フランス軍も勇猛果敢に戦ったものの、いかんせん決定的に準備不足だった。よもやこんな結果になろうとは、司令官たちも誰ひとり信じられなかった。新聞記者に対して冷静に戦況を語ることは、ますます難しくなっていた。前線の従軍記者たちは当局の意向にのっとって、フランス軍への讃辞を惜しまなかったが、さすがにスダンの敗走を伝えないわけにいかなかった。そのあとフランドル地方の敗北もあれば、今もダンケルクにむかって〝後方移動〟(とデジレは表現した)が続いている。そこでは、海まで追いつめられた英仏連合軍の退却を、フランス軍が必死に守っていた。それでもデジレはひるむことなく、〝連合軍はすばらしい戦いぶりを見せ〟〝ドイツ軍の侵攻を食い止めている〟だの、〝わが軍の師団は敵の攻撃に立ちむかっている〟だのと断言し続けた。けれども三十万人以上の兵士が皆殺しにされるかもしれないこと、英仏海峡の藻屑と消え去るかもしれないことは、今や誰の目にも明らかだった。

デジレがまたしても臨機応変の鋭い頭の冴えを見せたのは、五月二十八日、ベルギー国王レオポルド三世が抗戦をあきらめ、ドイツ軍部隊への降伏を選んだときだった。

「もう終わりだ!」次官は両手で頭を抱えて嘆いた。

次官の外見には、戦況の変化がいつでも如実にあらわれていた。朝に撮った彼の写真を見せれば、記者会見代わりに充分だろう。それでもデジレは勝ち誇ったような力強い声で会見をこなした。

「終わりだなんて、とんでもない。これはチャンスですよ」とデジレは答えた。

次官は顔をあげた。

「ドイツ軍の攻撃を前にフランス軍部隊は退却を余儀なくされました。それを正当化するに足る説得的な説明を、つけかねていましたよね。これで説明がつくじゃないですか。われわれは連合国のひとつに裏切られたからだって」

言われてみればそのとおりだ、次官は虚を突かれた。単純明快で、古美術品のように美しい。その日の夕方、デジレはさっそく居並ぶ新聞記者や特派員を前に自説を開陳した。

「輝かしきフランス軍は状況を覆し、ドイツ軍戦線を打ち負かして、侵略者たちを東部国境地帯まで撃退するのに格好の布陣を組んでいました。ところがベルギーの恥ずべき離脱が、侵略者たちを一時的に利することになりました。さいわい、ほんの数時間のことでしたが」

記者会見の出席者たちは、この説明に納得しかねていた。

「だとするとベルギー軍は、よほど重要な位置を占めていたんですね。ベルギー軍が逃げ出したせいで、状況が一変してしまったわけですから」と地方紙の記者がたずねた。

デジレは目をしばたたかせ、同じことを繰り返させるなと嘆く教師のように首を横にふった。

「戦局にはつねに平衡点というものがあるんです。それが一ヵ所でも崩れたら、すべてが変わってしまう」

このときはヴァランボンでさえ、思わず感嘆のため息を漏らした。

デジレは間髪を容れずに、いかな心配性の者たちをも安心させる戦略的な話題へと話を継いだ。

「みなさんには、矛盾しているように思えるかもしれません。しかしドイツ軍がわれわれの部隊を英仏海峡まで追いつめれば、実はこちらにもそのほうが得策だと言えるんです」

たちまちあたりにどよめきが起きた。デジレはそれをしなやかな手つきで、穏やかに静めた。

「というのも英仏連合軍には、見せかけの勝利を大敗退に一変させる秘策があるからです。連合国のイギリス軍は、すでに海底パイプラインの配備を終えました。これによっていつでも海上に石油をまき散らし、あたり一帯を文字どおり火の海と化すことができるのです。英仏海峡に押し寄せたドイツ軍の艦隊は、たちまち炎に包まれ沈没するでしょう。あとはフランス海軍の潜水艦が部隊を陸地に移送し、海上作戦を引き継いでドイツ軍の殲滅を完遂させるだけです」

「これを見てください」とヴァランボンは叫んだ。

思いきり背を伸ばし、勝ち誇ったように腰を反り返らせている。彼が目の前に突き出した書類を、次官は蒼ざめた手でつかんだ。顔はやつれきり、ほとんど生気がない。それは名簿だった。次官はページをめくった。眠れない夜がもう九日間も続いていた。問いかける気力もなく、ただ相手の説明を待った。説明はすぐに始まった。ヴァランボンのほうは、待ちきれない思いだった。

「これは東洋語学校の一九三七年度卒業者名簿ですが、デジレ・ミゴーの名前はどこにも載っていません。念のために一九三五年から一九三九年までの入学者をすべてあたってみました。総勢五十四名のなかに、デジレ・ミゴーという名はありません」

ヴァランボンの喜びたるや、大変なものだった。高慢ちきなくせにへまばかりしてきただけに、鼻高々なのだろう。

上司の部屋に呼ばれたデジレは、甲高い笑い声をあげた。鳥の鳴き声かドアがきしむ音のような、不快な笑いだった。さいわい彼が笑うことは、めったになかったけれど。

「ビュルニエです」

「なんだって？」

デジレは手を伸ばし、不義をただすかのように右手の人さし指で、一九三七年度卒業者リストにあるビュルニエの名を示した。

「母方の姓はビュルニエで、父方がミゴーなんです。正式な名前はビュルニエ＝ミゴーですが、それだと少しもったいぶった感じですよね？」

次官はほっとため息をついた。ヴァランボンが馬鹿げた思いつきのあげく、おれの手からデジレを奪いかけたのは、これで三度目じゃないか。

次官はお気に入りの部下をさがらせた。

デジレは愉快でたまらなかった。本物のビュルニエは一九三七年に歴史学の教員資格を取得し、翌年亡くなっているが、ヴァランボンがその足跡を見つけ出すには長い時間がかかるだろう。フランスの行政機関が日々、混乱を深めている状況からして、デジレの正体を暴こうといくらがんばっても、そう簡単にはいかないはずだ。郵便物はまともに届かない。電話は言うにおよばずだ。ヴァランボンはいくつか、ささやかな成功を収めたものの、情報省におけるデジレの位置を脅かすにはまだまだ足りなかった。

だからデジレは心配していなかったが、それでも背中のあたりがちくちくするような、いわく言いがたい感じがした。おそらくそれはホテル・コンチネンタルの雰囲気のせいだろう、と彼は思った。

六月初頭の三日間、豪華ホテルのなかは破産宣告をされた企業のように、すっかり人気(ひとけ)がなくなっていた。大階段がざわめいたり、広間で騒動が持ちあがったり、呼び声、叫び声、不意の訊問があったあとには、声を潜めた内緒話、不安そうな顔、おどおどした目が続き、人々は難破しかけた客船の狭い通路を歩くように、ホテルの廊下を行き来した。記者会見の参加人数さえ、ぐっと減ってしまった。

一九四〇年六月三日、ドイツ空軍(ルフトヴァッフェ)はルノーとシトロエンの工場を爆破した。被害はパリの中心部だけでなく、郊外にも及んだ。犠牲になった二百人の大半が労働者だった。この攻撃は、人々に衝撃を与えた。ドイツ軍の爆撃機が首都の上空を飛び交ったのはこれが初めてではなかったが、アルデンヌの森やフランドル地方、ベルギー、ソンム県、ダンケルクのニュースを知ったあとでは、みんなまるで包囲されたような気がした。

狙われているのはもう、ほかの誰かではなく自分自身なのだ。

それはいっせいに飛び立つ雀(すずめ)の群れだった。何百人、何千人ものパリっ子たちが、南にむけて出発した。

次官の部下がまばらになり始めただけに、デジレは彼にとってなくてはならない存在となった。

ちょうどそんなとき奇妙な出来事があって、このごたごたは手っ取り早く片がついた。

朝早く、ホテル・コンチネンタルにむかったデジレは、入り口の数十メートル手前で足を止めた。最初はダンスをしているのかと思った。真ん中に鳩が一羽。そのまわりを、黒いつやつやとした羽根のカラスが囲んでいる。これは獲物の奪い合いだと、デジレにはすぐにわかった。リーダーに率いられた攻撃者の群れはぴょんぴょん飛び跳ねながら、傷ついて逃げまわる鳩をくちばしでつついた。一羽のカラスが隙を見て前に飛び出し、くちばしで激しい一撃を鳩に加えると、すぐさま次のカラスに場所を譲る。力の差は歴然としていた。鳩がやられるのは時間の問題だ。デジレは足でカラスを蹴散らした。カラスは用心深く遠ざかったが、彼がホテルにむけて一歩歩き出すや、すぐさま獲物のほうへ戻ってきた。いくら追い払っても、またやって来るの繰り返しだ。鳩にはもう逃げ場がなかった。足を引きずり首を曲げ、羽をばたばたさせている。鳩は攻撃に耐えきれず倒れこみ、アスファルトの歩道の下に潜りこもうとするかのようにゆっくり転がった。

これ以上戦っても無駄だ、とデジレはそのとき悟った。もう終わりだ。鳩は息絶えるだろう。カラスはすでに勝ったも同然だった。

こんなささいな出来事が、デジレにはとても大事なことに思えた。彼は激しい悲しみに襲われた。この戦いに抗う力も、死刑の儀式に立ち会う気力もなかった。胸が締めつけられるようだった。彼はホテルの回転ドアに目をやり、歩き始めた。ホテル・コンチネンタルに入るには、右に曲がらねばならない。けれども彼は角まで行って、左に曲がった。地下鉄の駅のほうへ。

そして二度と、姿をあらわさなかった。

次官はこの逃亡に打ちのめされた。彼にとって戦争は、今、屈辱的な敗北で終わった。

23

ドクターの娘は簡単に見つかった。ときにはチャンスに恵まれることもある。彼女は名前が変わっていなかったので、電話帳に出ていた。アンリエット・ティリオン、メシーヌ大通り。

ことはすべて、単純に運んだ。ルイーズは建物に入って管理人に階をたずね、階段をのぼって呼び鈴を押した。ドアをあけたアンリエットはルイーズに気づき、目を閉じた。それは母親のティリオン夫人が見せた不快感や苛立ちの反応とは違う、落胆の動作だった。長年恐れていた責務を、ついに果たさねばならないときが来たというような。

「お入りください……」

疲れきった声だった。こぢんまりとした質素な部屋で、窓のむこうにモンソー公園が見える。居間の大部分を占めるグランドピアノのうえには、楽譜が山積みになっていた。部屋の隅に押しやられた丸テーブルを挟んで、クレトン更紗(さらさ)に覆われた肘掛け椅子が二脚置かれていた。

「コートをお預かりしましょう。おかけになってください。今、紅茶をお持ちします」

ルイーズは立ったままでいた。やかんの音、お盆にティーカップを置くかちゃかちゃという音が聞こえた。それが長々と続いたあと、ようやくアンリエットが戻ってきて、いつもすわっているらしい椅子に腰かけた。ルイーズは彼女の正面にすわった。

「お父様のことですが……」とルイーズは切り出した。

「予審判事さんに話したのは、本当のことなんですね、ベルモンさん?」

「もちろんです。わたしは……」

「それならいいんです。ご説明はいりません。あなたの供述書には目を通しました。嘘でないならけっこうです」

ご安心くださいとでもいうように、アンリエットはかすかな笑みを浮かべた。歳は五十くらいだろうか、ほとんど手入れにかまっていないらしい髪には、だいぶ白いものが交ざっている。肉づきのいい顔、無表情な目。ピアニストらしい大きな手は、〝男性的〟だった。そう思ってルイーズははっとした。その言葉は、なぜかしら彼女を悲しくさせた。

「お母様にお会いしてきました」

アンリエットは苦しげに微笑んだ。

「ああ、母に……どんないきさつがあったのかは、おたずねしません。なにもなければ、こうしてここにいらっしゃらなかったでしょうし」

「お母様はわたしに嘘をついていました」

ルイーズは攻撃的な態度をとりたくなかった。気を落ち着けなければ。アンリエットはびっくりしたように、目を大きく見ひらいた。そうか、この見せかけの驚きは、彼女なりのユーモアなんだ、とルイーズは思ってにっこりした。

「母にとって、嘘は嘘じゃないんです。お茶はいかが？」

アンリエットはしっかりとした確かな手つきでお茶の支度にかかった。彼女はどこまでも整然として、厳格だった。ルイーズは少し恐ろしかった。きっとアンリエットという人間は、いつでもそんな雰囲気を醸しているのだろう。だからこそ、彼女は笑みを絶やさないのだ。なにも恐れなくていい、この外見は見せかけなのだと言わんばかりに。

「それで、ベルモンさん、あなたはこの件について、どこまでご存じなんですか？」

ルイーズはひととおりの経緯(いきさつ)を語った。アンリエットは波乱に富んだ三面記事でも読むみたいに、その話を興味深げに聞いていた。記録係のエピソードのところで、彼女は口を挟んだ。

「つまりあなたは、その職員を誘惑したんですね」

ルイーズは顔を赤らめた。

アンリエットは自分のカップに、ゆっくりとお茶のお代わりを注いだ。ルイーズに勧めることは、端から考えていないらしい。今度は自分が話す番になると、彼女はカップを置き、膝のうえで手を組んだ。部屋を満たす音楽のなかで、まどろむ準備をしているかのように。

「あなたのお母さんのことは、よく覚えているわ。あなたはお母さんにそっくりだって、よく言われるでしょうね。そう聞いて嬉しいものかどうか、わからないけれど。わたしがもし、同じことを言われたら……新しい召使いが来るのは珍しくはなかったわ。でも驚いたのは、彼女が若くて経験がなかったうえ、辞めずにずっと働き続けたことね。母は召使いを雇うなり、たちまちクビにしてしまうんです。気の毒になるくらい。あなたのお母さんが来てほどなく、母は彼女に声をかけなくなりました。まるで彼女が存在してないみたいに。わたしは違いました。当時、わたしは十三、四歳、ジャンヌは十八歳で、歳もあまり離れていなかったし。ただ彼女は、父の愛人だというだけで。それは隠せるものではありません。二人の関係は、文字どおり家に染みついていきました。母にすれば、さぞかし屈辱だったでしょう。廊下に爆弾が落とされたみたいに、口に出せない恋情の風が吹き荒れていたのですから。本当は母にも、腹を立てる理由はありませんでした。もうずっと前から、父とは寝室を別にしていましたから。わたしを産めばそれでもう、妻としての義務は果たしたと考えていたのです。母はセックスを、男性の野蛮な性質のあらわれだと見なしていました。女性もセックスに興味があるなんて、理解できませんでした（母が理解できないことは、たくさんあるんです）。母にとって大切なのは、夫よりも自分の貞節でした。だから父が浮気をしても文句は言いませんでした。でもそれが、夫婦の家で行なわれるなんて。父はどうしてわざわざ、そんなことをしでかしたのか、わたしにはわかりません。なにか深いわけがあったのかもしれないけれど。たぶん両親は、わたしが思っていた以上に憎み合っていたのでしょう……それにしても、母は大したものです。みんなを傷つける欺瞞に満ちた状況に、何ヵ月も何年も耐えるには、並はずれて強靭な意志が必要です。わが家で起きていたことは、家族以外の誰にも知られませんでした。父は診療所の評判を気にしていたし、母は自分の尊厳こそが輝かしい冠だと思っていましたから、二人とも醜聞が広まるのを、快く思っていなかったのです。そして二年後、突然ジャンヌが姿を消しました。一九〇六年のクリスマスが近づいたころです。今でもよく覚えているわ。うちにはお客さんが何人も来ていたけれど、ジャンヌはもういなくて、別の召使いが給仕をしていました。それから昔みたいに、母の指示で毎月のように召使いが替わりました。それに両親は二人で、話しこんでいました。そんなこと、もうずいぶんなかったことなのに。小声でこそこそと話しているところを見ると、なにか面倒な取り決めをするか、策略でも練っているような感じでした。わたしは十五歳でした。ドアの外で耳を澄ましても、話の内容まではわかりませんでした。数カ月後、父は診療所を売ってヌイイに引っ越すことになったと言いました。けれどもヌイイに着いたとき、わたしたち家族はもう三人ではなく、四人になっていました。ラウールという男の赤ん坊がいたんです。ドクターの家で孤児の赤ん坊を引き取ったと聞いて、近所の人たちはみんな感心しました。母は立派な女性だという評判を欲しいがままにしたのです。〝だってそうでしょう、わたしたちは恵まれた立場にいるんですから、周囲に少しは善いことをしなければ〟——母はマリア様みたいに慎み深い笑みを浮かべ、そんなふうに言っていました。ひっぱたきたくなるくらい、いけしゃあしゃあとね。母はご満悦でした。父の診療所も大繁盛です。ブルジョワは道徳が好きですから。ただ不思議なことに、わたしにはまったく説明もありませんでした。わたしがいろいろたずねると、〝おまえは子供だからまだわからないわ〟と母は言うだけでした。ある日、なぜかしらふと思いつきました。ジャンヌがいなくなったのと、この赤ん坊がやって来たこととは関係があるのではないかって。〝おいおい、何を勘繰っているんだ？〟と父は顔を赤くして答えました。ええ、ラウールはあなたの、種違いの兄なのよ……」

そこまで話すと、アンリエットはしばらく宙を見つめた。

「初めは父も、せっせと赤ん坊の世話をしていました。でも、とても忙しい人ですから。数カ月もすると、父の思いどおりにはいかなくなりました。父は母の意思に屈し、赤ん坊を委ねました。すぐにわたしは事情を察しました。母は赤ん坊の引き取りを受け入れたのではなく、みずから父に強いたのです。それは良心の呵責（かしゃく）からではなく、子供を憎んでいたからでした。どうしてもその子を、つらい目に遭わせたい、それには、母ほどうってつけの人間もいないでしょう。ラウールを引き取ることで、母はみんなを罰したのです。父は失った愛の結晶を、日々目の前に見せつけられている。あなたのお母さんは、わが子を捨てさせられた。しかもその子は知らないうちに、彼女が辱（はずかし）めた女の手に渡っていたのです。ラウール自身も犠牲者でした。親に捨てられ、生まれてきたのが罪なのだと後ろ指をさされる子供の苦しみを、嫌というほど味わわされたのですから」

初めから弱々しかった光は、すっかり陰っていた。部屋の奥は、夕方の薄暗がりに沈んでいる。ルイーズは胸が締めつけられた。ピアノはどことなく死刑台を思わせた。楽譜の山は、そこへ通じる階段だ。暖炉からピアノの上部へと突き出したダクトは、目に見えないギロチンの刃へと続いているかのようだった。

「これじゃあ、暗すぎるわね」とアンリエットは言った。「明かりをつけましょう」

彼女はトレーを持っていった。

ほかの電灯もひとつひとつ灯され、居間を照らした。さっきまでルイーズの目に映っていた不気味な物影が一掃された。

アンリエットが、リキュールのボトルと小さなグラスを二つ持って戻ってきた。

「果実酒ですが、おいしいですよ」彼女はそう言ってグラスを満たすと、そのうちひとつをルイーズに差し出した。

ルイーズはひとくち飲んで少しむせ、グラスを置いて手を胸にあてた。

アンリエットは早くも二杯目を注ぎ、宙を見つめながらちびちびと口をつけている。

「わたしは十六歳でした。そこに赤ちゃんが来たんですよ。想像できるかしら？」

ルイーズにはとてもよく想像できた。指のなかで蟻がざわざわと蠢いているような感じがして、彼女はグラスをつかんだ。いっきに飲み干してしまわないよう、必死にこらえた。

ルイーズがグラスを置くなり、アンリエットはすぐに注ぎ足して、そのついでに自分のグラスも満たした。

「とてもよく笑う、可愛い赤ん坊でした。乳母は怠け者で、わたしが赤ちゃんの世話をしたがるのをいいことに、仕事時間の半分は庭で煙草を吸いながら、新聞を読んでいたわ。おむつもなるべく換えたがらなかったし。だって、ひと仕事ですからね。あの子はぐっしょり濡れたおむつをしたまま、一生懸命よちよち歩きをしていました。毎晩わたしは赤ちゃんにベビーパウダーをはたき、撫でて寝かしつけました。たしかにそれは、お人形遊びみたいなものだったけれど、あの家で心からラウールを愛していたのは、わたしだけでした。赤ん坊にもそれはわかるんです。ラウールが歩き始めるなり、状況は一変しました。母がみずから〝育児〟に乗り出したんです。母は召使いのときと同じように、毎月のように乳母をクビにしては、新しくまた雇いました。そんなふうにしょっちゅう乳母が替わるのは、赤ん坊にとって最悪の状況です。誰を頼ったらいいのかがわからず、きちんとした習慣が身につきません。世話は乳母の仕事、母はもっぱら教育を受け持ちました。まさしく母にふさわしい役まわりでした。教育の名のもとに子供をつぶす喜びに、密かに浸っている母親がいるものです。そんな母親を、わざとらしく演じてみせていたんです。母はなにかにつけ、絶えずラウールを口うるさく叱っていました。たとえば体にいいからと言って、あの子の嫌いな食べ物を押しつけたり、教育に悪いからと言ってあの子が好きな遊びを禁じたりと。ええ、母にはすべてが、いいか悪いかなんです。それを決めるのは母自身。自分にとっていいもの、自分が安心できることは、無理にでも子供に押しつけます。子供に襲いかかる恐ろしい魔女(ハルピュイア)のイメージに、わたしは生涯苦しめられ続けました。ラウールは心のやさしい子供でしたが、なんでもだめだめと禁じられ、愛情に飢えていました。いつも頭ごなしに押さえつけられ、楽しみを奪われる毎日。真っ暗な物置部屋に閉じこめられて、何時間も恐怖で泣き叫んだこともあります。次から次へと山のような宿題を出され、蔑まれ、厳格な寄宿舎に放りこまれ。そうしたことすべてが、彼を打ちのめしました。あの子の傷がこれ以上悪化しないよう、焼灼治療をしているようなものです。わたしはこっそり助けてあげていました。根は悪い子ではありません。父はどうしていたかって？　非難するわけではありませんが、父は弱い人間でした。臆病者の常として、突然気力を奮い起こし、反抗しようとするのですが、結局最後には評判がどうの、仕事がどうのと言い出し、母の脅しに屈してしまうのです……父はジャンヌとの関係をすっぱりと絶っていました。彼女に本当のことを、伝えるべきだったのに。知り合いのつてを頼って赤ん坊を引き取り、育てているのだと。でもジャンヌがそれを知ったら、またひと騒動起きるでしょう。訴訟沙汰になるかもしれません。そんなこと、父には耐えられなかったのです。結局、母の勝ちでした。ラウールはどうにも手に負えないやくざ者になりました。口から出まかせを言って人を騙したり、盗みを働いたり。教師たちと喧嘩をしては、何度も寄宿舎を飛び出しました。すると母は言ったものです。〝ほら、見てごらんなさい。生まれつきの性根が腐ってたのよ〟って。近所の人たちは、みんな母に同情しました」

アンリエットはしばらく沈黙を続けた。

「わたしもこうした事情を、すぐに察したわけではありません……父がひどく打ちひしがれていることに、ある日、ふと気づいたのです。父は自分自身の生き方に負けたのです。そして少しずつ内にこもり、心をひらかなくなりました……」

ルイーズは胸が締めつけられた。

「あなたは自分から、ラウールに真実を告げなかったんですか？」

「結局ティリオン家は、意気地なしぞろいなんでしょう」

「ラウールはどうなりました」

「徴兵の歳になるなり軍隊に入り、そこで電気技師の資格を取って除隊になりました。もともと頭がよく、手先が器用な子でしたから。去年、戦争が始まると動員され、今は兵役についています」

外はすっかり暗くなっていた。アンリエットはまたグラスに注ぎ足し、二人はちびちびと口をつけた。ルイーズはちゃんと立ちあがれるか、心配だった。お酒は飲み慣れていないので、酔っ払いみたいにふらつくんじゃないだろうか？

「ラウールの写真はありませんか？」

ルイーズはふと思いついて、そうたずねた。ラウールに会いたかった。いったい、どんな顔をしているのだろう？　あとになって考えると、どこか少しでも自分に似ていたらいいと期待していたのかもしれない。これが兄だ……双子みたいにそっくりの兄なんだと確認したかったのかも。ひとはいつでも、都合のいい想像をするものだから。

「ええ、あったはずだわ」

ルイーズは胸を高鳴らせた。

「さあ、どうぞ……」

アンリエットは縁がぎざぎざの、黄ばんだ写真を差し出した。ルイーズはそれを見た。

アンリエットは感極まったように微笑んでいる。それは生後十一、二カ月の、ありふれた赤ん坊の写真だった。アンリエットの目から見れば、可愛がって世話をした赤ん坊なのだろう。けれどもルイーズには、なんの変哲もないただの赤ん坊だった。

「どうも」とルイーズは言った。

「持っていっていいですよ」

アンリエットは席に戻って腰かけ、ぼんやりともの思いにふけった。この写真を手放して重荷から解放されたのか、逆に気前よくあげてしまったのを後悔しているのか？

夜になると、部屋は昼間と違って見えた。愛用のピアノとともにひっそりと暮らす女の隠れ家というより、孤独な人間が体を丸めて閉じこもる巣穴のようだった。

ルイーズはアンリエットに礼を言った。アンリエットは彼女を見送りながら、さらにこう続けた。

「ラウールは頼みごとがあるときだけ、手紙を書いてきます。だからって、別に腹も立ちません。あの子はいつもそんなですから。ひとを平気で利用する、抜け目のない面があるんです……軍隊に入っても、やくざな心根は変わりませんでした。わたしは今でも、あの子のことが大好きだけれど……いちばん最近届いた手紙では、シェルシュ＝ミディ軍事刑務所に収監されているのだとか。冤罪なんだと言い張っていましたが。あの子らしいわ。将軍のメダルでも盗んで、グラムいくらで売っぱらったのでしょう。いちいち気にしてなんかいられません。明日になればどうせまた、なにかしでかすんですから」

二人は握手をした。

「そうそう」とアンリエットは言った。「ちょっと待っていてください」

彼女はいったん奥へ引っこみ、紐でしばった包みを手に戻ってきた。

「あなたのお母さんが父に書いた手紙です。父の書斎で見つけました」

アンリエットは手紙の束を差し出した。

ルイーズは重い心で階段をおりた。

兄にあたる男が詐欺師まがいだったのはがっかりだが、そこにはなにかもっと残酷なものがあった。

ジャンヌ・ベルモンは息子の人生や、少年時代の苦しみについて、本当のことを知らないままだった。

ラウール・ランドラードは母親が誰かも、自分の出自にまつわる悲劇も知らされなかった。彼がどんな嘘の犠牲になったのかは、ずっと隠されたままだった。

自分を引き取った男が実の父親だったことくらい、せめてわかっていただろうか？

ルイーズは手紙の束をバッグにしまった。

そして家路についた。ジュールさんの腕のなかで泣くために。

一九四〇年六月六日

24

通りは夜になっても騒がしかった。革命記念日や結婚式、有給休暇をとって出かける晩のように。しかし今夜は、歓喜にあふれた喧騒ではなかった……父親はせっせと車に荷物を積み、母親は赤ん坊を抱きしめ走りまわっている。部屋からマットレスや椅子、衣装箱を運び出しているさまは、まるで町じゅうがいっせいに夜逃げを始めたかのようだった。

フェルナンは食堂の窓辺で煙草を吸いながら、人々のあわてぶりを眺めていた。やはり町を出るべきか、いまだに悩んでいた。

三週間前、ノートルダム大聖堂でミサがあったときから、真剣に考えていた。あれは驚くべき出来事だった。

その日、彼が率いる機動憲兵分隊は、大聖堂前広場の警備に駆り出された。セーヌ川にかかる橋のうえにまでひしめいている厳(おごそ)かな群衆は、救世主(メシア)の到来を待ちかまえているかのようだった。その代わりに皆が目にしたのは、金の袖なしマントを羽織ってミトラをかぶり、手には杖を持ったパリ司教代理司祭が、首相や大使たち、ダラディエを始めとする閣僚たちを出迎える姿だった。急進社会党員でフリーメーソンの大物政治家たちが、信じてもいない神様に祈るため徒党を組んでノートルダムにやって来ることが、そもそもフェルナンには驚きだったが、彼をとりわけ不安にさせたのは、仰々しい軍服を着た人々が少なからず参列していたことだった。そこにはカステルノー将軍やグロー将軍、ペタン元帥といった参謀本部のお歴々の顔もあった。宿敵が国内に侵攻してきたというのに、このひとたちはミサに顔を出すよりもっとましなことができないのだろうか。

広場に取りつけられたスピーカーから、グレゴリオ聖歌のなかの賛歌(イムヌス)、『来たり給え(ヴェニ)、創造主たる聖霊(クレアトール・スピリトゥス)よ』（〝汝に忠実なる者たちの心に訪れ……〟）が、悲嘆に暮れた群衆にむかって朗々と響いた。やがてボーサール猊下の説教が始まり（〝来たれ、悪魔を倒せし大天使聖ミカエルよ……〟）、最後に司教座聖堂参事会員で、地区首席司祭ブロ氏の声が聞こえた（〝聖母(ノートルダム)よ、われらのために祈りたまえ！〟）。政府や軍がここまでするからには、どうやらもうほかに頼る術(すべ)がないらしい。

ミサはえんえんと続いた。フェルナンは気が気ではなかった。このあいだにも、グデーリアン将軍が率いるドイツ軍装甲師団は何キロ走破できることか。

ものの思いにふける群衆の頭上で、ノートルダムの鐘が大きく鳴り響いた。聖職者や政府首脳がゆっくりとした足どりで大聖堂をあとにするさまを見ていると、神が参謀本部長に任命されたのは誰の目にも明らかだった。

そこでフェルナンは、こうしたお歴々が逃げ出すまで、せいぜい二、三週間だろうと見積もった。いずれみんな尻に帆を掛けるだろうと、噂はたちまち広まった。軍のなかだけでも、すでに何人もの人々が消え失せていた。下士官でさえ、聞くに堪えない口実を掲げて。

いずれにせよフェルナンは、家に帰るときすでに心を決めていた。アリスを出発させようと。たしかに彼女の健康状態はあんなだが、むしろあんな健康状態だからこそ、いつまでもここにいないほうがいい。

「あなたを置いて出発するなんて、考えられないわ」

けれどもアリスは、たちまち激しい動悸に襲われた。やはり、そんなことを言っている場合じゃない。

フェルナンはこんなとき、いつも絶望的な無力感に捕われた。ただ待つ以外、なにもできないから。彼は妻の左胸に手をあて、どきっとした。このままでは危ないかと思うほど、心臓が小刻みに打っている。

「ひとりで行くのは嫌……」とアリスはまた言った。

声が震えている。

「わかったよ」とフェルナンは答えた。「わかったから」

彼は自分の弱さをとがめた。もっときっぱり言い張るべきだったのに。戦争のせいなのか、アリスの健康状態はこの数カ月、はっきりと悪化していた。前より頻繁に、激しい動悸が起きるようになり、医者からも休息が必要だと忠告されている。

妻はひとりでは嫌だと言うのだから、おれもいっしょに行けばいいじゃないか。まわりのみんなと同じように、列車に乗って田舎にむかえばいいのでは？　ヴィルヌーヴ＝シュール＝ロワールで食料品店をやっている姉が、こう手紙に書いてきた。〝だったらしばらく、うちに来てたら？　いくら戦争だからって、どうしてもパリに留まらなきゃならないの？　あなたがいないと、そんなに困るの？〟

たしかに、困りはしないだろう。けれども敵が近づくにつれ、フェルナンはそれを待ち受けねばならないとますます強く感じるようになった。今、パリを守らねばならないとき、機動憲兵隊員として二十二年間務め続けてきたこのおれが、脱兎のごとく逃げ出して、姉の家に隠れていていいものだろうか？　フェルナンは六月十日までがんばることにした。その日は彼の誕生日だ。馬鹿げているのはわかっている。逃げ出すのが四十三歳の誕生日だからといって、その前日や翌日より理があるわけもない。しかし今は、馬鹿げた時代なのだ。

しかし、フェルナンは考えを変えた。それはごみ収集トラックのせいだった。

朝の五時ぴったりに家の前を通りすぎ、トタンのごみバケツを歩道に放り投げていくトラックではなく、六月五日の八時ごろ、イッシー＝レ＝ムリノーのごみ焼却場の中庭に入ってきたトラックだ。フェルナンは小隊を率いて監視にあたるよう、そこへ派遣された。でも、監視するって、何を？　まさしく問題はそこだった。機動憲兵隊を十小隊も繰り出して、ごみを積んだトラックの到着を待ちかまえるなんて、そうそうある話ではない。

こうした近代的な作業場を訪れるのは、たいてい儀礼的な訪問客だ。選挙運動中の代議士が握手を求めに来たり、上院議員が〝わが〟作業場を事務所の支部よろしく視察したりと。けれどもぴしっとネクタイを締めた四名の監督官が、疑わしげな視線をみんなに投げかけているなんて、フェルナンも初めて目にする光景だった。

どこの役所から来たのかはわからない。本人たちも口を閉ざしていた。彼らは現地に到着すると、大型客船のような建物を前にしてかすかなためらいを見せた。四基の巨大な焼却炉、猛スピードで動くベルトコンベアー。金属製のタラップや階段が、迷路のように連なっている。

作業員たちは順番に役人の前を通って身元のチェックを受け、出勤簿にサインをさせられた。「政府の廃棄物だからな」と監督官のひとりが、ネクタイを緩めながら言った。そんな動作がかえって、彼の言葉に信憑性を与えた。全員がサインをし終えた。

フェルナンは部下をドアやベルトコンベアー、焼却炉の監視に配置し終えた。すると、どっしりとした鉄扉がひらき、トラックが一台、入ってきた。荷物を降ろして中身を燃やすよう、作業員たちに指示が出された。

それは書類だった。ありとあらゆる種類の調査書、帳簿、受領書、通達書。それに給与受領帳や各種通告、証明書、保存期限切れの複写書類などなど、どうしてまたあわてて処分しなければならないのかわからない、無駄な書類の山だった。それでも焼却場には、ぴりぴりとした緊張が走った。監督官たちも、まるで命がけの任務にでもついているような面持ちだ。

作業員たちは午前中いっぱいかけて、〝フランス銀行(BdF)〟という刻印を押された袋を手押し車に積み、階段の下まで運んだ。袋はどれも、ロバの死骸のように重かった。

作業の責任者たちはメモ帳と時計を手に、絶えず時間を測っては記録し、注意をしたり指示したりして、くたくたになって働く作業員たちから目を離さなかった。これだから役人は嫌われる。彼らはしょっちゅう作業の編成を変えた。こんなに大量の書類を、適度な時間でどうやって焼却したらいいのか、誰にもわかっていないらしい。

フェルナンは、ごみ袋を焼却炉へと運ぶベルトコンベアーの入り口を見張った。彼は作業員のひとりに、軽く目礼をした。四十がらみの胴長な男で、ベルトのうえに太鼓腹が突き出ているが、疲れを知らない体力の持ち主だった。彼はまるで苦労のそぶりを見せず、午前中いっぱい、ごみ袋をあけては中身をシュートのなかに放りこんだ。

トラックから袋を降ろしたら、まずはそこで数を数える。各中継地点でも確認を怠らず、到着したところでまた細かなチェックが行なわれた。昼近くになると、役人たちは必要な人員や配備の見なおし、所要時間について話し合いながら帰り支度を始め、さよならひとつ言わずに焼却場をあとにした。

フェルナンは家に帰ると、これ以上ぐずぐずしないことにした。アリスはできるだけ早くパリを発たせよう。でも、ひとりで行ってもらう。おれはイッシー＝レ＝ムリノーのごみ焼却場で、まだひと仕事があるからな。

「仕事って、どんな？」

「仕事は仕事さ、アリス」

フェルナンの口調がやけに重々しかったので、アリスの耳には〝仕事〟という言葉が〝義務〟と言っているように聞こえた。こんな非常時だというのに、どうしてもパリから離れられない義務がどんなものなのか、彼女にはわからなかった。

「しばらく留まるの？」とアリスは心配そうにたずねた。

わからない。一日、二日で済むか、もっとかかるか、なんとも言えなかった。夫の決意が固いのを感じ取ったかのように、アリスはそれ以上言い張らなかった。

フェルナンは、下の階に住むキーフェルさんを訪ねることにした。

今週の初め、キーフェルさんからヌヴェール行きの話を聞いていた。そこにいる従兄弟の家に疎開するつもりだと。それなら途中、ヴィルヌーヴ＝シュール＝ロワールを通るはずだ。

階段の途中で、ボール箱を抱えたキーフェルさんに会った。

キーフェルは頭をかしげて、黄色い巻紙のジターヌ・マイスに火をつけた。フェルナンは彼の目を見てわかった。どうしようか、迷っているんだな。

「奥さんと二人きりなのだから」フェルナンはもうひと押しした。「少し余裕があるのでは？」

キーフェルは郵便局の監察官だった。悪くない身分だ。軍隊に入っている息子がひとりいて、プジョー402を持っている。中古だが大型車なので、後部座席に腰かければ食堂車に乗っているみたいに脚を伸ばせる。

「いや、余裕があるというほどじゃありませんよ……」とキーフェルは答えた。「とんでもない」

きっぱり拒絶しているというより、条件次第ではかまわないというニュアンスだった。キーフェルはアリスのことを、じっくりと考えてみた。病気だという話だが、見事な胸と形のいいお尻をしている。

「条件のことですが」とフェルナンは続けた。「つまり食費やガソリン代などについては、もちろん、そちらから言っていただければ……」

フェルナンはおずおずとそう持ちかけた。そんな可能性について、自分でも本気で信じていないかのように。二人の男の関係は、ずっと不均衡なものだった。成功者を自任しているキーフェルが機動憲兵隊員を見る目には、尊大と羨望が二つながらにあった。フェルナンの特徴と言えるのは、このアパルトマンでいちばんグラマーな妻を持っていることだけじゃないか。キーフェルは虚空に目を凝らした。フェルナンの要望には、心そそられるものがある。あんな美人を乗せるのも悪くない……そのうえ、ガソリン代まで払ってもらえるなら。

「でも……責任重大だから」

「四百フランでどうかと」とフェルナンは持ちかけた。

期待どおりではなかったらしいと、ひと目でわかった。キーフェルは長々とうなずき、もの思わしげに煙草を吸った。沈黙が渦を巻くように、二人のあいだに続いた。

「でも、ほら……」とキーフェルはようやく答えた。「こんな状況だから、いくらかかることやら……」

「それなら、六百フランでは」フェルナンは不安な思いで言った。これが出せるぎりぎりの金額だ……

「まあ、いいでしょう。近所のよしみってこともある。出発は明日、午前中に。それでいいですか？」

二人は握手をしたけれど、顔は見合わせなかった。理由はお互いそれぞれだった。キーフェルさんと話がついた、とフェルナンは妻に知らせた。けれどもアリスは返事をしなかった。あの男は階段ですれちがうとき、いやらしい視線を投げかけてきたり、道をあけるタイミングを狙ってさりげなく体をこすりつけたりする。けれどもアリスはずっと我慢してきた。こちらをじろじろ眺める男や、手があたったふりをして触る男がいたからといって、いちいち腹を立てていたらきりがない。それにフェルナンは気が短いので、こんな話は聞かせられなかった。わたしが毅然としていればいいことだわ。

フェルナンとアリスはフランス地図で、ヴィルヌーヴ＝シュール＝ロワールまで車で行くルートをたしかめた。こんな状況だが、なんとか二日で着くだろう。それ以上はかからない。健康状態のことは、二人ともあえて触れなかったが、二日も車に乗り続けるのは楽ではない。

「どうしていっしょに来てくれないの？」

アリスらしいな。何があっても決してあきらめない。

フェルナンは自分で正しい選択だとわかっていたけれど、本当のことを話すわけにいかなかった。いまここで、ペルシャと『千一夜物語』の話を持ち出したら、アリスはどう思うだろう？　なに馬鹿なことを、と笑われるのがおちだろうが……

そろそろ結婚して二十年になる。アリスは病弱だったので、外で働くことも子供をもうけることもできなかったが、それはまあどうでもいい。彼女はまるで母親らしい心根の持ち主ではなかったから。さらに言うなら、主婦むきでもない。家事は嫌々やるだけで、残りの時間は小説を読んですごした。彼女の好みに合うものがあるとすれば、それは機動憲兵隊員との家庭生活ではなく、旅することだった。

エジプト、ナイル川。できればそれを、この目で見てみたい。

さらにもうひとつ、ペルシャもだ。そうそう、今はイランと言うのだった。けれどもそれは、同じものではない。『千一夜物語』とくれば、やはりペルシャだ。そこに集められた短い物語は、いつでも彼女を夢見させた。居間のソファに寝そべり、読書している妻の姿を見ると、フェルナンはまるで東洋の王女を目の前にしているような気がした。長椅子(オットマン)、金や象牙を象嵌(ぞうがん)した家具、絨毯(じゅうたん)、芳香油、ロバの乳の風呂。アリスがそんな話を始めると、彼はにっこりした。けれどもそれは、苦笑いだった。なにしろおれの給料では、ヴィルヌーヴ＝シュール＝ロワールで休日をすごすくらいしかできないからな。別にかまわないわ、とアリスは言った。たぶん本心なのだろう。しかしフェルナンには、重大事だった。時がたつにつれ、どうしてもその計画を実現したくなった。ペルシャ旅行に行かなければ、一生悔いが残る。愛する者がなすすべもなく、目の前で少しずつ弱っていくさまを見ると、罪悪感に苛(さいな)まれた。

翌日、フェルナンはアリスにキスをして、キーフェルさんの車に乗せた。後部座席に積んだ二つのボール箱とスーツケースに挟まれて、窮屈そうだった。

「そんなに長くはかからないさ。遅くとも明日には着くから、ゆっくりお休み」

アリスは夫の手を握りしめて微笑んだ。顔が真っ青だ。フェルナンはもう、どうしたらいいかわからなかった。ぼくもすぐに行くよ、と彼は言った。それじゃあ、姉の家で。もうエンジンが、ぶるぶると唸り声をあげている。フェルナンは最後にもう一度念を押しておこうと、前にまわってキーフェルさんに言った。家内のことを、お願いしますよ。キーフェルは尊大そうな笑みで応えた。

車が走り出すと、フェルナンは車道に立って手をあげた。彼が最後に目にしたのは、車のドアからのぞくアリスの美しい腕だった。じゃあ、またあとで、愛しているわ、とそれは言っているかのようだった。

フェルナンは疲れきって部屋に戻った。疑問とためらいに胸をふさがれ、不安でたまらなかった――これでよかったのだろうか？　おれはアリスを見捨てたのではないか？　本当に正しい選択だったのか？　部屋はやけにがらんとして見えた。まるで芝居がはねたあとの、舞台装置のようだ。彼はほとんど眠れなかった。

翌朝、出発の準備をしている車がほかに何台も窓から見えた。

午前五時。パリのうえに広がる空のむこうに、ほどなく曙光が射し始めるだろう。通りがやけに広く見える。夜中のうちに姿を消した車もあるのだろう。

フェルナンはぶるっと体を震わせ、制服に着替えた。そして裏庭におり、南京袋を引っ張り出した。袋の底には、詰めてあったさつまいもの泥がまだこびりついていた。

それから彼は自転車に乗った。

さあ、あとはごみ収集人しだいだ。救いはそこにかかっている。

25

シェルシュ＝ミディ軍事刑務所は、監獄と兵舎を合わせたようなものだった。独房、狭い廊下、泣きたくなるほど粗末な食事は監獄特有だが、頑固で融通が利かない、愚鈍な職員や、細々(こまごま)とした厳格な規則は兵舎を思わせる。平時だってうんざりさせられるが、今はまったく普通のときではなかった。軍の決定的な壊滅が、日々伝わってくる。そうした暗い見通しは、囚人たちのうえに重くのしかかった。間近に迫った敗北の原因はすべて、ここに捕らえられた囚人にあると、看守たちは思っていたから。

シェルシュ＝ミディ軍事刑務所には、政治犯や兵役忌避者が集められていた。政治犯はおもに無政府主義者(アナキスト)や共産主義者(コミュニスト)だが、破壊工作にかかわったり、スパイ行為や反国家的活動を疑われるなど雑多な者がいた。兵役忌避者も脱走兵から不服従兵、良心的兵役忌避者までさまざまだ。さらには、盗みや殺人といった一般の罪を犯した兵士も含まれている。ラウール・ランドラードはしばらくいただけで、ガブリエルより楽々と刑務所になじんだ。

とはいえそこはほかに比べて、劣悪な環境だった。彼は熊でもそっぽをむくような藁(わら)布団のうえで、毎晩苦しそうに寝返りを打った。

刑務所内の雰囲気は最悪だった。敵が近づくにつれ、看守たちは囚人に嫌悪をつのらせた。それはほとんど憎悪に近かった。戦争の脈動は、刑務所の廊下にまで伝わった。シェルシュ＝ミディは、フランス軍の失敗に共振する共鳴箱だった。フランス軍部隊がスダンで敗退し、カレーの町が敵に占領されたときなど、懲罰や殴打がここぞとばかりに降り注いだ。ダンケルクでフランス軍が英仏連合軍の撤退を助けおおせたときには、中庭に出られる時間が通常近くに戻った。

ラウールとガブリエルは二度にわたって引き離されたが、またいっしょになった。そのたびに、ガブリエルは自分の無実を証言するようラウールに迫った。

「心配するなって。なんとかなるさ」とラウールは答えた。「一カ月もすりゃ、娑婆に出られるから」

こんなあてにならない話もない。フランス軍は兵士を気前よく敵に差し出し、皆殺しにさせるくせに、なかからひとりでも殺人犯が出るのは我慢ならないらしい。そいつはけしからん、軍の面汚(つらよご)しだというのだろう。

ラウールが楽観的なのは、これまでもずっと難局を切り抜けてきたからだった。いつもずっとだ。ときにはきわどいこともあったし、多少の犠牲をはらったこともあった。でも大丈夫。ガキのころから、さんざん危ない目に遭ってきた。ほかの人間なら、とっくにくたばっていただろう。なのにこのおれは、〝いつもふんばってきた〟じゃないか。

数日もすると、ラウールは刑務所内の売店でもう買い物を始めていた。札当て賭博はどこでも大受けだ。みんな自分の感覚だけはたしかだと、自信を持っているのだろう。ラウールの抜け目のなさには、ガブリエルも感心せざるを得なかった。もちろん彼は、そんなものに引っかかるまいとしていたけれど。ラウールはここへ来るなり、検閲を受けずに手紙を出してもらえるよう、看守のひとりと話をつけた。「姉貴宛てさ」と彼は説明した。看守は正直者だったので、約束を守った。その代わりに、札当て賭博の負けを帳消しにしてもらったが。

彼はガブリエルも説得しようとした。

「弁護士に会わせてください」ガブリエルは収監手続きのとき、担当の将校に言った。

「何をぬけぬけと……」

「でもわたしは……」

ガブリエルはそう言いかけ、銃床で腹を突かれて先を続けられなかった。

「まあ、落ち着けよ」とラウールは言った。

「おまえさんの一件はまずいな……」と、傷害罪で捕まっていた兵士が言った。酒を飲んでいて仲間のひとりを、ナイフで刺してしまったのだ。「うえの連中は略奪を嫌うんだ。どうしてだかわからんが、たぶん軍人にあるまじきってことなんだろう……」

ガブリエルは焦って、またラウールをせっついた。

「今度呼び出されたら、本当のことを言えよ」と彼は繰り返した。

ラウールは面白がっているみたいに、毎回違った理屈をこねてのらりくらりと答えた。ガブリエルはラウールの真意を測りかねていた。

「なんだよ、本当のことって？」とラウールは言った。「あんたがあの場にいなかったとは言えないな。だってあんたは、現行犯で逮捕されたんじゃないか」

「現行犯？」とガブリエルは叫んだ。「おれはなにもしていなかったんだぞ」

するとラウールはにっこり笑って、ガブリエルの背中を叩いた。

「冗談だよ、軍曹殿。冗談ですって」

ラウールはガブリエルを気に入っていた。トレギエール川の橋では、勇敢なところを見せたからな。ラウールはかっとなると何をするかわからない性格だから、橋を吹き飛ばしたのも彼らしいといえば彼らしい。子供のころから暴力と戦わねばならなかったし、喧嘩は日常茶飯事だった。けれども、いつもは地味な数学教師があんな活躍をしたのは驚きだった。いいやつじゃないか、あいつは、とラウールは思った。

刑務所の多くがそうであるように、シェルシュ＝ミディはパリでもっとも情報が集まる場所だった。多種多様な連中がいるので、おのずと情報がすり合わされる。六月に入った最初の数日、伝わってくる情報はいつになく不穏だった。

ダンケルクの劇的な撤退により、確固たる信念に揺らぎが見え出した。フランス軍、英仏連合軍がドイツ軍の侵攻に必死の抵抗を試みていた時期、囚人たちも無関係でいられなくなった。そのときになってフランスの行政当局は（つまり、政府ということだが）、軍事刑務所の行く末に不安を抱き始めたのだ。なかでもシェルシュ＝ミディ刑務所は、重要なひとつだった。

ドイツ軍との緊張が高まるや、もしもの場合に備えて貴重品や重要書類等を安全な場所に移すよう官公庁に指示が出された。侵略者の手に渡っては困るものが箱詰め、袋詰めにされ、あっちにこっちにとしまわれた。大量の資料を焼却したり、夜のうちに積み荷を運び出したりした役所も、枚挙に遑（いとま）がなかった。なにしろ政府自体が、パリから離れることを本気で検討しているのだ。いきなり捕虜にされる危険は冒したくない。それではあまりに屈辱的で、ぶざまじゃないか。

そんななかで、シェルシュ＝ミディの囚人たちが問題になった。

あそこはテロリストを集めた刑務所として、国じゅうに知られている。テロリストとはおもに共産主義者（コミュニスト）で、つまりはナチの手先だと、共産主義者（コミュニスト）以外の者はみんな思っていた。このまま状況が悪化したら（実際、そうなりつつあるのだが）、やつらをどうしたらいいのだろう？　あそこの囚人たちはほとんどが〝第五列〟だから、まだパリで自由に動きまわっている共産主義者（コミュニスト）によって解放され、ドイツ軍部隊の仲間に加わって、首都占領や住民管理の手助けをするかもしれない。上層部はそう危惧していた。

こうした脅威に、看守も囚人も不安を募らせた。ドイツ軍が近づくにつれて刑務所の雰囲気は重苦しく、看守の態度は剣呑（けんのん）になった。フランスの敵を閉じこめていた監獄の看守だからという理由で、ドイツ軍に捕まってはたまらないと思っていたからだ。

六月七日、看守のひとりがみんなにまわした《プティ・ジュルナル》紙には、〝われらがフランス部隊はドイツ軍の猛攻に断固抵抗を続けている〟と書かれていた。参謀本部の公式声明は、〝フランス軍の戦意はすばらしい〟と断言した。翌日、新聞はフランス空軍が〝十対一の戦い〟を余儀なくされたことを認めた。六月九日、〝オマルとノワイヨンのあいだに押し寄せるドイツ軍の勢いは、いっそう大きくなった〟。

そして六月十日、午前十一時、食事時間の直後、奇妙な静寂があたりを包んだ。いったいどうしたのか、誰にもわからなかった。ざわめきが広がり始める。「ドイツ軍がパリに来るんだ」と言う者もいれば、「政府はもう逃げ出したぞ」と言う者もいた。囚人たちは看守にたずねた。看守たちは大理石の仮面のように、顔をこわばらせている。なんとも嫌な感じだ。

静寂が二時間ほど続いただろうか。なにかが始まろうとしているのは、誰の目にも明らかだった。

とうとうどこかの独房から、みんなが心のなかで思っていた言葉が発せられた。

「おれたちは銃殺されるんだ」

ガブリエルは気を失いそうになり、息が詰まってはあはあと喘いだ。

「おい、しっかりしろよ」とラウールは言った。「銃殺されるってときに咳きこんだんじゃ、かっこうがつかないぜ」

ラウールは肌着姿で粗末なベッドに寝そべり、ほかの囚人から物々交換で手に入れたナックルボーンを、指先でくるくるとまわしていた。彼にはそれが、ロザリオ代わりなのだ。この状況が不安なのは同じだが、感情を隠すのには慣れていた。

ところどころで打ち消す声もあがったが、それでも噂は独房から独房へと伝わり、混乱を広めていった。「何百人もの囚人を、刑務所の中庭で銃殺にできるわけないさ。死体をどうするんだ?」と誰かが言えば、「トラックに乗せて運び出し、どこか別の場所でやるつもりかもしれないぞ」と誰かが答えた。

突然、声がした。

「荷物を持って、外に出ろ」

囚人たちは皆、恐怖におののき、大混乱となった。看守は鉄格子を警棒で叩き、次々と独房のドアをあけては、さっさと出るよう囚人たちを怒鳴りつけた。

「荷物を持っていくからには、どこかへ移送するつもりなんだろう」とガブリエルは言った。銃殺される可能性は、ひとまず遠ざかったようだ。

「さもなきゃ、やつらはなにも残していきたくないだけかもな」とラウールは答えながら、櫛や石鹸、歯ブラシ、ビスケット、下着をせっせとまとめた。

看守が銃床で彼らを小突きながら、独房の外に出した。

数分のうちに、全員が中庭に集まった。

どういうことなんだ、と囚人たちは口々に叫んだが、事情を把握している者は誰もいなかった。

通りでは何十人ものモロッコ人狙撃兵や機動憲兵隊員が銃をかまえ、バスを囲んでいた。

将校のひとりが叫んだ。

「逃げようとする者は、容赦なく撃ち殺す。警告なしに引き金を引くからな」

囚人たちは銃床で小突かれ、バスに乗せられた。

ラウールは荷台の奥に押しこまれ、ガブリエルの隣に行った。蒼ざめた顔の口もとに、哀れな笑みが浮かんでいる。

「軍曹殿、どうやら今度ばかりは運の尽きかもな」

26

真っ昼間だというのに、地下鉄はさほど混んでいなかった。パリはなかばからっぽだった。フェルナンは木製の補助席に腰かけ、円筒形の細長いリュックサックを膝のあいだに挟んだ。こんな時期だから、さぞかし奇異に思われるだろう。なにしろ機動憲兵隊の制服を着て、リュックサックを手に、どこかへ出かけようとしているのだ……しかし誰も、驚いているようすはなかった。シェルシュ＝ミディ軍事刑務所にむかうよう命じられたものの、どんな任務なのかはわからなかった。このリュックサックから、目を離さずにいられるだろうか？　実を言うとこいつのことが、少々うしろめたかった。

アリスがパリを発ってから、もう四日になる。そのあいだにいろんなことがありすぎて、どんな精神状態だったのかも、今ではもうわからないほどだった。アリスをキーフェルなんかの車に乗せて出発させたのには、なにか強い思いがあったはずだ。けれども翌日にはもう、激しい後悔に苛（さいな）まれていた。期待していたものは、訪れなかった。彼の分隊はオーステルリッツ駅に派遣された。そこでは出発を待つ何千もの人々が、本当に出るのかもわからないわずかな列車の席を争いひしめいていた。乗客でいっぱいの列車はけっきょくホームから動かず、むかいのホームに停まっていた列車が突然走り出す。しかしそれがどこへ行くのか、誰にもわからなかった。ディジョンだと言う者もいれば、いや違う、レンヌだと主張する者もいる。フェルナンは部下を集め、なかのひとりを駅の工兵管区へ問い合わせにやった。けれども、誰が指揮を執っているのか知っている者はいなかった。手ぶらで戻ってきた部下は、仲間の分隊を見つけるのにもひと苦労だった。フェルナンは急遽、駅の反対端へむかわねばならなかったから。ベルギーからの避難民と、オルレアン行きの列車を待つ人たちのあいだで、乱闘騒ぎが起きたのだ。

フェルナンの目の前で、大混乱が起こっていた。数千の群衆が、ラジオで聞いたニュースを口々に伝え合っていた。「〈デュポン氏の時事解説〉によると、ドイツ軍はパリへ進軍する途中に出会った子供の右手を、すべて切り落とすと公言しているそうじゃないか」ニュースにはたちまち尾ひれがついた。手を切り落とすんじゃない、母親の首をちょん切るんだと誰かが叫ぶ。ひどいご時世だな、とフェルナンは思った。

待っていたものは、やって来なかった。アリスを先に出発させ、自分はあとまわしにしようと決めた動機だったものは。おれは蜃気楼に騙されたんだ。愚かな期待に分別を失くしてしまった。なんて馬鹿だったんだろう。

金曜日、ようやくヴィルヌーヴ゠シュール゠ロワールに電話が通じた。姉の食料品店には電話があって、近所のみんなも使っていた。しかし今は何が役立たずと言って、電話ほど役に立たないものもない。むこうを張れるのは、列車ぐらいなものだ。

姉の番号につながったのは、まさに奇跡的だった。不安のあとには、また別の不安が控えていた。アリスは無事着いていた。パリから丸一日しかかからなかったが、すぐにまた出発してしまったのだという。

「また出発したって……どこに？」

「電話を切らねばなりません」と交換手が言った。

「だから……また出発したのよ。いえ、出発というより、慈善……」

姉が言い終える前に、通話は切れてしまった。電話だろうがなんだろうが、どのみち姉は言い始めた言葉を決して最後まで続けなかった。

それからようやく新たな命令が下り、再びイッシー゠レ゠ムリノーのごみ焼却場へむかうことになった。少しは信心を残しておいたのが、功を奏したのかもしれない。その場で小躍りしたいくらいだった。

フェルナンがごみ焼却場に着いたのは、朝の八時だった。役人たちはすでに待機していたが、前回よりも人数が少なかった。作業の管理に駆り出された臨時職員は、オルレアン方面やロワール川沿いへむかうのを優先させたのだろう。六月だからな、さぞかしいい天気に違いない。そんなにわか観光ブームに加わらなかった人々は、互いに顔を見合わせ、苛立たしげに役割を分担した。労働者たち（ここでは清掃作業員と呼ばれている）は現場主任の指示で整列し、工程の続きをおとなしく待っている。奇妙な雰囲気だった。日曜日だというのに、どうしてここに集められたのか、誰もわかっていなかった。

作業員は出勤簿にサインをし、機動憲兵隊員はひとりひとり身元を確認された。すべてが順調に進んで、トラックが入ってきた。もっとも作業員たちは、袋の山を見て早くもうんざりしていたけれど。大変な一日になりそうだ。八トンから十トンものごみを運んで、燃やさなくてはならないのだ……しかし最大の見ものは、まだこれからだった。それは一時間後に始まった。出入り口にはすべて監視が立てられ、各所に多数の検査官が配置された。トラックの荷おろし、リフトの上と下、シュート、タラップ、投入口。そして袋の第一弾がやって来た。

袋に詰まっていたのは、不要になった書類ではなくお金だった。五十フラン、百フラン、二百フラン、五百フラン、千フラン。れっきとした本物のお札だ。みんな卒倒しそうになった。

フェルナンは短足で太鼓腹の作業員と、さりげなく手で合図を交わした。二日前、何トンもの書類をシュートに投げこんでいた怪力の男だ。彼も唖然としていた。千フラン札一枚だけでも、ほとんど給料の一ヵ月分だ。ベルトコンベアーまで運んだひとつ目の袋だけでも、四十キロはあった。今日一日で、三、四十億フランを廃棄することになるだろう。それくらいは、算数が苦手な者にも一目瞭然だ。ドイツ軍が、すぐそこまで迫っている。焦った政府は敵に奪われる前に燃やしてしまおうと、悲壮な決意をしたのだ。

検査官は十メートルおきに並んで、袋の数を数えた。

いつもは缶詰や自転車の空気入れ、箱詰めのオレンジを仕分けしている男たちが、この焼却炉をまるまる一個買って、従業員の給料を、孫、ひ孫の代まで払えるくらいのお金を担いでいる。しかし人間は、どんなことにも慣れるものだ。ごみ袋ひとつだけでも、想像を絶する大金になる。初めのうちこそ作業員たちは息を詰まらせ、もの欲しげにそれを眺めていたが、昼近くになるともう壁紙用の糊かなにかのように、シャベル何杯分もの銀行券をかき混ぜていた。国家の資産が煙となって消えていくのを、彼らはあきらめきったように眺めるばかりだった。どのみち、おれたちのものだったわけじゃない。

してやったりと思っていたのは、フェルナンだけだったに違いない。おれの勘に狂いはなかった。前回の積み荷はリハーサルにすぎなかった。

そしていよいよ本番というわけだ。

数字がぴったり合わないと、計算係が叫んだ。袋が一個、足りないぞ。

袋は二百個近くあるのだから、ひとつくらいかまわないじゃないか。作業員たちはそう言いたげな顔をした。しかし役人の見方は違っていた。いやいや、単なる袋ではなく、シンボルなのだ、ということらしい。それがなくなったとすれば盗まれたのだと、大層な言葉が飛び出した。

二人の監督官とフェルナン、ほかに機動憲兵隊員二名が忌まわしいごみ袋を捜して、焼却場内をくまなく調べた。何度も何度も数えなおし、そしてようやく見つかった。焼却炉に通じるタラップの下に、落ちていたのだ。この場所に空(から)の袋があったということは、中身を燃やしたあとなのだろう。事のなりゆきはそれでわかった。ほとんど夕方に近かったが、まだ完全に日は暮れていなかった。作業員たちは、午前中の仕事だけでくたくただった。彼らが帰り支度をしていると、監督官が人さし指と目でこっちへ来いと呼んだ……フェルナンは部下を集め、啞然とした顔で監督官たちの密談に立ち会った。話し合いが終わると、厳命がくだった。全員、素っ裸になれ。

実際にはもっとお役人らしい言いまわしだったけれど、要はそういうことだ。

作業員のひとりが文句をたれ始めると、二人目、さらに三人目がそれに加わった。どうして服なんか脱がされるんだ。おれたちはただの作業員じゃないか……フェルナンにも応援が要請され、全員が取り押さえられた。面倒なことになりそうだ。

思いがけない展開に、フェルナンは眉をひそめた。

彼は作業員の前に立って、上着を脱ぐよう穏やかに言った。黙って命令にしたがえ。作業員は丸い無表情な目でフェルナンを見つめた。鷺（さぎ）のような顔つきだった。やがて作業員はベルトをはずし、ズボンの前をあけ始めた。するとほかの作業員たちもひとりまたひとり、ぱらぱらとあとに続いた。ところがひとり、図体のでかい間抜け野郎がわめき出した。冗談じゃねえぞ。そんなことするために、金をもらってるんじゃない。言いたいだけ言わせておくうちに、まだ服を着ているのはそいつひとりになった。

監督官の命令で、全員が両腕をあげてうしろをむいた。みんな兵役の経験があるから、雑居生活には慣れていたが、ここはごみ焼却場だ。おまけにぴしっと服を着た役人の前でパンツ一丁になるのは話が別だった。

彼らは服を着てもいいことになった。間抜け野郎は足をばたばたさせていたが、もう騒いではいなかった。しかたない、覚悟を決めるしかなさそうだ。男は作業ズボンのホックをはずした。全員の視線が彼に集まった。几帳面な子供みたいに、まだせっせと服を着なおしている者を除いては。男は大汗をかいていた。そして苦しげなため息をついてズボンをおろした。五十フラン札のぶ厚い束が、パンツからはみ出ていた。

「逮捕しろ」と監督官のリーダーが、間髪を容れずに叫んだ。

抗議の声がいっせいにあがるかと思いきや、なにも起きなかった。みんな、ただ唖然としている。命令の言葉はそのなかに、石のように放りこまれた。

フェルナンは男に近寄り、パンツの中身を出して服を着るよう小声で言った。役人のひとりが指先で札をつまみ、数を数えた。五十フラン札が十一枚あった。

男は服を着終えた。仲間たちは同情の目で彼を見た。フェルナンの分隊は、肩を落とした男を引っ立てた。政府は金持ちに認めることの千分の一も、貧乏人には許さない。それは昔からの習わしだ。悲しいことではあるけれど。

そのとき起きた奇妙な出来事を、誰もがあとあとまで記憶に留めた。フランス銀行の係官が何人か、タラップの下に並んだ作業員たちと握手を始めたのだ。ひとたびこのささやかなセレモニーが始まると、ほかの人々も次々に続いた。そしてすべての係官が全員の手を握った。よかれと思って始めたことだろうが、なんだか葬列みたいに湿っぽくなってしまった。まるで国が作業員たちに感謝を捧げ、彼らにお悔やみの言葉をかけているかのようだった。

例の太鼓腹の作業員は、最後にもう一度、親しげな身ぶりでフェルナンに合図をし、姿を消した。ごみ焼却場は現場主任の手で、ほどなく閉められるだろう。

二人の部下が欲を出した作業員を車に乗せ、警察署に護送していった。フェルナンはごみ焼却場を出ると、仲間にお休みを言って自転車に乗った。そしてぐるりと大まわりをして、ごみ焼却場へ引き返した。周囲の塀に沿って裏手にまわり、機械設備室のドアをあけると、前日に置いておいた小さなトレーラーがあった。行方不明になったごみ袋の中身が、そこに入っているはずだ。はたして百フラン札の山が、無造作に放りこまれていた。

フェルナンは山を二つの鞄に分けて入れ、多いほうを残していくことにした。そちらは太鼓腹の作業員が、夜中のうちに取りに来るはずだ。もうひとつの鞄を自転車のトレーラーに積み、彼はパリへと戻っていった。

自宅に着くと、明日午後二時にシェルシュ＝ミディ軍事刑務所へむかうようにという召喚状が届いていた。〝目的、未定〟と書かれた命令書も同封されている。〝短期の出張任務に必要な準備〟もしてくること、と注意書きがあった。

なんの任務だろうと訝しみながら、フェルナンは鞄を持って部屋にあがった。お札の枚数を数えるのはあきらめた。何百万フランにもなるだろう。妻をペルシャに連れていくには充分すぎるくらいだ。

アリスのことを考えると、体から力が抜けた。明日にまた電話しよう、とフェルナンは心に決めた。

テーブルのうえに置かれた命令書に、責められているような気がした。こんなもの無視して、出発すべきではないか？　お金ならたっぷりあるのだから、ほかのみんなと同じように、今度はおれが逃げ出して、アリスのところへむかうのが賢明な策というものでは？任務さえなければ、アリスを追ってパリを離れ、ヴィルヌーヴ＝シュール＝ロワールへむかうのは勝手だと思えただろう。けれどもフェルナンには、正式の命令書を無視するなんて想像できなかった。わかってるさ、おれはうえから指示された派遣地に出むく。そういう男なんだ、このおれは。

フェルナンはリュックサックにお札を詰めることにした。戦利品の残りはスーツケースにしまい、地下室に降ろして箱のあいだに隠した。

そして彼は今、お札の詰まったリュックサックを脚のあいだに挟んで、地下鉄に揺られている。

召喚状を取り出し、いま一度任務地を読み返した。シェルシュ＝ミディ軍事刑務所。けれども、思いあたることはなにもなかった。

（下巻に続く）

訳者略歴　1955年生，早稲田大学文学部卒，中央大学大学院修士課程修了，フランス文学翻訳家，中央大学講師　訳書『第四の扉』アルテ，『ブラック・ハンター』グランジェ，『天国でまた会おう』『炎の色』ルメートル（以上早川書房刊）他多数

HM=Hayakawa Mystery
SF=Science Fiction
JA=Japanese Author
NV=Novel
NF=Nonfiction
FT=Fantasy

われらが痛（いた）みの鏡（かがみ）

〔上〕

〈HM㊷-5〉

二〇二一年六月十日　印刷
二〇二一年六月十五日　発行

（定価はカバーに表示してあります）

著者　ピエール・ルメートル
訳者　平岡（ひらおか）敦（あつし）
発行者　早川浩
発行所　株式会社早川書房

郵便番号　一〇一 - 〇〇四六
東京都千代田区神田多町二ノ二
電話　〇三 - 三二五二 - 三一一一
振替　〇〇一六〇 - 三 - 四七七九九
https://www.hayakawa-online.co.jp

乱丁・落丁本は小社制作部宛お送り下さい。
送料小社負担にてお取りかえいたします。

印刷・三松堂株式会社　製本・株式会社川島製本所
Printed and bound in Japan
ISBN978-4-15-181455-6 C0197

本書は活字が大きく読みやすい〈トールサイズ〉です。